エリスの聖杯

1.運命の邂逅

常磐くじら
illust. 夕薙

The Holy Grail of Eris

Presented by
Kujira Tokiwa and Yuunagi

「――そこまで断定
されるからには、当然、
証拠がおありなのよね？」

スカーレット・カスティエル

10年前に処刑された希代の悪女の亡霊。
コンスタンスを救った見返りに、
自分を処刑台に送り込んだ
相手の捜査と復讐への協力を要求する。
コンスタンスに憑依して身体を操れる。

ランドルフ・アルスター

王立憲兵隊に所属する少佐。
死神閣下と呼ばれる、
不愛想な生真面目堅物男。
ひょんなことから、コンスタンスと
偽装婚約をする。

CONTENTS

The Holy Grail of Eris

Presented by

Kujira Tokiwa and Yuunagi

エリスの聖杯

1.運命の邂逅

常磐くじら
illust. 夕薙

The Holy Grail of Eris

Presented by
Kujira Tokiwa and Yuunagi

序章

りん、ごん、と鐘が鳴る。

今日のコニーは悪い子だった。父さまの言いつけを破って「しょけい」を観《み》に来てしまったのだ。駄目だと言われていたのに、こっそり屋敷を抜け出してサンマルクス広場までやってきた。しかも、ケイトまで道連れにして。

この緑豊かな広場は、普段であればコニーやケイトたちの恰好《かっこう》の遊び場だった。鬼ごっこやかくれんぼ――時には敷地内にある市庁舎に忍び込んでイタズラをすることもあったが、気のいい役人たちから咎《とが》められたことはなかった。ここは、子供たちのもうひとつの庭のようなものだったのだ。だから、平気だと思った。この場所が、コニーに恐ろしい思いをさせたことなんて一度もなかったから。

けれど、今日のサンマルクス広場は何かが違った。

まず、王都中の人間がやってきたのかと思うくらいのたくさんの人！　こんなに人が集まる行事なんて、コニーは聖誕祭や星読祭くらいしか知らない。ただ、普段のお祭りと違うのは、皆の目がぎらぎらとしていることだ。ぎらぎらと、何だかとても嫌な熱を帯びている。それは、従兄《いとこ》のウィルがコニーを苛《いじ》める時の瞳の色とよく似ていた。

あんな嫌な目をするなんて、やっぱり「しょけい」はよくないものなのだ。コニーは父さまの言葉を思い出していた。「あれはじんどうにはんするこういだ」珍しく難しい顔をしながら、そう言っていた。

六つになったばかりのコニーには、よく、意味がわからなかったけれど。


りん、ごん、と鐘が鳴る。


押し寄せる群衆に流されて、いつの間にかケイトとはぐれてしまった。気づいた瞬間、血の気が引いた。だって、今日の広場は何かがおかしい。不安になったコニーは、人の波を掻《か》き分けて「ケイト!」と叫んだが、その声を上回る熱気に押し潰された。どうしよう、どうしよう。焦ったコニーはケイトの名を叫びながら人々を掻き分け、掻き分け、進んでいく。

そうして気づいた時には、人だかりの最前列までやって来ていた。

そこはちょうど広場の中央で、目の前には見覚えのない台座がある。

これも、「しょけい」のために作られたのだろうか。疑問に思ったが、すぐに首を横に振る。それよりもケイトだ。ケイトはどこだろう。

見慣れない台座以外は、いつものサンマルクス広場の光景だった。左手には建国の祖である英雄アマデウス像が、右手には聖女アナスタシア像がある。そして、少し離れたところから広場全体を見下ろすようにして聳《そび》え立つのは聖マルク鐘楼だ。

コニーがケイトを探すために踵《きびす》を返そうとしたその時、わあっと周囲が沸いた。モルダバイト宮殿に続く門が開錠され、一台の馬車が広場に到着したのだ。

中から現れたのは、黒いフードを被《かぶ》せられた少女と、数人の男たちだった。若い者もいれば年嵩《としかさ》な者もいたが、皆きちんと正装していた。それに対して少女の衣装はひどく質素な鼠色《ねずみいろ》のワンピースで、ところどころほつれてさえいる。

彼らが姿を見せるや否や、歓声はさらに興奮したものとなり、それはやがて怒声と罵声に変化した。飛び交うのは、コニーが今まで一度も耳にしたことがないようなおぞましい言葉だ。

異様な空気に足が凍りついて動けなくなる。けれど、ひどい悪意を投げつけられているはずの少女といえば、まるで気にした様子がなかった。騒ぎ立てる輩《やから》には一瞥《いちべつ》も寄越さず、ただまっすぐに前を向いている。

少女は、正装した男たちに先導されて広場の中央にある台座へと進んでいった。つまり、コニーの正面だ。少女が近づいてくる。その両手首には木製の手枷《てかせ》が嵌《は》められていた。

群衆の熱気はいよいよ最高潮に達したようだった。ある者は少女を指差し絶叫するように声を荒らげ、またある者は手を叩《たた》いてげらげらと笑う。

りん、ごん、と鐘が鳴る。

気がつけば、分厚く黒い雲がすぐそこにまで迫っていた。ぽつぽつと雨が地面に点々を描いていく。男のひとりが何かを命じると、少女がばさりとフードを取った。気怠《けだる》そうに首を振ると、艶《つや》やかな黒髪がこぼれ落ちる。そして、ようやっとこちらに顔を向けた。

その瞬間、コニーは息を呑《の》んだ。

見たこともないほど美しい生き物がそこにいたのだ。雪のように白い肌に、熟れた果実のような赤い唇。そして、星を閉じ込めたようにきらきらと光を弾《はじ》く紫水晶《アメジスト》の瞳――

神々《こうごう》しいとはまさにこの人のことを言うのではないか。そう思ったのは、おそらくコニーだけではなかった。その証拠に、あれほどどうるさかった野次がぴたりとやんだのだ。

誰も彼もが、魅入られたように少女を見つめていた。食い入るような、そんな不躾《ぶしつけ》な視線に晒《さら》されても少女は全く動じなかった。それどころか、ひとりひとりの顔を確認するかのようにゆっくりと広場を見渡していく。今度は見られた人々の方がたじろいでいくのがわかった。

少女はわずかに目を眇《すが》めると、ふん、と鼻を鳴らした。

それからゆっくりと口を開く。

「呪われろ」

決して大声を張り上げているわけではないのに、その凛《りん》とした声音は広場中によく響いた。

「貴様ら全員、呪われるがいい――！」

しん、と辺りが静まり返る。すぐ傍《そば》で唾を呑み込む音がした。呪いなどあるわけがない。けれど、それにしてはあまりにも堂々とした態度に動揺が広がっていく。

「ば、売女《ばいた》め！」ふいに誰かが声を上げた。その声はかすかに震えていた。けれどそれが呼び水となり、我に返った群衆は次々と罵声を投げつけていく。「淫売《いんばい》！」「悪魔！」「人殺し！」

コニーは恐ろしさに震え上がった。まだ六つのコニーは人間の悪意というものに慣れていなかった。どうしていいかわからず、怯《おび》えながら視線を彷徨《さまよ》わせていると、例の少女と目が合った。

宝石のような双眸《そうぼう》がコニーを捉える。幼い子供がいるのが珍しかったのだろうか、彼女はきょとんと眼を瞬かせると、ふっと口元を綻《ほころ》ばせた。笑った——そう、笑ったのだ！

コニーは思わず瞳を見開いた。今度はどきどきと心臓が早鐘を打つ。今のは、なんだ。これは、なんだ。自分は、今、なにかとんでもないものを見てしまったのではないか。これは。これは——

少女はどこか満足そうに微笑《ほほえ》むと、小さく何かを呟《つぶや》いた。

幸か不幸か、その声がコニーの耳に届くことはなかったけれど。

りん、ごん、と鐘が鳴る。

雨はいつの間にか勢いを増し、突き刺さるように降ってくる。風が唸《うな》る。空はどす黒く渦巻いている。死刑執行人が少女を跪《ひざまず》かせ、高々と剣を振り掲げる。その時、地面を裂くような爆音とともに何かが光った。閃光《せんこう》に、コニーの視界が白く塗りつぶされる。なにも見えない。手を翳《かざ》して目を細めていると、ぴちゃっと生温《なまあたた》かいものが頬に飛んできた。それから、むせかえるような錆《さ》びた鉄の匂いが。

ようやっと視界に色が戻った時には、すべてが終わっていた。剣を持った男が、まあるくて、赤いものが滴り落ちるなにかを摑《つか》み上げる。群衆から割れんばかりの喝采が上がった。「見ろ、鉄槌《てっつい》が下された！」「ざまあみやがれ！」「死んだ！」「死んだ！」「死んだぞ――！」

コニーは動けなかった。悲鳴も上げられなかった。たった今、目の前で起きたことが信じられなかった。

誰かが口笛を吹き、周囲がどっと沸いた。つられるように、はしゃいだ声が次々と弾けていく。歓喜の輪は次第に大きくなっていき――しかし、長くは続かなかった。

突然、誰かが大声を張り上げたのだ。

「――おい、見ろ、火が！」

指差す先では市庁舎が燃えていた。「落雷だ！　さっきの雷が落ちたんだ！」別の誰かが叫んだ。炎がごうごうと唸り声を上げている。一拍の静寂の後、悲鳴が上がった。逃げ惑う人々が互いを押しのけ、ぶつかり合い、怒号が飛ぶ。

「邪魔だ！」コニーは誰かに突き飛ばされて地面に倒れ込んだ。硬い土に胸が打ちつけられて息がつまる。痛い。痛くて怖い。誰か。

だれか、たすけて。

小さな体のどこもかしこもじんじんと痛みを訴えていた。起き上がることもできずに視線だけを上げると、同じように倒れ込んでいる人がいた。黒髪の女性だ。手を伸ばそうとして、ふと違和感を覚える。ない。

首から下が、ない。

無造作に転がっていたものの正体に気づくと、コニーは今度こそ絶叫した。あれは、じんどうにはんするこういだ。父さまの言葉が脳裏《のうり》をよぎる。ああ——

ぎゅっと目を瞑《つむ》ったコニーの頭上では、暴風に煽《あお》られ、りんごんりんごん、と狂ったように聖マルクの鐘が鳴っていた。

第一章　小宮殿《グラン・メリル＝アン》にて

The Holy Grail of Eris

（ちょ、ちょっと待って――！）

コンスタンス・グレイルは両頬に手を当てあんぐりと口を開けると、心の中で絶叫した。

陽《ひ》の落ちた庭園。目の前には抱き合う男女《カップル》。もちろん恋愛は自由だし、抱擁程度では風紀を乱しているとは言えないだろう。

ただひとつだけ非常に由々しき問題があるとすれば――

それは、どこからどう見ても男の方が己《コニー》の婚約者であるということだった。

※

ことの発端は数カ月前。グレイル子爵家の当主が例によって誠実であったために始まった。

汝《なんじ》、誠実たれ。

隣国ファリスとの十年戦争の功労者であった初代パーシヴァル・グレイルは、勝利の秘訣《ひけつ》を求められた際にそう語ったという。それから代々グレイル子爵家のモットーは『誠実』だ。もちろんコンスタンスの父親であるパーシヴァル＝エセル・グレイルも御多分に漏れず誠実な当主だった。いや、むしろ、誠実すぎた。

例えば、友人に泣きつかれ怪しげな借金の連帯保証人となり、そのまま多額の債務を背負うことになってしまうほどに。

ちなみにその友人は早々にどこかへと雲隠れし、風の便りも寄越さない。

何度も言うが、グレイル家の家訓は一も二もなく誠実一択。加えて質素倹約。贅沢《ぜいたく》なんて以《もっ》ての外で、領地経営で利益が出てもすぐさま領民に還元するのがグレイル流だ。初代パーシヴァル・グレイルから徹底されてきたこの忌まわしき伝統のおかげで、子爵家には余剰な貯《たくわ》えがない。

「――つまり」

グレイル家に起きた悲劇――いや喜劇かもしれないが――を一通り説明し終えたパーシヴァル＝エセルは、そう言うと厳《いか》めしい顔つきで娘へと向き直った。コニーも思わずごくりと唾を呑《の》み込む。

「つ、つまり……?」

「つまり、返せる金などない」

グレイル家の命運はもはや風前の灯火《ともしび》であった。

「大変なことになっているそうじゃありませんか」

あのグレイル家が、お金に困っているらしい。

そんな噂《うわさ》を聞きつけて援助の手を差し伸べてきたのは、出入り商人として懇意にしていたダミアン・ブロンソンだった。ダミアンは、三代続くブロンソン商会の代表で、自身も准男爵の位を賜っている。

ただし、貴族ではない。

平民よりは優遇されるとはいえ、准男爵では出向ける社交界も限られてくる。ブロンソン商会は王都のアナスタシア通りに本店を構え、地方にもいくつか支店を持つ老舗《しにせ》である。経営は安定している。安定していて――むしろ盤石過ぎて――そこから先が発展しない。だからこそ、欲しいのは新しい伝手《つて》だった。

「まったく旦那様も人が好《い》い。損得勘定をしてくれるような人間でも近くにいればいいんですがね。そうそう、実は私には倅《せがれ》がおりまして――」

ダミアンには今年十七になる息子がいた。それがニール・ブロンソンである。

かくして、とんとん拍子にふたりの婚約は取り決められた。

「本当にいいのか?」

父から何度も確認されたが、コニー自身は別段この婚約に不満があるわけではなかった。むしろ、いよいよ首が回らなくなってきた子爵家の長女としては、願ってもないありがたい話である。

見た目こそパッとしないが、コニーとて一応貴族の娘だ。もちろん恋愛結婚に憧れはある。大いにある。エンリケ殿下とセシリア王太子妃の身分違いのロマンスを綴《つづ》った本はコニーの聖典《バイブル》だったりもする。けれど、お家《いえ》の一大事となればそんなもの天秤《てんびん》にかけるまでもない。

そもそもこの世のすべての人間が恋した相手と結婚できるわけではないのだ。コニーのように十人並みの器量しか持たず、性格だって大人しく、引っ込み思案の娘なら尚更《なおさら》だ。

ニール・ブロンソンは、背が高くて、ハンサムで、紳士的な好青年だった。だから、こんな人が夫になるならちっとも悪くないとコニーは思っていた。

本当に、そう思っていたのだ。

彼が、婚約者以外の女性に夢中なのだ、という噂を耳にするまでは。

「——パメラ・フランシス？」

「ええ。どうやらニール・ブロンソンは彼女にご執心《しゅうしん》みたいね。噂だけど、人目を忍んで抱き合っているのを見たという人がいるんですって。でも、彼ってあなたの婚約者なんでしょう？」

たまたま招待された茶会でコニーにそう告げてきたのは、何度か会話をしたことがあるご令嬢だった。

「ニールが、パメラと……」

パメラ・フランシスはたいそう魅力的な淑女《レディ》である。いつも大勢の人に囲まれていて、取り巻きの中には必ず見目麗しい殿方がいる。

彼女がすごいのは、とびぬけた美貌《びぼう》を持っているわけではないのに、どうやったら自分が一番愛らしく見えるかよく知っているところだ。プラチナ・ブロンドのふんわりとした髪はいつも器用に編み込まれているし、夜会用のドレスは必ず、貴族の子女であれば一度は着てみたいと憧れる【月夜の妖精】という高級洋裁店で仕立てている。

「パメラはね、舞踏会のダンスのようにくるくると男を変えるらしいわよ」

なにそれこわい。コニーは恐怖に慄《おのの》いた。どう考えても地味でパッとしない子爵令嬢が敵《かな》う相手ではない。

それに、男爵とはいえ領地で採掘される鉱石の取引で成功を収めているフランシス家は、グレイル家とは比べ物にならないくらい裕福だった。ブロンソン商会にとっても悪くない相手のはずだ。念願の貴族の伝手だって手に入るし、それに、もしかしたら鉱石の権利も得られるかもしれない。誠実しか取り柄のない貧乏貴族よりもよほど良い。

そこまで考えると、コニーは天を仰いだ。そうしないと、何かみっともないものが目から流れてしまいそうだったからだ。

こんなこと、父には言えない。言えるわけがない。だってすでにこの婚約は恙《つつが》なく締結されてしまっている。両親とともに教会での誓約を済ませたのはつい先日のことだ。今は結婚への足踏みと言われる婚約公示期間であり、領地にだって報《しら》せがいっているはずだった。そんな中での、不貞疑惑、だなんて――

もちろんコニーが異議申し立てを行えば、十中八九、破棄できるだろう。けれど、それでは借金は返せない。それに事が公になれば、どこまでも誠実である父は、間違いなくクローゼットの奥から埃《ほこり》を被《かぶ》った銃を持ち出し、ニールの足元に白手袋を投げつけるに決まっている。

即《すなわ》ち、どちらかが死ぬ。

（ああ、もう、誰か助けて――）

齢《よわい》十六にして、コニーの人生はどん詰まりだった。

そうして不穏な噂を耳にしてから早半月。真相を確かめる勇気も出ないまま、ニールとは絶賛婚約中のままである。

そんな折に招待を受けたのは、王都の小宮殿で開催される舞踏会だった。


「ご婚約おめでとう、グレイル嬢」

「ありがとうございます」

「でもあれよ結婚なんてね、手入れの行き届いた地下牢《ろう》にぶち込まれるようなものなのよね。というわけで我らが豚小屋にようこそ、生まれたての子豚ちゃん。歓迎するわ」

「……あ、ありがとうございます」

そう言って、ちっともおめでたくない祝福をくれたのは一癖あるエマニュエル伯爵夫人。


「あらコンスタンス、あなた婚約したんですって?」

「ええ、実はそうなんです」

「まあ、まあ！　あなたとはそんなに親しくないけれど、ぜひとも式には呼んでちょうだいね！」

「え、ええ、もちろんです」

「ふふ、嬉《うれ》しいわ！　そうそう、ちょうどブロンソン商会で取り扱ってる絹織物が欲しかったのよね、あの王都限定品のやつ」

「……ええと、その、引出物に用意しておきます……」

いつだってちゃっかりしているのはボーデン男爵夫人。

「ちょっと聞いたわよ、コニー！　あなたの婚約者のニール・ブロンソンって、あのパメラ・フランシスと噂になってる相手じゃないの！　どういうことなのか詳しく聞かせなさいよ！」

「むしろ私の方が知りたいよね」

それに、ちょっぴり図々《ずうずう》しくて無神経で三度の飯よりゴシップ好きなのは子爵令嬢のミレーヌだ。


どんよりとしたコニーの心情とは裏腹に、小宮殿での舞踏会は大盛況のようだった。

主催者であるドミニク・ハームズワース子爵の機嫌も上々で、芝居がかった仕草で何度も運命の三女神《モイライ》に感謝を捧《ささ》げていた。ちなみにハームズワース子爵は貴族の当主としては珍しく聖職も兼任している。

子爵はもともと五人兄弟の末っ子で、幼い頃から教会に身を置いていたという。けれど成人してから数年もしないうちに、領地での流行《はや》り病が原因で親兄弟が呆気《あっけ》なく死んでしまった。そのため聖職者であった彼が爵位を継ぐことになったのだ。

教会での清貧の教えがよほど性に合わなかったのか、叙爵されてからの子爵は放蕩三昧《ほうとうざんまい》だったそうだ。それでも破門されないのは荷馬車いっぱいの寄付金を納めて徳を積んでいるからだと言われている。ハームズワース家は肥沃な領地を持つ有数の資産家なのだ。

そもそも、そうでなければ、小宮殿で舞踏会など開けない。

現在、国王夫妻が住まわれているモルダバイト宮殿の広大な庭園内には、ふたつの離宮がある。

ひとつは王太子夫妻の住まうエルバイト宮。比較的新しく建てられたもので、実用性を重んじており、質素な佇《たたず》まいをしている。

そしてもうひとつが、この国が栄華を誇ったミシェリヌス王の御代に建築された豪華絢爛《ごうかけんらん》な娯楽用の小宮殿――グラン・メリル＝アンだった。現代では観光名所となっており、社交シーズン中は三代以上続く貴族であれば誰でも大広間を貸し切って舞踏会を開くことができる。といっても莫大《ばくだい》な費用がかかる割に制約が多いので、真っ当な神経を持つ貴族たちはまずやらないが。

ちなみに小宮殿《グラン・メリル＝アン》の大広間は、十年前、かの大罪人スカーレット・カスティエルが第一王子であるエンリケ殿下にその罪を糾弾された舞台でもあった。

その際にスカーレットとの婚約を破棄し、当時まだ子爵令嬢であったセシリア王太子妃との婚約を宣言したとされていることから、ここは今や王都有数の愛の巡礼地のひとつになっている。

蠟燭《ろうそく》の揺らめきを受けて、豪奢《ごうしゃ》なシャンデリアが広間にきらびやかな明かりを灯《とも》す。中央に集まった招待客たちは、楽士たちの奏でる音楽に合わせて陽気なステップを楽しんでいる。四隅には軽食のスペースが設けられ、そこではコニーを含め、踊りに参加しない者たちがカクテル片手に優雅に談笑していた。

「おめでとう、コンスタンス」

「ありがとうございます」

このやり取りも何度目だろうか。すでに婚約が公示されているせいか、祝福を告げにやってくる知人が後を絶たない。けれど、そのすべてに笑顔を貼りつけて対応するのはさすがに骨が折れた。見知った顔への挨拶《あいさつ》回りは終わったはずだ。ちょっと一息ついても許されるだろう。別のテーブルで紳士連中とカードゲームに興じていたニールも先程から姿が見えないので、彼もどこかで休んでいるに違いない。

コニーはこっそりと大広間を離れると、開放されていた温室《コンサバトリー》に出た。

白い木枠で縁取られた全面ガラス張りの室内では、物珍しい南方の花や、異国の植物が育てられている。天井までもがガラスで出来ていて、頭上では煌々《こうこう》と星が瞬いていた。どこかの窓が開いているのか、ひんやりとした外気が火照った肌を撫《な》ぜていく。

――馬鹿だと笑われるかもしれないが、実のところ、コニーはまだニールを信じていた。

よくよく考えてみれば、すでに教会で宣誓を行い、婚約の公示までしているのだ。本当にパメラを愛しているのならば、その前に何か行動を起こしていたはずだ。

それに、ニールの態度だって普段通りだった。普段通り、コニーに優しかったし、嘘《うそ》をついているようには見えなかった。そもそも、当人から直接聞いたわけではない。噂だけを鵜呑《うの》みにするのはいささか誠実さに欠けるのではないか。

だってニールは今日も馬車を用意して迎えに来てくれたし、ドレスが似合うと褒めてくれた――だから、きっと、この噂はただの勘違いなのだ。もしくは根も葉もないでたらめ。そうだ。そうに違いない。

そう思うと、少し気分が晴れてきた。今なら超高速《ベニーズ》ワルツだって三倍速で踊れそうだ。

少し肌寒くなってきたので、大広間に戻る前に窓を閉めておこうと風の出入り口を探す。すると窓ではなく、庭園に続く扉がわずかに開いているのだと気がついた。近づけば、ガラスの向こう、夜に沈み込む庭の茂みに人影がふたつ見える。なんだろう。じっと目を凝らして——コニーは思わず悲鳴を上げた。心の中で。

(ちょ、ちょっと待って——!)

目の前で抱き合っていたのは、どちらもコニーがよく知る相手だったのだ。そして、今、最も見たくない組み合わせでもあった。

ニール・ブロンソンと、パメラ・フランシス。

呆然《ぼうぜん》と立ち尽くすコニーに気がついたのは、パメラの方だった。ニールと仲良く睦《むつ》み合っていた彼女は、視線を感じたのかふとコニーのいる方に顔を向けた。野外とはいえ宮殿内だ。外灯は整列するように等間隔に並んでいる。コニーには、パメラの薔薇《ばら》のように上気した頬の様子まではっきりと見えた。目も合った。ぜったいに合った。けれど不貞を働いたはずの当人はなぜか平然としていて、逆に堂々とコニーを見返してくる。挑発するように口の端《はし》が吊《つ》り上がった。

それから彼女はニールの首に腕を回すと、ゆっくりとその顔に唇を寄せていったのだった。


——なんてこったい。

温室《コンサバトリー》から大広間に繋《つな》がる廊下。見事な装飾が施された大理石の柱に腕をついて、コニーはがっくりと項垂《うなだ》れていた。

何もできなかった。今しがた見た光景にびっくりして、びっくりし過ぎて、思わず逃げるように立ち去ってしまった。

大衆向けの恋愛小説あたりだと、浮気女に「この泥棒猫！」と叫んで往復ビンタするか、浮気男に包丁を突きつけて「あんたを殺してあたしも死ぬ……！」と詰め寄るのが定石なのだろうが、コニーのような初心者《ルーキー》にはいささかハードルが高すぎる。

おそらくニールの方は浮気現場を見られたことに気づいていないと思うが――

「み、見なかったことにしたい……」

どうせ恋愛結婚ではないのだ。向こうは貴族の伝手、こちらは借金の返済。そこに愛なんてないのは端《はな》からわかっていたはずだ。

「いや、そりゃあ、ちょっとはときめいたりもしたけど。だってハンサムだったし。優しかったし。でもきっとあれは小匙《こさじ》一杯分くらいの――ううん、小指の爪先程のときめきだったはず。だから別に、こんなのたいしたことないし、ぜんぜん、傷ついてなんて、ないし……」

結婚する事情が事情なだけに、余計な波風は立てたくない。けれど。

「でも、このまま黙っているっていうのは、誠実な対応じゃないかもしれない……」

汝、誠実たれ。それがグレイル家のモットーなのである。

不貞の現場など見なかったことにしたいが、これから伴侶としてニールと誠実な関係を築くためには腹を割って話す必要があるような気もする。

それに、責めを負うのはニールの方だ。間違っても、あちらから婚約破棄してくるなんてことにはならないだろう。

そんな不誠実な事態になるのは、あの悪名高いスカーレットくらいだ。

――スカーレット・カスティエル。恋敵であったセシリア・リュゼ子爵令嬢に対する数々の嫌がらせに加え、彼女の暗殺まで企てた希代《きだい》の悪女。そのあまりに非道な振る舞いから、婚約破棄のみならず、処刑までされることになったのはあまりにも有名な話だ。

コニーの場合とは、ぜんぜん、違う。

「……よし」

とりあえず、話し合おう。話して決めよう。そうしよう。

それが一番誠実なはず、とコニーが覚悟を決めて顔を上げた次の瞬間。

「――ひぃっ⁉」

いつの間にか、目の前にひとりの少女が立っていた。

考えに没頭していたせいだろうか、気配などこれっぽっちも感じなかった。年の頃はおそらくコニーとさほど変わらない。少女は、コニーではなく、音楽や笑い声が漏れてくる広間の方をじっと見つめていた。その表情はどことなく虚《うつ》ろである。

「あのう……」

どうかされましたか？　そう訊《き》こうとして、はっと息を呑んだ。少女の容貌が、ひどく美しいことに気づいたからだ。

深紅だ。

艶《つや》やかな黒髪。肌は穢《けが》れのない初雪のように白く透き通り、その肌を包むドレスは燃えるような深紅だ。

そして、宝石のような瞳は見事なまでの紫水晶《アメジスト》だった。この国では紫を帯びた瞳は王家の色《ロイヤル・カラー》とも言われている。王族に多いのだ。現に国王も王太子も鮮やかな赤紫《マゼンタ》の瞳を持っている。けれど、目の前の少女のような年頃の王族はいなかったはずだ。

それ以外で紫、もしくはそれに近しい色を持てるのは、王族が降嫁してくるような大貴族に限られる。つまり、どちらにせよ、この少女はかなり高貴な身分ということだ。

確か――とコニーは大広間での参加者を振り返る。確か、今日の招待客には侯爵以上はいなかったはずだ。金が唸《うな》るほどあるとはいえ、ハームズワースは子爵家だ。王族主催の大規模な夜会でもない限り、上級貴族と下級貴族の社交場には隔たりがある。今回招待されたのもだいたいが子爵や男爵だった。伯爵にしたって、堂々と参加しているのは変わり者のエマニュエル夫人くらいである。けれど、下賤《げせん》な夜会を好む貴人というのは一定数いるものだ。身分の高い彼らは主催者を通して、下級貴族や准貴族の集まりにお忍びでやってくることがある。

きっと彼女もその類《たぐい》なのだろう。コニーはそう見当をつけた。

「あの……わたくし、コンスタンス・グレイルと申します。失礼ですが、ご気分でも？　よろしければ、人をお呼びしましょうか？」

そう言って少女に近づいたコニーは、次の瞬間、ぱっと頬を染めて視線を彷徨《さまよ》わせた。

深紅のドレスは大きく襟ぐりが開いており、柔らかそうな胸元が露《あら》わになっていたのだ。

おそらく己とそう変わらぬ年だというのに、この少女が醸し出す得も言われぬ色気はなんだ。そもそも、昨今のドレスの流行は貞淑を強調する露出を控えるタイプなのだ。そう考えると少し古いデザインのはずなのに全く野暮《やぼ》ったくない。それどころか、この気の強そうな美貌を持つ少女にぴたりと嵌《は》まっている。下品さなど微塵《みじん》もなかった。そこにあるのは圧倒されるような美しさだけだ。

この子が大広間に降り立って一度でも微笑《ほほえ》めば、おそらくそれだけで今年の流行が変わるだろう。

『……楽しそうね』

食い入るように少女を見ていたコニーは、その声に、はっと我に返った。彼女の視線はまだ大広間に向けられていた。

「入らないのですか？」

当たり前のように訊《たず》ねれば、きょとん、と顔を傾けられる。

『入って、よろしいの？』

「へ？」

今度はコニーが首を捻る番だった。

「もちろんですよ」

むしろ、よろしくない理由がない。

どうぞ、と手のひらで広間の方を示すと彼女はふらふらと足を進めた。その様子はどうにも危なっかしい。

少女はそのまま廊下と大広間の継ぎ目を踏むと、急に立ち止まった。

『……はいれた』

そりゃあ、入れるだろう。

けれど、それが心底驚いたというような声だったので、コニーはいよいよ不審に思った。カクテルの飲み過ぎかと思っていたが、もしや禁止されている幻覚剤の類でも——？

ふふふ、と鈴を転がすような声がした。

『——お前、礼を言うわ』

ぱっとこちらを振り向いた少女の顔には、満面の笑みが広がっている。

あまりにも鮮やかなそれに見惚《みほ》れている間に、彼女は軽やかな足取りでホールへと消えていった。

残されたコニーはぽつりと呟《つぶや》く。

「お、おまえ……？」

その口ぶりはまるで女王様である。やはり、高貴な方のお忍びだったのだろう。


大皿から掻《か》っ攫《さら》うようにして焼き菓子を口に放り込む。やけ食いである。ニールの姿はまだ見えない。ついでにパメラも。気づいたら皿は空になっていた。なので、迷わず次の皿に手をつける。

口いっぱいにすみれの砂糖漬けを頬張っていると、おずおずと祝いの言葉をかけられた。振り返れば、そこにいたのは男爵令嬢のブレンダ・ハリスだった。コニーは、ごくん、とすみれを飲み込んだ。意外な人物の登場に思わず目を丸くする。

ブレンダは、パメラ・フランシスの取り巻きのひとりだ。気が弱くて、いつもおどおどしながらパメラの顔色を窺《うかが》っている。

定型の挨拶を終えると、ブレンダは明らかにほっとしたようにそそくさと踵《きびす》を返した。そんなに嫌なら来なければいいのに。実は律儀な人間だったのだろうか？　何気なくその背中を目で追って、コニーは「あっ」と声を漏らした。

「ブレンダ、あなた、髪飾りが取れそうよ」

そう告げれば、ブレンダはぎくりと体を強張《こわば》らせた。けれどコニーはあまり気に留めずに近づくと、後頭部を指差す。

「ほら、髪もほつれてきてる。飾りが落ちたら大変だわ」

「そ、そう、ね」

「いっそのこと取ってしまったら？」

ブレンダはか細い声で「そうするわ」と呟いた。それはそれは悲愴な声だった。髪が乱れるのがそんなに嫌なのだろうか。

「ちょっと触ってもいい？」

コニーの提案に、ブレンダはあからさまに肩を震わせた。心外である。別に取って食いやしない。少し悩んでからおずおずと頷《うなず》いたブレンダの栗毛《くりげ》色の髪を、コニーは手早くまとめ直した。

「ほら、こうすれば髪飾りがなくても可愛《かわい》らしいわ」

励ますように告げれば、とうとうブレンダは泣き出しそうな表情になった。ますますわけがわからない。どうしていいかわからずに困っていると、彼女は俯《うつむ》いて、搾り出すような声を上げた。

「あ、あの、私、バッグを二階に置いてきてしまって。すぐに取ってくるから、それまで、こ、この髪飾りを、持っていて、もらえるかしら」

「ええ、もちろん。お安い御用よ」

ちょうどコニーは夜会用の小物入れ《ポーチ》を持っていたため、ふたつ返事で了承する。

ブレンダから手渡されたのは、花飾りが施された金地に白いパールが連なった華奢《きゃしゃ》な髪飾りだった。壊してはいけないとハンカチに包み、そっと中にしまう。ブレンダはこちらを振り返りもせずに階段を上がっていった。なんなのだろう、あれは。

暴食のせいで口の中がすっかり甘くなってしまった。紅茶が欲しくて給仕を探す。すると給仕ではなく小柄な青年――ウェイン・ヘイスティングと目が合った。どうやら今のやり取りを見ていたらしい。お互い面識はあるが、言葉を交わすほど親しくはない。軽く会釈《えしゃく》すると、あちらも会釈を返してきた。

いつの間にか明るくテンポの良い曲は終わり、今はゆったりとした調べに合わせて男女が輪を描きながらくるくると踊っている。

ブレンダはまだ戻ってこない。ぼんやりと二階へと続く螺旋《らせん》階段を見上げていると、そこから颯爽《さっそう》と姿を現したのはパメラ・フランシスだった。その傍《かたわ》らにはニールと、俯いたままのブレンダがいる。

「コンスタンス・グレイル！」

パメラは広間中に聞こえるような甲高い声を上げた。

「あなた、とんでもないことをしてくれたわね――」

いったい何事かと、周囲の視線が一斉にこちらを向く。コニーは驚きのあまり目を見開いた。

パメラがひどく満足そうに口の端を吊り上げる。

「あなたの家が大変なことは知っているわ。でも、だからと言って、これはちょっとやり過ぎではなくて？　正直、品性を疑うわ」

言葉を向けられたコニーにも注目が集まっていく。慣れない状況に、思わず上擦った声が飛び出た。

「な、なんの話？」

「あら、とぼけるつもり？　でも無駄よ。――あなた、ブレンダの髪飾りを盗んだでしょう」

――ブレンダの髪飾りを、盗んだ？

いったい何の話をしているのだろう。けれど、敵意と悪意を向けられているのだけは痛いほどわかって、コニーの心臓がどくどくと早鐘を打つ。

「ブレンダから聞いたわ。髪がほつれそうだから直してあげると言ったそうね。でも、それからすぐに、ブレンダは大事な髪飾りがなくなっていることに気づいたそうよ。ねえ、コンスタンス・グレイル。そのことについて、あなたはどう思って？」

「どう、って」

「希少なイェラ海の涙真珠と、純金の髪飾りだもの。お金に困っている人間にとっては咽喉《のど》から手が出るくらい欲しいものよね。ええ、ええ、気持ちは痛いほどわかるわ。あなたのお家のかわいそうなご事情はよく知っているもの」

「わ、私は、ブレンダに頼まれて……」

「頼まれて？　そう、あなたは盗んでいないと言うのね？」

事情を話したいのに矢継ぎ早に言葉を投げつけられて、答えるだけで精一杯になる。

「そうよ、だって――」

「なら、そのポーチを見せなさい」

「え……？」

「盗んでいないと言うのなら、見せられるはずよね？」

コニーは思わず怯《ひる》んだ。怯んでしまった。だって、中には、ブレンダの髪飾りが入っているのだ。

そしておそらく動揺が顔に出た。今まで怪訝《けげん》そうにしていたニールがわずかに目を見開く。

「コンスタンス、君、まさか」

「違う！」

コニーは叫んだ。けれどその手から強引にポーチが奪われる。違う、違うのに。パメラがポーチをひっくり返して近くのテーブルの上に中身をぶちまけた。がしゃん、と硬質な音がする。あらやだ、と大袈裟《おおげさ》な声がした。

「ねえ、コンスタンス・グレイル？　あなたは盗んでないと言ったけど、これはいったいどういうことかしら。きちんとご説明頂ける？」

ハンカチから金の髪飾りが顔を覗《のぞ》かせていた。それを見て、ニールが黙り込む。周囲の人々が、ひそひそと何事かを囁《ささや》き合った。

違う。コニーは盗んでなんていない。ぐるぐると熱いものが咽喉までせりあがってくる。堪えるように、ぐっと拳を握り込んだ。

「……ブレンダから、頼まれたのよ」

そうだ。コニーは、やましいことなどしていない。

けれどパメラは残酷だった。残酷に、コニーを追いつめていった。

「頼む？　見たところ、これは特別かさばるものでも壊れやすいものでもないようだけれど。それなのに、わざわざ持っていてと頼まれたの？　ブレンダに？　たいして親しくもないあなたが？

それはずいぶんと不思議なお話ねえ」

同意するかのように、どこからともなく嘲笑が上がった。疑われているのだ。かっと体が熱くなる。

コニーはたまらず声を荒らげた。

「――ブレンダ！」

びくり、とブレンダが体を震わせる。

「お願い、言って！　あなたが私に頼んだのよね？　ポーチを取りに行く間だけ預かってほしいって。そうよね、ブレンダ？　……どうして、黙っているの？　ブレンダ、ねえ、ブレンダってば……！」

コニーが問いかける度にブレンダは背中を丸め、どんどん縮こまっていく。

「――言い訳は見苦しいわよ」

ふいに聞こえてきたその声は、恐ろしいほど慈愛に満ちていた。

「かわいそうに、ブレンダったら怯《おび》えているじゃない。いいのよ、ブレンダ。何も言わなくていいの。……ほら見たでしょう、ニール。こういう女なのよ」

パメラはそう言って、ニールの腕に甘えるようにしなだれかかった。

「すぐにでも婚約の異議申し立てをすべきだわ。これは、れっきとした犯罪行為よ。結婚なんてしたら、ブロンソン商会の信用に関わるもの」

ニールは戸惑ったようにコニーと髪飾りを見比べていた。

「だが、証拠もないのに……」

「証拠？」

パメラはせせら笑った。

「そんなの、ここにいる人みんなが証人になるじゃない！　ああそうだわ、ここには聖職者のハームズワース子爵がいらっしゃったわね。何なら今申し立てをしてしまえばいいのよ。――どなたか子爵を呼んできていただけないかしら？」

「違う、私は盗んだりなんて……！」

その言葉に、パメラがコニーの方へと顔を向けた。軽蔑したように、吐き捨てる。

「何が誠実のグレイルよ。あなたなんてただの泥棒じゃないの」

「ちが――」

あまりの衝撃に、息ができない。助けを求めるように広間を見渡す。けれど返ってくるのは、蔑むような冷たい視線だけだった。そんな中、青ざめたウェイン・ヘイスティングと目が合った。あの時、彼も見ていたはずだ。思わず縋《すが》るように見つめれば、さっと視線を逸《そ》らされた。面倒なことには関わりたくないと、その顔にはっきりと書いてある。

ぐらり、とコニーの視界が揺れた。

——だれか。

あの場には他にも人がいたはずだった。見知った顔もいくつかあった。けれど、その誰もが口を閉ざしてコニーを見捨てた。

——だれか、たすけて。

じわりと涙が滲《にじ》む。咽喉の奥が熱い。わかっている。わかっているのだ。けっきょく誰も助けてくれない。コニーのようなちっぽけな人間をわざわざ助ける人などいない。

『——いいわよ』

その声は、唐突にコニーの耳元に落ちてきた。

「……え？」

鈴が転がるような軽やかな少女の声。その声は、どこかで聞いたことがある。

『助けてあげる』

愛らしい口調なのに、傲慢《ごうまん》で、不遜で。けれど、どうしてか惹《ひ》きつけられて。

『でも、その代わり——』

コンスタンス・グレイルは、その言葉を最後まで聞くことができなかった。

なぜなら突然ぱんっと何かが体に飛び込んできて、コニーの意識はそこで一旦途切れたからだ。

※

この女は、誰だ。

目の前で底の知れない笑みを貼りつけたコンスタンス・グレイルを見て、パメラ・フランシスは背筋を凍らせた。

この地味な少女は、ついさっきまでパメラにとって取るに足らない小者に過ぎなかった。どこもかしこもパッとしないくせに、誠実などという世迷言《よまいごと》を堂々とひけらかす、おめでたい女。

他の令嬢だったら揶揄《やゆ》されるような幼稚な振る舞いも、グレイルの人間だからと許されるのが昔から気に食わなかった。その上、婚約者はあのニール・ブロンソンだ。背が高く、ハンサムで、まるで舞台役者のように輝いていた青年。

どうしてあの女ばかり優遇されるのだ。コンスタンスなんて、その見た目も、実家の資産も、パメラよりもずっと下の人間のくせに。

だから、潰すことに決めたのだ。

——ブレンダ・ハリスを呼びつけたのは夜会が始まる直前のことだった。

「そ、そんなことできないわ」

パメラの計画を聞かされたブレンダは、顔を引き攣《つ》らせると弱々しく首を振った。

「じゃあ、マディみたいになってもいいのね？」

すっと目を細めれば、今度はひっと悲鳴が上がる。

マディ――マディソン・スコットは、去年までパメラの取り巻きのひとりだった。陰気なブレンダと違い、明るくて頭の回転もそこそこ良かったのでパメラのお気に入りだったのだけれど、たまたま他の友人にパメラの悪口を言っているところを聞いてしまった。

それからかわいそうなマディはパメラの玩具になった。彼女はたったの数カ月程度で心を病んで、今は領地で静養している。

がたがたと震えるブレンダに近づくと、頭につけられた髪飾りを思い切り引っ張った。きれいに結われた髪が乱れる。ブレンダが怯えた目でパメラを見てくる。その目の奥をじっくりと覗きこみながら、パメラは命じた。

「ねえ、ブレンダ。何度も言わせないで？　私だって、何も無理にとは言わないわ。そうね、もしも――もしもコンスタンスがあんたのみっともない髪について何も言わなければ、そのまま帰ってきてもいいわよ」

ブレンダは何度も頷いた。一縷《いちる》の望みだと思ったのだろう。けれど、それはあり得ない。ブレンダには悪いが、相手はあのコンスタンス・グレイルだ。

地味でぱっとしない彼女が、反吐《へど》が出るほどの偽善者だということをパメラはよく知っていた。

――知っていた、はずなのに。

「泥棒、ねえ」

パメラの計画は順調だった。ブレンダは予定通り髪飾りをコンスタンスに預け、パメラが広間の中央でそれを糾弾する。誰もがコンスタンスを見ていた。コンスタンスを疑っていた。愕然《がくぜん》としたコンスタンスが力尽きたように俯いて——そして、再び顔を上げた時には何かが違っていたのだ。

その何かが、いったい何なのかはパメラにはわからない。けれど。

「ふふ、いったい、どちらが泥棒なのかしらねえ」

あのコンスタンス・グレイルが、こんな風に、底意地悪く笑える女だとは知らなかった。

「……どういう意味よ」

余裕のある、嫌な笑い方だった。追いつめているのはこちらのはずなのに、どうしてか追いつめられているような気持ちになる。それが不愉快で仕方なくて、パメラは目の前の少女を睨《にら》みつけた。

しかしコンスタンスはまるで気にした様子もなく、にっこりと微笑むとよく通る声でこう告げた。

「ねえ、ご存知？　あなたが茂みではしたなく腰を振っていたお相手は、わたくしの婚約者様なのよ？」

品のない発言に周囲がどよめき、かっとパメラの頭に血が上った。よくも——よくもこんな大勢の前でそんなでたらめを！

「そんなことしてないわ！　ニールとは口づけをしていただけよ！　あなたって、なんて無礼なの！　恥を知りなさい！」

「パメラ！」

焦ったようなニールの声にパメラははっと我に返った。しまった。嵌められた。コンスタンス・グレイルなんかに！

コンスタンスは意地悪く口の端を吊り上げた。

「あらやだ、言い間違えたみたい。そうね。あなたは、ただ、口づけをしていただけだったわね――他人の、婚約者様と。でも、それって立派な泥棒でなくて？」

ふたりの関係は周知の事実であったが、噂のままであるのと、当人が認めてしまうのでは話が違ってくる。それも、こんな無様《ぶざま》な形で。明日にでもパメラ・フランシスはうっかり口を滑らせた間抜けな女だと噂になることだろう。屈辱に唇が戦慄《わなな》く。けれどまだ負けたわけではない。痛み分けだ。いや、むしろ傷を負うのはコンスタンスの方だ。

「……それでも、あなたがブレンダの髪飾りを盗んだ事実は変わらないわ」

犯罪者はそちらの方だと指摘すれば、先程までの狼狽《ろうばい》ぶりが嘘のようにコンスタンス・グレイルはあっさりと肩を竦《すく》めた。それから視線をぐるりと巡らせると、ある一点で留める。

視線の先にはひとりの青年がいた。

「ねえ、そこの――ちょっと待って今記憶をたどるから――そう、ウェイン。ウェイン・ヘイスティング！」

聞き覚えのある名前に、パメラは小さく舌打ちをする。なんて間の悪い奴《やつ》なのだ。あの痩せっぽちは相変わらずパメラを苛々《いらいら》させることが上手だ。

ウェイン・ヘイスティングは、その昔、パメラが取り巻きとともに苛めていた相手だった。

「あなた、見ていたわね？」

「ぼ、僕は——」

そばかすだらけの顔が、窺うようにパメラを見てくる。もちろん、喋《しゃべ》ったら承知しない。すっと目を細めれば、ウェインはびくりと肩を震わせて俯いた。そして、それきり黙り込む。

コンスタンス・グレイルはその様子をじっと見つめていた。

「——そう。言いたくないのなら、けっこうよ。けれど、気をつけることね。あなた以外にも真実を知る者はたくさんいてよ？」

そして楽しそうに目を細めると、ゆっくりと広間を見渡していく。

「わたくし、こう見えて記憶力がとってもいいの。——スタン子爵夫人にブロワ男爵令嬢、それにペラム士爵もいたわね。あとは——この子は名前を知らないみたいだけど、レモン色のドレスのあなた。そう、あなたよ。あの時、こちらをご覧になっていたわね？　ええ、いいわ。いいわよ。皆様、何もおっしゃらなくて大いにけっこう」

突然名指しされた面々は驚いたように目を見開き、それから、すぐにばつが悪そうな表情を浮かべた。

「だってこんなお粗末な茶番、調べればすぐに片がつくもの。ただね、わたくし、煩わしいのが大嫌いなの」

そう言うと、コンスタンスはその表情と口調をがらりと変えた。

「だから、もう一度だけ訊くわよ。——ウェイン・ヘイスティング。下を向いていないで、わたくしを見なさい」

そこにいたのは平凡な小者《コンスタンス》ではなく、圧倒的な存在感を持つ何かだった。まるで心臓を鷲掴《わしづか》みにされたような感覚に陥ってパメラは思わず身を震わせた。ウェインも小さく息を呑んでいる。

「今のあなたの紳士らしからぬ振る舞いを見たら、お母様はさぞお嘆きになることでしょうね。それでもよろしいの？」

とうとう耐えられなくなったのだろう。今にも泣き出しそうな表情を貼りつけたまま、ウェイン・ヘイスティングはのろのろと顔を上げた。

「よくできたわね」そう言って、コンスタンスが満足気に口角を持ち上げる。

「ねえ、ウェイン？　あなたとは今後も良いお友達でいたいと思うのだけれど、あなたはどう思って？」

友達も何も、コンスタンスとウェインは単なる顔見知り程度だったはずだ。だというのに、その自信に溢《あふ》れた態度に胸騒ぎがして、パメラは小さく唇を噛《か》んだ。

「たとえば、無実の人間を冤罪《えんざい》に陥れることは許されることなのかしら？」

いつの間にか、広間は静まり返っていた。

「なら、その事実を知りながら保身のために沈黙を選ぶ人間は？」

彼女は謡うように次々と言葉を紡いでいく。

「わたくしはね、こう思うの。そんな人間は地獄に落ちるだろうし、見て見ぬふりをしていた者も同罪だって。ねえ、ウェイン、想像してみて？　もしも真実がつまびらかになった時、あなたはどんな立場になって、どんな風に噂されてしまうのかしら――」

ウェインは明らかに動揺していた。視線が泳ぐ。そして、もう一度パメラの方を見ようとして――

「こちらを見なさい、ウェイン・ヘイスティング。わたくしから目を逸らすなんて許さなくてよ」

その言葉に、ウェインは、はっと前を向いた。視線の先には、コンスタンスがいる。衣装も化粧も地味なくせに、なぜか得体の知れない威圧感を放っている。気弱なウェインは次第にその圧力に耐えられなくなったのだろう。顔色が真っ青を通り越して真っ白になっていく。それから、とうとう震えながら口を開いた。

「……み、みた」

その瞬間、コンスタンスが破顔《はがん》した。それは、完全な捕食者の笑みだった。

「僕、み、見ました。ミス・グレイルは盗んでない。ただ、ブレンダの乱れた髪を直してあげていただけだ。そ、それに、ブレンダは、髪飾りをミス・グレイルに預かっていてほしいって言ったんだ……！」

――あの役立たず！　パメラの目の奥が怒りでチカチカと瞬いた。周囲の目がなければ、ウェイン・ヘイスティングのそばかすの浮いた頰を引《ひ》っ叩《ぱた》いてやるところだった。

「わ、私も聞きました」

厄介《やっかい》なことに、レモン色のドレスの女もか細い声を上げた。すると「わたくしも見ていたわ」「私も聞いたぞ」「その子の言う通りだ」「髪飾りを手渡していたのも見た」と次々に声が上がっていく。

なんなのだ、これは。

今度は猜疑《さいぎ》の眼がパメラに向けられた。なじるように突き刺さってくる周囲の視線に足が竦む。こんなはずじゃなかった。こんなはずでは。ニールまでもが腕を組んで難しそうな顔をしてくる。

「本当なのか、パメラ」

「ち、違うのよ。だって、だって、ブレンダが——そうだわ、ブレンダが私に嘘を……！」

こうなったらブレンダのせいにするしかない。パメラは何も知らず、ただ助けを求める友人のために動いただけだ。そうよね？　とブレンダに視線を向けると——

「——かわいそうに、ブレンダったら怯えているじゃない」

それは、どこかで聞いたような言葉だった。見れば、コンスタンス・グレイルが慈愛に満ちた微笑をブレンダに向けていた。

相変わらず、地味でパッとしない顔。なのに、どういうわけか、ひどく美しく見えた。ブレンダも魅入られたようにコンスタンスを見つめている。

「いいのよ、ブレンダ。何も言わなくていいの」

コンスタンスは、先程のパメラの台詞《せりふ》を一言一句《いちごんいっく》間違えずに繰り返した。

ブレンダの瞳から涙が溢れ、頬を伝う。パメラは、ぐっと唇を噛みしめた。

もはや勝敗は、火を見るより明らかだった。

「——これは、いったい何の騒ぎかな」

でっぷりと肥えた腹を揺らしながら螺旋階段を下りてきたのは、今宵《こよい》の夜会の主催者であるハームズワース子爵だった。どうしてここに、と思ったが、ほんの少し前に自分が呼びに行かせたのだとパメラは思い出した。

「やだ、成金豚だわ」

コンスタンスが何か呟いたが、生憎《あいにく》内容までは聞こえなかった。

すぐに何人かが子爵に近づいて、事の次第を面白おかしく説明したようだ。子爵はいちいち大袈裟に目を見開き、肩を竦め、嘆いてみせる。一通り聞き終わると、同情するように眉を下げてコンスタンスに向き直った。

「災難だったね、グレイル嬢」

対するコンスタンスはどこか冷ややかな笑みを浮かべていた。相手を見下すような、パメラがこれまで一度も見たことのない表情だ。

「——ええ、とっても。あまりの仕打ちに神聖なる宣誓に背いてしまいそうですわ。背教者になる前に女神の慈悲に縋りたいのですが、ご相談に乗って頂いても？」

「それは婚約の異議申し立て、ということかね」

「受理されるでしょうか」

「もう公示されてしまっているから、すぐには難しいだろうね。相手方の言い分もあるだろうし」

「哀れな仔羊《こひつじ》に、祝福を与えてはいただけないのですか？」

「私がかい？　もちろん、そうしてあげたいのは山々だけどね。残念なことに私は教区が違うし、そもそも、異議申し立てはこんな場所で簡単に行えるものではないんだよ。然《しか》るべき場所で、きちんと順序立てて行わないと。知っての通り、教会というものは不可侵なのだ」

それはそうだろう。さすがにパメラだって、まさかこの場で手続きができるとは思っていなかった。子爵を呼んだのは、ただあの女《コンスタンス》に恥をかかせてやりたかっただけだ。まあ、愛想を尽かせたニールが明日にでも本当に異議申し立てを行ってくれれば、とは思っていたが。

教会というものは、たかが下級貴族の一存でどうこうできるものではないのだ。だから、次に聞こえてきた言葉にパメラは己の耳を疑った。


「そんなこと、わたくしの知ったことではないわ」

——この女は、今なんと言った？


「お前の夜会で起きた不始末よ。お前がなんとかなさい」

それは、他人に命じることに慣れ切った口調だった。けれど、目の前にいるのはあのコンスタンス・グレイルなのだ。広間が再びざわつき始める。

「決して難しいことではないはずよ。特に、お前みたいな人間にとってはね。御託《ごたく》は良いからさっさとこの婚約を無効にしてきなさい、この愚図《ぐず》が。さもなければ——」

決して大きいわけではないのに、その声は、はっきりと広間中に響き渡った。

「今宵、この小宮殿《グラン・メリル＝アン》で行われたドミニク・ハームズワースの夜会は、崇高なる王家の庭で男女が入り乱れいかがわしいことをするものだったと、どんな手を使ってでも陛下の耳まで届くようにしてやるわ」


大広間は、今やコンスタンス・グレイルのためにあった。あれほど侮辱を受けたはずのハームズワース子爵は、なぜか目を輝かせてすぐさま侍従に何かを命じた。まさか本当に婚約破棄の手続きでもさせるのだろうか。

パメラは必死に考えを巡らせた。どうにかして事態を挽回《ばんかい》しなければいけなかった。そうしないと明日からパメラには社交界の居場所がなくなる。

ニールはおそらく役には立たないだろう。いくらお洒落《しゃれ》で、ハンサムで、頭が良くても、彼はやはり貴族ではなかった。この展開についていけず、そして、これから待ち受ける事態にも気づかずに立ち尽くしている。


「――紳士淑女の皆様方」

いつも壁の花で、人前では気の利いたことひとつ言えなかったコンスタンス・グレイルが、まるで舞台女優のように堂々と立ち振る舞っている。

そのことを、誰も疑問に思わないのだろうか。

「この素晴らしい場に水を差してしまったことを心よりお詫《わ》びいたしますわ。道ならぬ恋に燃える若き男女にどうか祝福を。宴はまだ始まったばかりですもの。――思う存分、楽しまれて？」

このふたりで。

言外にそう言われた気がして、パメラの二の腕が粟立《あわだ》った。思わず縋るように口を開く。パメラの勘が危機を告げていた。早くなんとかしなければ、ひどいことになると。

「お願い、ちょっと待って――」

コンスタンス・グレイルなら必ず謝罪を受け入れるはずだ。予想通り、彼女はちらりとパメラを見た。

けれど、見た、だけだった。

パメラに気がついたコンスタンスは、わずかに目を眇《すが》めるとすぐに顔を背けてしまった。それは謝罪など許さないというような激昂《げっこう》した態度ではない。むしろ、うっかり羽虫が視界に入ってしまった。そんな表情だったのだ。そこで初めてパメラは気がついた。

この女は、誰だ。

これは、パメラの知っているコンスタンス・グレイルではない。

「あら、わたくし眩暈《めまい》が。そこの孔雀青《くじゃくあお》のベストがよくお似合いな方――ええ、あなたですわ。あなたのたくましい腕を、少しだけお借りしてもよろしいかしら？　心が痛くて、ひとりで歩けそうもないのです。すぐそこまでですわ。外に迎えが来ているはずなので」

顔は平凡なのに、そこに乗せられた表情はひどく艶《なま》めいていた。信じがたいが、そうしているとあの地味な女がたいそう魅力的な女性に見える。実際コンスタンスに選ばれた男はわずかに相好を崩し、それからパメラに蔑むような一瞥《いちべつ》を寄越した。

「もちろんです、レディ」

——負けた。女として、コンスタンスに負けた。それは、パメラにとって体が震えるほどの屈辱だった。

「それでは皆様、ごめんあそばせ」

コンスタンスは背筋を伸ばしたまま優雅な仕草でゆったりとした裾を摘《つ》まみ上げる。それから流れるように頭を下げた。

あまりに自然で非の打ち所のない淑女の礼は、パメラでさえも一時の激情を忘れてしばし見惚《みと》れるほどだった。

コンスタンス・グレイルは立ち去り、いつの間にか中断していた楽士たちの演奏が再開される。それは、宴の終わりを告げるような物悲しい小夜曲《セレナーデ》だった。

パメラはいよいよ抜き差しならない事態になっていた。誰も彼もがパメラを非難しているような気がした。視線を感じる。じろじろと見られている。負けるものか。顔を上げて、何でもないようにやり過ごそうとする。けれどやはり内心では恐ろしかった。

だから、その場に見知った顔を見つけた時は思わず飛びついていた。

「ホランド夫人！」

ふくよかな女性が驚いたようにこちらを見る。ホランド夫人なら大丈夫だ。守ってもらえる。社交界デビュー《デビュタント》した日から今まで、彼女はパメラのことを娘のように可愛がってくれていた。

「助けてください、騙《だま》されたのです。運命の三女神に誓って、私はこんなこと致しません。夫人なら、信じてくださいますでしょう？」

誤解なのだと傷ついた表情を作り、縋るように夫人を見つめる。お優しいホランド夫人なら、これで充分のはずだ。肩を抱いて、かわいそうに、大変だったわね、そう言ってくれる。

パメラの予想通り、ホランド夫人は微笑んでいた。パメラもほっとして笑顔を返す。けれど、次の瞬間凍りついた。

「ごめんなさい。あなた、どちら様だったかしら？」

ひゅっ、とパメラは息を呑んだ。

優しかったはずの夫人の瞳が、ひどく愉《たの》しそうに、歪《ゆが》んでいる。

立ち尽くしていると、どん、と誰かがぶつかってきた。パメラはよろめいて尻もちをつく。そのわずかな間にホランド夫人はどこかへ行ってしまった。

あらごめんなさいね、平然とした口調で謝罪したのは扇子で口元を隠した貴婦人だった。ダーク・ブロンドの髪を結い上げた細身の女性は、確か、エマニュエル伯爵夫人と名乗っていたか。コンスタンス・グレイルと交流のあった人物だ。思わず身構える。

案の定、伯爵夫人は立ち去らず、一方的にパメラに話しかけてきた。

「――私ね、グレイル嬢のことを本当に歓迎していたのよ。特筆することのないつまらない子だけれど、悪い子ではないもの。グレイル流に言うと誠実ってやつね。それってこの世界ではとっても珍しいことなのよ。わかるでしょう? だからあなたのやったことはちょっとだけ腹立たしいわね。そう、ちょっとだけ。まあ、でも、結果的に面白いことになったから許してあげる」

そう言って、起き上がることのできないパメラに手を差し伸べてくる。

「だって、私が何もしなくたって、あなたとワルツを踊りたい方々が手薬煉《てぐすね》を引いて待ち構えているみたいだもの」

はっと気づいて辺りを見渡せば、パメラはたくさんの人に囲まれていた。ひっそりと流れていた曲がふいに転調する。広間に明るく鳴り響いたのはテンポの速い三拍子のメロディ――円舞曲《ワルツ》だ。さっとパメラは青ざめた。くすくすという笑い声がさざ波のように寄せては引いていく。

はしゃいだようにこちらを覗《のぞ》き込んで来るのは、いずれもある程度の年齢の者たちだった。パメラと同年代の者はいつもと違う夜会の空気に委縮《いしゅく》し、いったい何が起こったのかと遠巻きに見つめているだけ。当然だ。

こんな、こんな夜会は、パメラだって知らない。

パメラにとって夜会とは、ひどく退屈で模範的なものだった。悪口も嫌がらせもおままごとのように可愛らしく、それならば平民の男たちとつるんで下町の怪しげな酒場で遊ぶ方がよほど刺激的だった。だからこの計画を実行したのだ。この程度の奴らなら手玉にとれると、そう思ったのだ。

伯爵夫人はすれ違いざまに、パメラの耳元で低く囁いた。

「――私の故郷ではね、盗人《ぬすっと》は焼けた靴を履かされて死ぬまで踊り続けるのよ」

※

「ああ、始まった始まった」

「懐かしいわね」

「十年ぶりだ」

「どのくらいもつかしらね、あの子たち」

「あら、せめて私の番までは元気でいてもらわないと」

「昔から宴の醍醐味《だいごみ》だったものね。でも、本当に久しぶりだわ。この十年、みんな気が引けていたから」

「悪目立ちして処刑でもされたらごめんだからな」

「ええ、十年前みたいにね」

「あれはひどかった」

「しっ。だめよ、口にしては」

「でも、それにしても驚いたな。あれはまるで――」

「ええ、まるで――」

「――まるで、スカーレット・カスティエルが地獄の底から舞い戻ってきたみたい」

ここまでの主な登場人物

ブレンダ・ハリス

たぶん十五、六くらい。パメラの金魚の糞。もしくは女王の恐怖政治に脅えていた民衆その一。

パメラ・フランシス

たぶん十五、六くらい。プラチナブロンドの髪。コニー世代の裸の女王さま。接吻なんて朝飯前なおませさんで、ニールと浮気していた。裕福な男爵令嬢で、人を利用して甚振るのがすき。けっきょく自分が散々甚振られる羽目になった。

ニール・ブロンソン

たぶん十七、八くらい。ブロンソン商会の嫡男でコニーの婚約者。見た目はお洒落な好青年。しかしパメラと浮気したため、世が世ならゲスの極みと罵られ記者会見を開かなければいけなかったに違いない。

浮気

夜会で逆襲

元婚約者

スカーレット・カスティエル

享年十六歳。永遠の十六歳。黒髪に紫水晶の瞳。セシリア王太子妃の暗殺未遂でサンマルクス広場で斬首刑に処された。モットーは、お前のものは俺のもの。俺のものは俺のもの。なんだか記憶力が良さそう。

協力関係

コンスタンス・グレイル

誠実がモットーの十六歳。榛色の髪に若草色の瞳。地味で冴えなくてパッとしない上に婚約者に浮気されてもう泣きそう。ピンチに助けを求めたらとんでもないジャ〇アンがやってきた← new!

婚約破棄を命令

ハームズワース子爵

たぶん三十代後半くらい。
すべての発端となった小宮殿の夜会の主催者。豚になる呪いをかけられたのかと思うほど肥えている。ちなみに独身。ものすごい金持ちらしい。冗談は顔だけにしておいて欲しいが聖職者でもある。

エマニュエル伯爵夫人

たぶん三十代半ば。
おっとりしてそうで毒舌。コニーのことはそれなりに可愛がっていた様子。あとなんか故郷がこわい。

ミレーヌ

ちょっぴり無神経でゴシップ好きな子爵令嬢。

第二章 希代《きだい》の悪女と平凡な少女

The Holy Grail of Eris

コニーが目を覚ますと、陽《ひ》はすでに高く昇っていた。柔らかな光に、澄んだ空気。窓の向こうではチチチ、と小鳥が歌っている。

なんだか怒涛《どとう》の夢を見た、ような、気がする。そう、まるで、パメラ・フランシスをぎゃふんと言わせたような――

(いやいやいや、さすがにそれはあり得ない)

だって相手は舞踏会のダンスのように殿方を手玉に取るという悪女である。

コニーは目を瞑《つむ》ると、そのまま思い切り伸びをした。

うん、あり得ない。自分で言うのも悲しいが、コンスタンス・グレイルは地味で冴《さ》えない小物なのだ。

物悲しい気持ちになりながら瞼《まぶた》を開けると、目の前に、ひとつの顔があった。

「……ん?」

吸い込まれてしまいそうな紫水晶《アメジスト》の瞳に、夜の帳《とばり》のような髪。

「……ん?」

その外貌は魂を奪われてしまいそうなほど美しい。けれど、同時に猛烈な違和感を覚える。

ここは、コニーの寝室ではなかったか。そう思って視線をぐるりと巡らせる。見慣れた蔦《つた》模様の壁紙に、寝台の横には金の取っ手のついた猫脚のサイドチェスト。ふたり掛けの長椅子に、脚の短いガラス天板のテーブル。部屋の隅には化粧台を兼ねた引き出し付きの収納机《ビューロー》。

そして、窓の向こうには色彩豊かな尖塔《せんとう》が見える。グレイル領は緑ばかりだが、王都《ここ》は建物ばかりだ。もっとも、社交シーズンが終わる秋口には領地も紅葉で色鮮やかに染まっていることだろうが。

いずれにせよ、コニーにとっては例年と変わらぬ王都の風景である。

『やっと起きたのね、コンスタンス・グレイル。お前、昨日は一日中寝ていたのよ？』

けれど、鈴を転がしたような可憐《かれん》な声は、いつもの朝にはないものだった。

一拍の沈黙の後、コニーは叫んだ。

「ぎゃあああああああ⁉」

目の前の少女がぎょっとしたような表情を浮かべて後退《あとずさ》る。しかしコニーもまた動揺していた。小宮殿《グラン・メリル＝アン》での情景がものすごい勢いで蘇《よみがえ》ってきたのだ。それはまるで瞬きをする度に場面の変わる紙芝居を見ているようだった。

（ちょ、ちょょっと待って――）

映像だけではない。感じるのは、その場の空気や、温度。それに声や匂い。すべてがあまりにも生々しい。これは、まさか――

「夢だけど、夢じゃなかった――⁉」

愕然《がくぜん》と叫ぶと、不機嫌そうな声が返ってきた。

『なに言ってるのよ。お前、まだ寝ぼけているわけ？』

いや、意識は、比較的はっきりとしていると思う。目の前にいるこの人は、大広間から温室《コンサバトリー》へと続く廊下で出会った高貴な方だ、とコニーの記憶は告げてくる。けれど確信がない。やはり寝ぼけているのだろうか。これは、夢、なのだろか。わからない。だからコニーは恐る恐る訊《たず》ねることにした。

「あのう、ど、どちらさま、でしょうか……？」

なんにせよ、ひとつだけ言えることがある。整いすぎて近寄りがたい美貌《びぼう》と、洗練された上品な佇《たたず》まい。蠱惑的《こわくてき》な肢体に挑発的なドレス。──そのどれをとってもコニーの知り合いでないことは明白だ。

少女はコニーの問いかけにふふんと目を細めた。紅い唇が緩やかに弧を描き、よく通る声が飛び出してくる。

『わたくし？　わたくしは、スカーレット。スカーレット・カスティエルよ！』

──スカーレット・カスティエル？　あの希代の悪女の？

コニーはぽかんと口を開いた。

「いやいやいや、そんなバカな。だって、スカーレット・カスティエルは十年前に処刑されていて……」

『やだお前、まさか、わたくしが生きているように見えるの？』

それが心底可笑《おか》しいと言うような口調だったので、コニーは思わずまじまじと目の前の少女を観察した。精巧な顔立ちは確かにこの世のものとは思えないが、おそらく、そういうことではないだろう。顎《あご》から首筋にかけての線は華奢《きゃしゃ》で、胸は豊か。腰はほっそりとくびれていて——そして、文字通り地に足がついていなかった。

なぜか、ふよふよと、浮いている。

それを目にした瞬間、コニーは再び意識を失った。


『ちょっと寝過ぎよ、お前』

呆《あき》れたような声にぼんやりと目を開けると、例の少女が腰に手を当ててコニーを睥睨《へいげい》していた。

『それも、わたくしとの会話の最中に眠るなんて……！　そんな失礼な仕打ちをされたのは、生まれてはじめてだわ！』

いやだってもう死んでるがな。さすがにそうとは言えず、「失神です」と引き攣《つ》った声で答えた。

——紫水晶の瞳に、オニキスのように艶《つや》やかな黒髪。息を呑《の》む美しさ。そのどれもが、かの有名なスカーレット・カスティエルを示す特徴である。言われてみれば、顔立ちも、似ているかもしれない。

といってもコニーが本物のスカーレットを見たのは十年も前のことだ。それも一度きり。たいそう美しい人だったという記憶はあるが、実際の顔立ちはおぼろげである。それよりも生まれて初めて見た『処刑』の方が強烈だった。あれから這《ほ》う這《ほ》うの体で家路についたコニーは倒れ込むようにして三日三晩寝込んだのだ。スカーレット・カスティエルという存在はコニーのトラウマの頂点として君臨している。

「で、でも、なんで小宮殿《グラン・メリル＝アン》に……？　スカーレット・カスティエルの亡霊はサンマルクス広場にいるんじゃ……」

　首なし令嬢が頭を求めて夜な夜な広場を徘徊《はいかい》しているという噂《うわさ》は王都七不思議のひとつにも数え上げられるほど有名である。そう告げると、スカーレットは怪訝《けげん》そうに首を傾《かし》げた。

『サンマルクス広場？　ああ、わたくしが処刑された場所ね。あんなところ、この姿になってから一度も行ったことないわよ。だいたいわたくし、自分が処刑された日のことなんてちっとも覚えていないもの』

　そうなのか。自称・スカーレットの台詞《せりふ》にコニーはほっと胸を撫《な》で下ろした。あの日、広場は人間の悪意で満ちていた。覚えていないのならば、その方がいいだろう。

『――それに引き換え小宮殿《グラン・メリル＝アン》は、間抜けなエンリケと腹黒セシリアに屈辱を味わわされた場所なのよ！　まったく、今思い出しても腹立たしいわ！』

「ちょ、王子に向かってそんな不敬な……！　それに、は、腹黒……⁉」

　聖女アナスタシアの再来と名高い慈悲深き王太子妃様になんてことを言うのだ。

けれど、暴言を吐いた当人は気にした素振りもなく話を続けていく。

『とにかく、気づいたら小宮殿《グラン・メリル＝アン》にいたんだけれど、どうしてか広間には入れなかったのよね。入ろうとしても弾《はじ》かれてしまうの。やっぱり死者には何か制約があるのかしら』

　スカーレットは何かを思い出そうとするように首を捻った。

『わたくし、自分がいつからこの状態だったのかよく覚えていないけれど、中に入れたのは、きっと、お前のおかげなんでしょうね。誰に声を掛けても聞こえない。視線だって交わせない。そんな中で、わたくしの存在に気がついたのはお前がはじめてだったのだから』

「スカーレット様……」

儚《はかな》げな微笑を浮かべる少女の姿に胸がつまった。そのまま言葉を失っていると、彼女は「わかっている」というように頷《うなず》いてみせる。

『お前は地味でパッとしなくて特に取り柄もないようだけれど、わたくしに気がついたことだけは存分に誇ってよくってよ！』

「うん、それちょっと違う」

真顔になって否定した。今のは特にそういう意味での沈黙ではなかった。ついでに思い出す。あの時、小宮殿《グラン・メリル＝アン》の大広間に入る直前、少女は確かにこう言ったのだ。

――お前、礼を言うわ。

よくわからないが、コニーが声を掛けたことで少女は広間に入ることができたらしい。なるほど、とひとまず納得したが、それでもひとつ疑問が残る。

「でも、なんだって我が家に――」

ついてきたのだろうか。

広間に入るという目的を果たしたのだから、後はそのままどこへなりと行けばいいと思うのだが。疑問が顔に出ていたのか、自称・スカーレットは半眼になると腰に手を当てコニーを見下ろしてきた。

『だってまだ対価をもらっていないもの』

「たいか?」

『あら忘れちゃったの? 対価もなしに、赤の他人を助けるわけがないでしょう?』

そう言って、ふふ、と笑う。その顔に浮かぶのは、獲物を追いつめるような、ひどく獰猛《どうもう》な美しさだ。

その瞬間、脳裏《のうり》にひとつの声が蘇った。

——いいわ、助けてあげる。でも、その代わり——

ふいに冷水を浴びせられたように血の気が引いていく。あの時、声は最後まで聞こえなかった。けれど古今東西、異形のものとの契約の対価といえば——命、が定番ではないだろうか。コニーは身震いする体をぎゅっと抱きしめ、声を振り絞った。

「き、聞こえなかったんです……!」

『は?』

「ほ、本当に、聞こえてなくて! 何が起こったのかもわかってなくて! だ、だから命は……!」

どうか命だけはご勘弁を——そう言って縋《すが》りつくも、少女はけらけらと愉《たの》しそうに嗤《わら》うだけだった。

『だーめ』

絶望に視界が真っ暗になる。じわり、と瞳に涙が滲《にじ》んだ。

(ああ父様、母様、先立つ不孝をお許しください——)

持って生まれた容姿のようにパッとしない人生でした。コニーは肩を落としてがっくりと項垂《うなだ》れた。

スカーレット・カスティエルが、圧倒的な存在感を纏《まと》ってコニーに近づいてくる。嗜虐《しぎゃく》的な笑みを浮かべたその姿は、噂に違わずまさに希代の悪女そのものだ。

『助けてあげたのだから嫌とは言わせないわよ』

この時、哀れなコンスタンス・グレイルは、三女神《アトロポス》が末子が人間の運命の糸を断ち切るように、己もまた希代の悪女《スカーレット》によって死後の世界に連れて行かれるのだとばかり思っていた。

『いいこと、コンスタンス・グレイル』

ぎゅっと目を瞑って覚悟を決める。けれど待っていたのは終焉《しゅうえん》ではなかった。

続く未来は、コニーの予想とはちょっとばかり違っていたのだ。

『――お前のこれからの人生をかけて、わたくしの復讐《ふくしゅう》を成功させなさい！』

予想外の言葉にコニーはぱちくりと目を瞬かせた。

「……復、讐？」

スカーレットは紫水晶の双眸《そうぼう》に燃えるような怒りを湛《たた》えてこちらににじり寄ってくる。

『ええ、そうよ。わたくしを処刑に追い込んだ不届き者どもをひとり残らず地獄に落としてやるのよ――』

「そ、それは」

ただならぬ気配に気圧《けお》されて、コニーは、一歩、後退った。ごくりと唾を呑み込む。

「いったいどこのどちら様で……」

そう簡単に是《はい》と頷くわけにはいかない。復讐の相手が誰かもわからないのだ。事と次第によってはコニーだけの問題では済まなくなる可能性だってある。

『知らないわよ』

「へ？」

『だってわたくし、嵌《は》められたんだもの。あの小娘《セシリア》に毒を仕込んだ罪で処刑されたけれど、そんな地味なこと、このわたくしがするわけないじゃないの』

スカーレットはそう言うと、不愉快そうに瞳を眇《すが》めた。

今なんと？　コニーは思わず言葉を失い、たった今とんでもない発言をした相手を見つめる。

身に覚えのない罪での処刑。

――それは、つまり、冤罪《えんざい》というのでは？

『だからね、コンスタンス。お前の役目はわたくしの手足となって真犯人を見つけ出し、そいつらに生き地獄を見せてやることよ！』

思わず口元を手で覆う。なんということだ。コニーは今の今までスカーレット・カスティエルは悪だと信じていた。信じ切っていた。愚《おろ》かにも、まことしやかに流される噂なんかによって！

「じゃあセシリア妃の生家《せいか》に圧力をかけて一族郎党土下座させたっていうのも嘘《うそ》だったんですね……！」

これほどの美貌の持ち主だ。さらには王家も降嫁してくるような大貴族の血統を持ち、王太子殿下の婚約者ときたら彼女のことを妬《ねた》む者は多かっただろう。おそらく、そういった負の感情がこんなひどい噂を作り出したのだ。スカーレットは常に孤独だったに違いない。せめてコニーだけは本当の彼女を見つけて理解してあげなければ――

ぐっと拳を握りしめ、気遣うように微笑《ほほえ》みかければ、スカーレット・カスティエルはきょとんとした表情を浮かべていた。

『え？　やったわよ？』

「……はい？」

『なによ』

「……い、いえ。え、ええと、そしたら権力にもの言わせてセシリア妃を不敬罪で投獄したっていうのは――」

『あったわね、そんなこと。あの女、全然懲りてなかったけど』

「……その、赤ワインぶっかけて舞踏会の最中にドレスを脱がしたやつは」

『下着を脱がしたわけじゃないいんだから別にいいじゃない』

「……公衆の面前での全力往復ビンタ…………」

『それの何がいけないの？』

コニーは思わず息を吸い込んだ。

「色々やってるじゃないですか⁉」

『なによ、別にたいしたことないじゃない』

「充分たいしたことです！　確かに処刑にはならないでしょうけど、普通に捕まってもおかしくありませんよ⁉」

『なんですって⁉　お前、わたくしを誰だと思っているのよ！』

きっと眦《まなじり》が吊《つ》り上がり、噛《か》みつくように一喝される。

「ひっ、スカーレット・カスティエル様ですごめんなさい！」

『そうよ！　わたくしは偉いのよ！　たかが子爵家の小娘をちょっと小突《こづ》いたくらいなんでもないのよ！』

「いやでもけっきょく処刑されてるし！」

――あ、しまった。

滑らせてはいけないところで口を滑らせるのは、コニーの悪い癖である。さあっと血の気が引いていく。あまりの恐怖にスカーレットの方を見ることができない。視線を逸《そ》らしながら、それでも、最後の力を振り絞って口を開いた。

「あ、あのやっぱり復讐のお手伝いは――」

よくないと思うんです。

けれど渾身《こんしん》の訴えは声になる前に一蹴された。

『――借金』

それはまるで、凪《な》いだ海のように穏やかな声音だった。

『この家、借金があるんでしょう？　これからどうするの？　婚約破棄なんてしちゃって』

してない。コニーはしてない。やったのは目の前の女王様である。

しかし、結果だけ見れば全く以《もっ》てその通りだった。今回の一件でブロンソン商会の後ろ盾はなくなった。グレイル家は外聞と婚約者を捨て、恥と借金だけを残したのである。

コニーは悄然《しょうぜん》と肩を落とした。考えれば考えるほど己の首が絞まっていく気がしてならない。

『助ける方法がないわけではなくてよ』

その言葉に、ぱっと顔を上げた。よほど縋るような表情をしていたのだろう。スカーレットが愉しそうに目を細める。

『わたくしの復讐に、協力、するわよね？』

「う……」

『それに、まさかとは思うけれど、誠実のグレイルが受けた恩を返さないなんて――そんな不誠実なこと、あるわけないわよね？』

「なにをすればよろしいでしょうか」

反射的に返事をすれば、希代の悪女はにんまりと口の端《は》を吊り上げた。


リビングに降りると侍女長のマルタが心配そうにこちらに走り寄ってきた。どうやらコニーは小宮殿《グラン・メリル＝アン》の夜会から帰宅してすぐに倒れ込むようにして寝込んでしまった――らしい。正直、全く覚えていないが。

グレイル家の面々が事の次第を知ったのは翌日のことで、その時にはすでにハームズワース子爵の尽力で教会から正式にニール・ブロンソンとの婚約破棄が認められていたということだった。なにそれこわい。

そして今、当主である父は書類上の手続きをするために教会に赴いているという。コニーは思わず低く呻《うめ》いた。

父ことパーシヴァル＝エセル・グレイルは、まさしく誠実が服を着て歩いているような人間である。娘の婚約者が浮気をするなど夢にも思わなかったはずだ。衝撃のあまり血管の一本や二本、破裂してしまっていてもおかしくはない。

心配になって訊ねると、マルタは深い深いため息をついた。

「――それはもう、旦那様のお怒りは凄《すさ》まじいものでございました。一時は決闘だと息巻いておられたほどです。奥様のお言葉で何とか理性を取り戻されたようですが」

曰《いわ》く、コニーが自らの手で片をつけたのだから、それ以上の手出しは誠実ではない、と。ありがとう誠実第一主義。ありがとうお母様。グレイル家の手綱はいつだって母が握っている。

「それよりもお嬢様、一昨日から何も召し上がっていないでしょう？　今ミルク粥《がゆ》でも作らせますから」

「わあ、嬉《うれ》しい！　お腹《なか》ぺこぺこだったの！　……あと、私宛てに、何か届いている？」

最後の言葉はスカーレットからの指示だった。そろそろ手紙が届き終わった頃だろうから受け取りに行ってこいと。他でもない女王様の命令なのでふたつ返事で頷いたが、内心では首を傾げていた。引っ込み思案なコニーには知人など数えるほどしかいないし、今回のことを知ってもわざわざ手紙を出すとは思えない。

マルタを見れば、やはり、真夏に雪でも降ったかのような奇妙な表情を浮かべていた。そうだろうとも。コニーは訳知り顔で頷いた。

「変なこと言ってごめんね。忘れてちょうだい」

「いえ、その――」

「なにこれどういうこと⁉」

両手いっぱいに郵便物を抱えてコニーは絶叫した。

『ほら、わたくしの言った通りだったでしょう？』

マルタの話では、昨日からひっきりなしに信書を携えた使いが訪れたという。自慢じゃないが、生まれてこの方こんなにたくさんの招待状なんて届いたことがない。

『そりゃあ、話の種になるもの。貞淑であるはずの貴族の子女が公衆の面前であんなことやらかすなんて、ねえ？』

してない。何度も言うようだが、コニーはしてない。やらかしたのは目の前の女王様である。

届いた招待状を見せろというので長椅子に腰掛けテーブルに広げた。ざっと見積もっても二十はくだらない。そのひとつひとつをじっくりと検分していたスカーレットが、ふいに歓声を上げた。

『あったわ！　ぜったいあると思ったのよ。招待状にフリルと金箔《きんぱく》を使う下品な癖は十年経《た》っても相変わらずね、エミリア・カロリング！』

そう言って、ひと際目立つ招待状を指差したので、コニーはそれを手に取った。裏には送り主の名が書いてある。

「……ゴードウィン男爵夫人？」

『ゴードウィン？　やだエミリアったらダグラス・ゴードウィンと結婚したの？　あの太っちょ

と？　二本足の豚みたいだって、あんなにバカにしてたのに』
　ふん、とスカーレットは鼻を鳴らした。
『とにかくエミリアの舞踏会に出るわよ、コンスタンス。あの子はね、おしゃべりと人の不幸が大好きなの。十年前の出来事だってうまく訊《き》けば発情期のカナリアのように捲《まく》し立てるに決まっているわ』

『――お前、バカなの？』

　辛辣《しんらつ》な声が自室に落ちた。コニーはびくりと身を竦《すく》ませる。冷え冷えとしたスカーレットの視線の先には、今しがたコニーが認《したた》めたゴードウィン夫人の招待状の返信があった。

『カメリアもそろそろ見納めの季節となりました――って、なんなのこれ』

「ええと……時候の挨拶《あいさつ》、ですが……？」

　むしろそれ以外にはない。当たり前のように答えれば、スカーレットの面からすっと表情がなくなった。そうしていると作り物めいた美貌だけが際立って、まるで精巧な人形のようである。そんなことを呑気《のんき》に思っていると、次の瞬間、雷が落ちた。

『――ただの社交辞令に萎れていく花の話をするバカがどこにいるの⁉』

「あっ……！」

『だいたいカメリアって最後に首から落ちるのよ⁉　古典文学では斬首刑の代名詞なのよ⁉　あれが咲き誇る季節という話ならともかく、よりにもよって不吉な終わりを話題に出すって、お前、主催者に没落しろと喧嘩《けんか》を売っているわけ⁉』

全く以て返す言葉もなかった。

『あと字が下手！　書き直しなさい！』

「え、字なんて読めればいいいんじゃ……」

『なんですって⁉』

「なんでもありません！」

慌てて収納机の引き出しからまっさらな書簡紙《レターペーパー》を取り出すと、羽ペンをインクに浸す。書きつけていく傍《そば》から『ちょっとそこ！　インク溜《だ》まりができてるわよ！』『なんでそんなに言葉のセンスがないの⁉』『字体のバランスが悪い！　やり直し！』などと鬼のような指導が飛んできた。半泣きになって手を動かしていると、部屋の外からドアノッカーをコツコツと鳴らされる。

伺いを立ててきたのはマルタだった。

「ロレーヌ男爵家のケイト様がいらっしゃいましたが、どうされますか？」

「ケイトが？　ああ、それなら今行くわ」

ケイト・ロレーヌは数少ないコニーの友人である。意気揚々と立ち上がると、くしゃくしゃに丸められた哀れな便箋たちの成れの果てに気がついた。はっとして振り向けば、顔だけは極上の悪魔がにっこりと微笑んでいる。

悩んだのは、一瞬だった。

気がつけば、コニーは扉に向かって声を張り上げていた。

「やっぱりちょっと手が離せないから部屋まで連れて来てもらえるかなー⁉」

「コニー！」

扉を開けるなり、ケイト・ロレーヌがぎゅっと抱き着いてきた。

「寝込んでたって聞いて心配したのよ！」

柔らかい。いい匂いがする。ふわふわのマロンブラウンの髪がくすぐったい。顔からこぼれ落ちてしまうんじゃないかと思うくらい瞳をいっぱいに見開いて親愛の情を示してくる友人に、コニーは笑みをこぼした。

「もう平気。ミルク粥《がゆ》も鍋ごと抱えて完食したから」

「うん食べ過ぎね。いつも思うのだけれど、あなたの胃袋ってどうなってるのかしら……うらやましい……」

拗《す》ねるように唇を尖《とが》らせたケイトは、確かに標準よりちょっぴりふくよかかもしれないが、万年洗濯板のコニーとしてはケイトのたわわな胸の方が羨《うらや》ましい。今日だって、地味な色合いの襟の詰まったドレスのくせに、胸元がはちきれんばかりに強調されている。

「それで、大丈夫なの？」

長椅子に腰掛けたケイトは、心配そうにこちらを見つめてくる。なんのことだろう、と首を傾げ――はっと気がついた。

「もしかして、もう噂になってるの⁉」

もちろん小宮殿《グラン・メリル＝アン》での出来事である。

「ええ、まるで季節外れの大暴風《ハリケーン》みたいよ」

しみじみと呟《つぶや》くケイトに、コニーは顔を引き攣らせた。コニー同様、否、それよりも社交界との関わりの薄いケイトが知っているのである。もはやグレイル家の醜聞は社交界全体に筒抜けだと思っていいだろう。

「あなたはベッドの上にいたから知らないでしょうけど、パメラは昨日のうちに領地に戻ったんですって。表向きは静養ってことになってるけど、形勢を察して尻尾を巻いて逃げたに決まってるわ。昔から思ってたけど、基本的にやることが卑怯《ひきょう》なのよ、あの泥棒猫」

あれほど避けたかったパメラ・フランシスの話を聞いても、コニーの心は不思議なくらい落ち着いていた。スカーレット・カスティエルが好き放題してくれたおかげだろうか。それよりも気になるのは――

「ニールは？」

するとケイトは困ったように眉を下げた。

「あちらも、あまりよろしくない状況みたい。ブロンソン商会が子爵家《グレイル》と繋《つな》がりを持つならば――ということでまとまった大口の商談が、いくつか、ご破談になったと聞いたわ。ニール・ブロンソンの方は、さすがに姦淫罪《かんいん》とまではいかないけれど、風紀を乱したとして教会から謹慎処分。今はサー・ダミアンがご贔屓《ひいき》筋に頭を下げて回っているそうよ」

その話を聞いてちょっとだけ胸が痛んだ。ちょっとだけ、である。コニーは頭を振って同情を追い払い、本題に入ることにした。

「ええと、その、それで、私は……？」

大暴風の元凶はいったいどんな扱いになっているのか。おっかなびっくり訊ねると、ケイト・ロレーヌはひどく神妙な面持ちで頷いた。

「哀れなコンスタンス・グレイルは羊も怒らせると猟犬に突進していくのだということを証明してくれた――これが今朝のメイフラワー社の貴族版の社説よ。おめでとう、コンスタンス・グレイル。一躍時の人ね」

まさかの新聞デビューである。コニーは思わず額に手を当て、天を仰いだ。意識を遠くに飛ばしていると、机の上の惨状に気がついたのかケイトが驚いたように声を上げた。

「あら、珍しいのね」

「え？」

「ごめんね、見えちゃった。これ、ゴードウィン夫人の舞踏会の招待状でしょう？　参加するのね。今までだったらぜったい断ってたのに、急にどうしちゃったの？」

「いや、これは、その……」

なんと答えればいいのか。先程から置物のようにこちらの様子を静観しているスカーレットに視線を飛ばす。やはり、ケイトには彼女の姿は見えていないようだ。とすれば、どうしたものか。本当のことを伝えたところで信じてもらえるとは思えない。だいたい何と言えばいいのだ？

――ねえちょっと聞いてよケイト、私ってば突然あの悪名高いスカーレット・カスティエルの幽霊が見えるようになっちゃったみたいで、というかむしろ現在進行形で取り憑《つ》かれちゃってるみたいで、ついでに言うなら、実は彼女誰かに嵌められたらしくて、これからふたりで犯人捜しをするつもりなの。ちなみにゴードウィン夫人の舞踏会はそのために行くんだけど私は元気だから心配しないで――

うん、駄目だ。コニーはすぐさま却下した。数少ない貴重な友人と疎遠にはなりたくない。

冷や汗を掻《か》きながらうまい言い訳を探していると、突然ケイトが「あっ」と口元に両手を当てた。それから動揺したように視線を彷徨《さまよ》わせる。

「そ、そういう気分の時も、あるわよね！　う、うん、いいと思う！　楽しんできて！　ゴードウィン夫人の舞踏会って見目が良い方が多いみたいだし！　ほ、ほら、未婚で、優しくて、かっこいい白馬の王子様みたいな人もいるかもしれないし……！」

「え？　いや別にそういうつもりじゃ……」

「大丈夫よ、コニー！　従姉《いとこ》のステイシーが言っていたけれど、今は女性の方が多少積極的でも受け入れられるんですって！　それに失恋の傷は新しい恋で癒やすしかないってこの前読んだ小説に書いてあったもの！」

これはたぶん――なにか、勘違いされている。

けれどうまい言い訳も浮かばず、コニーは遠い目になりながら「うん……頑張るね……」と頷いたのだった。

それから程なくして「ああ、もう帰らなきゃ！」と慌ただしく出て行ったケイトを見送りながら、スカーレットは不可解そうに眉を寄せた。

『それで、あの子はいったい何がしたかったの？　情報収集？　やだ気をつけなさいよ、コンスタンス・グレイル』

「いやどう考えても心配して様子を見に来てくれただけですよね⁉」

ロレーヌ家はもともとが下士官から成り上がった男爵家で、歴史の浅い新興貴族だ。ケイトの母親は貴族ではないし、兄弟は多いし、決して裕福ではない。性格もあるのだろうが、舞踏会に出席したのだって社交界デビュー《デビュタント》の日の一回だけである。それ以外は家の手伝いや内職をして過ごしている。もちろん彼女の屋敷にも侍女や執事がいるが、多くを雇えないのだ。今日は、忙しい合間を縫ってわざわざ様子を見に来てくれたのだろう。

ケイト・ロレーヌは、心優しく友人想いの自慢の幼馴染《おさななじ》みなのだ。そう説明しても、スカーレットはまだ怪訝そうな顔をしていた。

「ええとですね、ケイトは、スカーレット様にとってのリリィ様のような存在でして――」

『リリィ？』

スカーレットが可愛《かわい》らしく首を傾げたので、コニーも「あれ？」と首を傾げた。

「……ええと、侯爵家のリリィ・オーラミュンデ様とは幼少のみぎりから親しくしていらしたんですよね？　大変烏滸《おこ》がましいのですが、あんな感じだと思って頂ければ、と……」

リリィ——リリィ・オーラミュンデは、噂によればスカーレット・カスティエルが唯一心を許した友人である。

とはいえスカーレットのような悪女ではない。むしろ彼女から理不尽な誹《そし》りを受けるセシリアを庇《かば》い、その非道な行いを諌《いさ》め、最期まで改心させようとしていたという人格者だ。その公平な姿勢に敬意を表し、《博愛の白百合《しらゆり》》と呼ばれていたらしい。

スカーレットは、ああ、と頷いた。

『リリィ——リリィ、ね。すっかり忘れていたわ。どうせあれも結婚したんでしょう？』

「は、はい、その、三年前に」

『三年？　ずいぶん遅いのね』

この国の貴族令嬢の結婚適齢期はだいたい十六から十八だ。婚約を発表した当時、リリィは二十も半ばを越えていた。けれど、彼女の婚期が遅れたのにはある理由があったのだ。

「リリィ様は、スカーレット様がお亡くなりになったことをひどく嘆かれていたそうです。凶行をとめることのできなかった己を責め、その罪を代わりに償《つぐな》うのだとおっしゃって、周囲の反対を押し切りずっと慈善事業にご尽力されていたんですよ」

もともとオーラミュンデ家は教会と縁深く、その伝手《つて》で孤児院の援助や子供たちの教育などを行っていたらしい。夫の名代ではなく独身の貴族令嬢が個人的に活動するのは大変珍しく、リリィ・オーラミュンデの献身によって、それまで後ろ指をさされていた貴族女性の社会進出への波風が多少穏やかになったとも言われている。

まさに涙なしには語れない美談だと思うのだが、当事者であるスカーレットはあまり興味を覚えなかったらしく、つまらなそうに相槌《あいづち》を打っただけだった。

『あら、そう。それで、リリィは誰と結婚したの？』

「あ、はい、リュシュリュワ公爵家のランドルフ・アルスター伯です。でも、あの……」

『――ランドルフ⁉　あの生真面目堅物《きまじめかたぶつ》男⁉　わたくしの天敵じゃないの！』

スカーレットが珍しく悲鳴を上げるように叫んだ。コニーはびくりと身を震わせる。

『それにランドルフ・アルスターですって？　あの石頭ってば、まだ従属爵位《アルスター》のままなの？　十年前は成人したらすぐ公爵に叙爵されるって話だったのよ。何かやらかしたの？』

「あ、いえ、そういうわけではなくて、噂では、ランドルフ様が現公爵に頼み込んで待って頂いているとか……」

上級貴族の中には複数の爵位を併せ持つ家がある。ランドルフの生家もそのひとつで、『アルスター』とは、リュシュリュワ家が所有する伯爵位だ。これは従属爵位とも呼ばれ、叙爵前の後継者に便宜的に与えられることが一般的である。

「それよりも、その……」

『ふうん、相変わらず何を考えているのかわからない男ね。まあ、いいわ。すぐにでもリリィに話を訊きに行きましょう。リリィは頭が良かったから、エミリアなんかよりずっと役に立つ情報を持っているはずだわ』

「む、無理です」

『大丈夫よ。面識がなくたってわたくしが何か方法を考えるわ。得意だもの、そういうの』

「違うんです、そうじゃなくて、その、無理なんです」

『だから、なにが無理なのよ。お前、まさか、わたくしに逆らうつもりじゃ——』

「——リリィ様は！」

　とうとうコニーは腹の底から声を出した。

「すでにお亡くなりになっているんです！」

　スカーレットが黙り込んだ。沈黙が落ちる。その空気に耐え切れず、コニーは俯《うつむ》いた。一拍の間を置いて、スカーレットが口を開く。どことなく強張《こわば》った声だった。

『……いつ？』

「一昨年です」

『病気だったの？　それとも事故？』

「いえ、その……自殺、だそうです」

　服毒死だった。それも、嫁ぎ先のアルスター邸ではなく、生家の礼拝堂で彼女は事切れていたのだ。

『嘘よ』

「本当です。新聞にも載りました」

　あれはずいぶん長いこと王都を賑《にぎ》わせた事件だった。彼女がアルスター伯爵夫人になった矢先のことであり、その早すぎる死に関して様々な憶測が飛んだ。王立憲兵により他殺の線も捜査されたが、けっきょく事件性は認められず自殺と断定されたのだった。

『いいえ、そんなの、嘘に決まっているわ』

あり得ない、とスカーレットは何度も首を振っている。信じたくないのだろう。

「スカーレット様……」

その様子を見てコニーは胸が締めつけられるようだった。悪魔が人の皮を被《かぶ》ったらスカーレット・カスティエルになるに違いないと信じて疑わなかった先刻までの己を恥じる。彼女はこうやって友人の死を悼む心を持っているではないか。

『嘘よ、だって、だって』

スカーレットは震える体を抱きしめながら、声を張り上げた。

『――だって、あの性悪が自殺なんてするわけないじゃない！』

「……ん？」

今、何かが聞こえた気がする。幻聴だろうか。おそらく幻聴だと思うが。

「スカーレット様」

一応念のためにコニーは訊ねた。

『なによ』

「リリィ様は、スカーレット様のご友人ですよね？」

コニーの確認に、スカーレットは思い切り顔を顰《しか》めた。

『は？　恐ろしいこと言わないでちょうだい。あんな女と馴《な》れ合うくらいならハンガラ崖で逆立ちしたままポルカでも踊るわよ』

「で、でも噂ではスカーレット様が投獄されてからもリリィ様だけは度々面会に行ったって――」

手のひらを返したように離れていった取り巻き連中とは違い、リリィ・オーラミュンデは周囲の好奇な視線も物ともせず、最期まで彼女の傍に寄り添ったという。

『面会？　――ああ！』

訝《いぶか》しげな視線が、ふいに合点が言ったように焦点を結ぶ。形の良い柳眉が逆立って、次の瞬間、銅鑼《どら》を叩《たた》いたような声が響き渡った。

『あれね！　今思い出しても腹の立つ！　そうよ、リリィの奴《やつ》は確かに面会に来たわよ！　そして牢獄《ろうごく》にいるわたくしを見て、こう言って嘲笑《あざわら》ったのよ！　下手《へた》を打ったわねスカーレット、ってね！　ふっざけるんじゃないわよ、あの性悪女――！』

※

「――下手を打ったわね、スカーレット」

面会と称してやってきた女は、開口一番そう宣《のたま》った。

「はあ？」

石造りの冷たい牢獄《ろうごく》に辟易《へきえき》していたスカーレットは、反射的にリリィを睨《にら》みつけた。このすました女とは物心ついた頃からの腐れ縁だが、出会ったその日から皮肉の応酬をする間柄だった。とにかくすべてが癪《しゃく》に障る。おそらく向こうも同じ気持ちなのだろうが。

リリィ・オーラミュンデは、スカーレットほどではないが容姿に恵まれていた。瑕ひとつないまっすぐなプラチナ・ブロンドに、白く透き通った肌。華やかではないが彫刻のように整った顔立ち。

それは、どこか作り物めいた冷たい美しさだったが、常に口元に浮かぶ穏やかな微笑と丁寧な物腰が彼女の印象を柔らかくしていた。実のところ、その薄い水色の瞳の奥はいつだってひどく冷めていたのだが、そのことに気づいていたのはおそらくスカーレットくらいだっただろう。

「だからあれほど目立つ行動は避けなさいと言ったでしょう」

出来の悪い生徒を叱りつけるような口調に苛立ちを覚える。

「なによ、そんなの仕方ないじゃない。わたくしは何をしても目立ってしまうんだもの」

一度《ひとたび》歩けば取り巻きに囲まれ、一声発しようものなら広間中の人間が耳を澄ませる。それがスカーレット・カスティエルの日常だった。目立つなという方が無理な話である。

「それに、こんなところ、すぐにお父様に言って出してもらうわ」

忌々《いまいま》しい気持ちで、牢屋《ろうや》の中を一瞥《いちべつ》する。

硬くて寝られやしないが寝台はある。椅子もあれば机もある。窓はないが、申しつければ明かりを灯《とも》してくれる。食事は質素で食べられたものではないが、三食きっちり出てきた。

囚人の住まいとしては上等なのだろうが、スカーレットにとっては豚小屋以下である。こんなところにはもはや一日だっていられない。きっと父が何とかしてくれるはずだ。なぜならカスティエルは王家に次ぐ権力を有する公爵家なのだ。

その様子を見たリリィが呆れたようにため息をついた。

「あなたって、本当にお馬鹿さんね」

「なんですって？」

「いくら記憶力が良くても、勿体《もったい》ないことに情報を組み立てる能力が欠如しているんだもの。そういうのを宝の持ち腐れというのよ。いいこと、釈放が可能ならば、あなたがわざわざカスティエル公爵に訴えなくてもとっくにそうされているでしょうし、そもそも投獄などされていないはずよ」

「……だって、出られないわけ、ないじゃない。わたくしは、あの女に毒を仕込んだりなんてしていないもの」

「そうね。そうでしょうね。でもね、だからこそ問題なのよ。カスティエル家の人間を嵌めることができる存在があるということが問題なの。そしてこの段階になっても、それが何者なのかわからないことは大問題なのよ」

そんなわけない、とは言えなかった。もう投獄されて半月が経つ。スカーレットだってさすがにそろそろわかってきている――認めたくないだけで。

「だから今日はお別れを言いに来たの。私はこの件に関して手を引くわ。本当に癪だけれど、この事態は私の手にはあまるみたい。ごめんなさいね、スカーレット。あなたのこと、できれば助けてあげたかったけど――」

そこで一旦言葉を切って、困ったように首を傾げる。

「私、自分の身の方が断然可愛いのよね」

そう言うと、ちっとも申し訳なくなさそうにリリィ・オーラミュンデはにっこりと微笑んだ。

※

『――と、いうわけよ。あんな図太い女がどう考えたって自殺なんてするわけないでしょう』

話を聞き終えたコニーは、部屋の壁に手を当てがっくりと項垂れていた。

『わたくしの死を悼《いた》んで慈善活動？　ふん、それだってぜったいに自分のためね。だって子供の頃から言っていたもの。女性が男性のような生き方ができないのはおかしいって。性別なんて関係ない、能力のある者が上に立つのが合理的だって。変なことを言う奴だと思っていたけど、けっきょくわたくしをダシにしてうまいことやったんじゃない。まったく、図々《ずうずう》しいにもほどがあるわよ！』

希代の悪女側の人間でありながら常に凛《りん》として正しく振る舞ったという博愛の白百合《リリィ・オーラミュンデ》は幼い頃からコニーの憧れだった。だというのに――

『だいたいセシリアへの嫌がらせにしたって、わたくしより、あの性悪の方がよっぽどひどかったんだから』

「り、リリィ様が？」

『そうよ。あいつはね、ぜったいに自分の手を汚さないの。たとえばセシリアが第一王子《エンリケ》と楽しそうに喋《しゃべ》っていたとするでしょう？　わたくしだったら身の程知らずをその場で引《ひ》っ叩《ぱた》くわね。でも、それだけよ』

「……それだけ…………？」

『けどね、リリィは何もしないの。ただ、悲しそうな顔で目を伏せるだけ。それから、スカーレットがかわいそうだとか何とか健気なことを呟くのよ。そうするとね、どうなると思う？　リリィの信奉者どもが勝手に動いてくれるのよ。それだけじゃないわ。別に信奉者じゃなくても、その場にいた人間がセシリアに対して悪い感情を持つように仕向けるの』

「なにそれこわい」

『そうよ、そうなのよ、とっても陰険でしょう？　腹黒いでしょう？　間違っても友達になんてなりたくないでしょう？　リリィ・オーラミュンデという女はね、いつだって冷静で、頭が良くって、憎たらしいほど抜け目のない奴だったのよ！』

コニーは顔を引き攣らせたが、スカーレットは別のことを考えたようだった。

『……やっぱり、変だわ』

「変、ですか？」

『そうよ、変よ。こんなのおかしいわ』

「……うん？」

『どう考えても、あのリリィが自殺なんてするわけないもの。でも、もし本当に自殺だとしたら、なにか、あの女の手に負えない事態が起こったんだわ』

紫水晶の瞳が何かを考え込むようにゆらゆらと揺れている。

『だって想像してごらんなさい。わたくしの処刑にリリィの自殺。こんなこと、真夏に雪どころか雹《ひょう》が降ってくるようなものよ。まあ十年に一度くらいは起こるかもしれないけれど、十年に二、、度は、ちょっとあり得ないでしょう?』

「……ええと、それは、つまり?」

『つまり、これはわたくしの復讐と関係しているということよ。お前だってそう思うでしょう、コンスタンス・グレイル!』

――うん、思わない。

けれど目の前の女王様の顔があまりにも自信に溢《あふ》れているので、コニーは己の発言を自粛することにした。

※

数日後。お仕着せ姿のコニーはとある孤児院の前にいた。

門近くにある守衛所の窓口に用件を伝えて取り次ぎを頼むと、しばらくしてから紺色の修道服に身を包んだ初老の女性が現れた。コニーは昨晩何遍も練習させられた口上を心の中で繰り返す。うまくやれるだろうか。足が震える。けれどちらりと横目で見たスカーレットが全くのいつも通りだったので、覚悟を決めて口を開いた。

「と、突然の訪問、申し訳ございません。わたくし、オーラミュンデ侯爵家の使いで参りましたレ、ティ、、ィと申します――」

主人であるオーラミュンデ侯爵夫人が、娘《リリィ》の命日に孤児院の子供たちの手紙を供えたいと言っている。そう告げると年嵩《としかさ》のシスターは嬉しそうに微笑んで快諾してくれた。

「あの子たちも喜ぶと思いますわ。皆、リリィ様のことが大好きでしたから」

侍女に身を窶《やつ》したコニーを疑う素振りは全くなかった。ちくりとコニーの胸が痛む。

この侍女服はマルタが用意してくれたものだ。彼女には「ケイトの家で木苺《きいちご》パイを作る」と言ってある。お菓子作りはケイトの趣味で、ロレーヌ家の台所で作業を手伝ったり味見をしたりするのは専《もっぱ》らコニーの役目だった。そんな理由から普段から汚れてもいい侍女服を借りることが度々あったので、特に疑われることなく屋敷を出ることができたのだった。

ちなみにレティという偽名はスカーレットの発案だ。もちろん今日の計画を思いついたのもスカーレットである。

このモーリス孤児院は、もともと由緒ある市民病院だった。老朽化が進み、長い歴史に幕を下ろしたのだが、その後、教会が跡地を買収して孤児院とすることを決めた。その建て替え時に必要な莫大《ばくだい》な改築資金を出したのがオーラミュンデ家だったのである。そういった縁もあり、この孤児院はリリィが亡くなるまで彼女の活動の中心でもあった。

噴水のある中庭では子供たちが元気に走り回っている。きゃあきゃあとはしゃいだ声を上げているのは、施設内でもまだ年少の者たちだ。年長組はコニーが持参した文具でリリィへの手紙を書いていた。

リリィ・オーラミュンデは、この孤児院で子供たちに文字を教えていたようだった。部屋の隅には使いこまれた石板と白墨がある。スカーレットの語る印象が強くて忘れていたが、こうした行いは、やはり立派なことだと思う。

年長組の手紙を待っている間、コニーはまだ文字を書けない年少組と一緒に遊んでいた。もちろん全力である。鬼ごっこでは捕まえた子供たちを両脇に抱えながら駆けずり回ったし、石蹴りでは後ろ向きのまま踵《かかと》を使って小石を円の中に蹴り入れていくという離れ業もやってみせた。瞬く間に称賛の眼差《まなざ》しと英雄《ヒーロー》の称号を手に入れる。あのスカーレットでさえ、人間ひとつくらいは取り柄があるのね、と褒めたくらいだ。

そうして子供たちが遊び疲れた頃、コニーはふと訊ねてみた。

「リリィ様は、お優しかった？」

今日のコニーには重大な使命がふたつあったのだ。

「うん！」

「元気がないこととか、なかった？　ほら、なにか悩んでいたり――」

「なかったよ！」

「まじでか」

ひとつは、リリィ・オーラミュンデに何が起こったのか探ること。それはたった今失敗に終わった。がっくりと肩を落としていると、手紙を書き終えたらしい年長組の何人かが窺《うかが》うようにこちらを見ている。

その表情は――どこか、怯《おび》えているようだ。それが妙に気にかかり、彼らの方に行こうとすると、すかさずスカーレッが釘をさす。

『余計なことをしてる暇はなくてよ』

そう、ひとつ目は失敗だった。そしてふたつ目は――

コニーは額に浮かんだ汗を拭うと、そのまま足を滑らせた振りをして噴水の中に飛び込んだ。


「――ごめんなさいね、修道服しかなくて。小さい子の服ならあるのだけど」

「いえ充分です。ご迷惑をお掛けして申し訳ありません」

むしろそれが欲しかったんです――とはいえずに、ずぶ濡《ぬ》れのお仕着せからモーリス教会の刺繍《ししゅう》が入った修道服に着替えたコニーは、院長の御礼状と子供たちの手紙を受け取ると、礼を言って孤児院を後にした。

雨の多い六の月《マルス》とはいえ、太陽は夏に向けて日ごと力をつけてくる。特に今日のような好天だとそれが顕著で、荷物を抱えたコニーはじっとりとした日差しをその身に受けていた。

『さ、次は花を買うわよ』

対するスカーレットは涼しい顔だ。おそらく暑さというものを感じていないのだろう。

「え?　このままですか?」

水を吸った侍女服は思った以上に嵩張《かさば》って重たいし、遊び疲れた体はへとへとだ。正直もう帰りたかった。

しかし公爵家のお姫様は、まるで経験でもあるかのように訳知り顔で頷いた。

『いいこと、こういう嘘は時間が経てば経つほど露見しやすくなるんだから。成功の秘訣《ひけつ》はね、事がバレないうちにすべて終わらせてとっとと退散することよ』


「――モーリス孤児院の？」

男はそう言って顔を上げると、怪訝そうに眉を顰《ひそ》めた。

コンスタンス・グレイルは孤児院から出たその足でオーラミュンデ家にやってきていた。正確には、事前に約束を取りつけていない急な来客を受け付ける守衛所に。

ちなみに邪魔な侍女服はオーラミュンデ邸から通りを一本挟んだ小径《こみち》に隠してある。

「は、はい。修道女の、こに、じゃない、レティと申します」

言いながら、モーリス孤児院の印璽《いんじ》が押された封筒を見せる。今しがた受け取った院長の御礼状だ。それから、子供たちがお世話になったリリィ様にどうしても手紙を渡したいと言っている、今日はその手紙とともにリリィ様に祈りを捧《ささ》げたいのだ――と告げた。買ったばかりの白い花束もこれ見よがしにアピールする。

男がじっくりと封筒とコニーを検分した。封蠟《ふうろう》は間違いなくモーリス孤児院のものだし、着ている修道服も今まで訪れた修道女と変わりないはずだ。それでも緊張で口から心臓が飛び出しそうになる。守衛がおもむろに机の引き出しから書き付けの束を取り出した。その中から一枚を選び出すと、虫眼鏡《ルーペ》を用いながら渡した封筒と見比べていく。しばらくしてから男は顔を上げ、今、屋敷の者と取り次ぐから待つようにと告げたのだった。

「……い、生きた心地がしない」

今にも憲兵に捕まるのではないかと肝を冷やしていたコニーは、無事に邸内に通されそうだとわかってほっと胸を撫で下ろした。とはいえ心臓はいまだに暴れているし、全身の毛穴からは汗が噴き出している。

『でも、うまく行ったでしょう?』

そんなコニーを他所《よそ》に、全く以て普段通りのスカーレットは、悪戯《いたずら》が成功した子供のように瞳を輝かせた。

「——奥様は体調を崩されているため直接お会いにはなられないそうですが、女神に仕える方々のお心遣いに感謝しますと。代わりに、私が礼拝堂までご案内致します」

しばらくしてやってきたのは白髪交じりの執事だった。スカーレットの声が弾む。

『あらクレメントじゃない。元気そうね』

コニーは執事に先導され、オーラミュンデ邸に足を踏み入れた。

——オーラミュンデ侯爵家。それは歴史ある大貴族の中で、最も厳格で、信心深い家柄のひとつだ。教皇が数多く輩出されてきた名家でもあり、珍しい敷地内の礼拝堂は何代か前の当主の信仰心が高じて建てられたものだと言われている。

　本邸へと続く石畳を軸にして生け垣で区切られた小さな庭がいくつもある。青色のムスカリが群生する水路に沿って歩いていくと、庭の外れに建てられた礼拝堂にたどり着いた。本邸はさらにその奥にあるようだ。

　スカーレットの言った通りだった。たいそう潔癖であられる侯爵夫人は貴族以外の――いわゆる下々の者たちとわざわざ会ったりはしない。おそらく何かしらの理由をつけて面会は拒否するだろう。ただし、庭の離れにある礼拝堂くらいには通すはずだ。侯爵夫人は潔癖だが、同時に慈悲深いことでも有名なのだ。娘のために祈りを捧げに来た教会の人間を追い払うなんて外聞の悪いことをするはずがない、と。


　礼拝堂の前まで来ると、執事は腰に吊るした鍵束からひとつを選んで扉を開けた。ひやりとした冷気が中から漂ってくる。コニーは訊ねた。

「花を捧げてきてもよろしいでしょうか」

「もちろんです。お嬢様も喜ばれることでしょう」

　帰り際には守衛に声を掛けるように告げると執事は去っていった。

　室内は狭く、薄暗い。祭壇はあるものの、数人が祈るのがやっとだろう。

　頭上にある丸い天窓にはステンドグラスが嵌め込まれ、光の道筋を作っていた。埃《ほこり》がきらきらと反射している。壁には教会の象徴である運命の三女神《モイライ》の聖画がかけられていた。そこに描かれていたのは有名な神話の一節だ。

はじまりの糸をクロトが紡ぎ、ラケシスが運命を編み込んで、アトロポスがすべてを断ち切る。

つまり、人間の運命はすべて三女神の御心《みこころ》のまま――ということだ。ところどころ色褪《いろあ》せてはいたが、光と影を巧みに使い分けた描写には迫力があり、見る者を圧倒させる。あまりにも荘厳で畏敬の念を抱かざるを得ない、そんな絵だった。コニーも思わず胸元に手を当てて頭《こうべ》を垂れた。

リリィ・オーラミュンデは、ここで命を落としたのか。

『たぶん、額縁の裏ね――ってなにやってるのよ、お前』

祈りを捧げていると、スカーレットの声が降ってきた。きょとんとして顔を上げると、呆れたような表情に出迎えられる。

『お前ね。どうしてわざわざこんな場所にまで来たと思っているのよ』

もちろん、リリィ・オーラミュンデの自殺の真相を探ることである。けれど実際に彼女が息絶えた場所に来て祈りを捧げないというのは、あまりにも薄情なのではないだろうか。そう訴えると、スカーレットは一蹴するように鼻を鳴らした。

『バカね。そんなことしたってあの女は喜ばないわよ。それよりもさっさと真実を見つけろと厭味《いやみ》ったらしく言ってくるでしょうね。リリィなら、必ずどこかに手がかりを残すはずよ。それも、誰も思いつかないような意地の悪いところにね』

「それで、額縁の、裏……?」

『そうよ。だって、信仰の裏側なんて誰も見ようとしないでしょう?』

そう言って、スカーレットは不敵に嗤った。確かにその通りである——が。

「なんつー罰当たりな……」

『そういう女よ』

スカーレットはしれっと肩を竦めたが、気づく人間だって同類には違いない。思わず顔を引き攣らせていると、さっさと聖画を取り外せと命令される。

今度こそ完全に血の気が引いた。けれど、こうなった以上はやるしかないのだ。断る選択肢など端《はな》から——そう、きっと小宮殿《グラン・メリル＝アン》で彼女に出会ったその瞬間から存在しなかった。

そう思って、腹を括《くく》る。幸いにも聖画は両腕に抱えることのできる大きさだった。とはいえ、あまりの不敬に手元が震える。何だか、とんでもないことをしている気がする。いや実際に犯罪行為であるのだからとんでもないことには違いない。

真っ青になりながらも額縁をひっくり返すと、コニーは目を見開いた。

「これは……」

そこには、黄ばんだ封筒が貼りつけてあった。

心臓が、どくん、と嫌な音を立てる。これはなんだ。もしや本当にリリィ・オーラミュンデの遺した手がかり、なのだろうか。いや、ただの遺書かもしれないし、ただの絵画の鑑定書の類《たぐい》かもしれない。けれど、いずれにせよ赤の他人のコニーがそれを手にすることは躊躇《ためら》われた。どくどくと心臓が早鐘を打っている。

悩んでいると、ふいに外から物音が聞こえてきた。ぎくりと身体が飛び跳ねる。規則正しい靴音はそのまま通り過ぎることなく礼拝堂の前で止まった。

——誰かが、来る。

ぎい、と扉がわずかに軋《きし》んだ。どうしよう。突然の事態に頭の中が真っ白になる。どうしよう。どうしよう。どうしたら。動けない。どうしたらいいか、わからない。

スカーレットがはっとしたように叫んだ。

『隠しなさい！　早く！』

弾かれるように糊付《のりづ》けされた封筒を強引に剝がすと、胸元に押し込んだ。それから壁に飛びつくようにして聖画を掛け直すのと、錆《さ》びた音を立てて扉が開いたのはほぼ同時だった。入ってきた人物を見て、コニーはひゅっと息を吞み込む。

——見上げるほどの体軀《たいく》。襟足の短い黒髪に、紺碧《こんぺき》の双眸。よく日に焼けた肌。肩幅は広く全体的に筋肉質で、顔立ちにも甘さはない。体が竦むような威圧感。そんなおっかない男性が、気難しい表情で、コニーを見下ろしている。

『なっ』

突然現れた青年の姿を確認すると、スカーレットが上擦った声を上げた。

『なんでお前がここにいるのよ、ランドルフ・アルスター！』

——ランドルフ・アルスター？

死神閣下の異名を持つ、アルスター卿《きょう》？　かつて王太子の友人としてスカーレットと対立し、後にリリィ・オーラミュンデの夫となったという、あのランドルフ・アルスター？

さあっとコニーの顔から血の気が引いていった。見られただろうか。いや、見られてない、はずだ。動揺のあまり、視線が泳ぐ。無意識のうちに聖画の方を見ようとして――『前を向いて。気づかれるわよ』

そうして対峙《たいじ》したランドルフ・アルスターは、見上げるほどに背が高かった。引き締まった体軀に精悍《せいかん》な顔立ち。黒地を基調とした着丈の長い詰襟の軍服を纏い、手には白百合の弔花を携えている。コニーを認めると、何かを見極めようとするかのように、紺碧の双眸が細められた。

「――失礼。あなたは、モーリス孤児院の？」

孤児院の紋章が刺繍された修道服に視線を向けながら、ランドルフは訊ねてきた。人に命じることに慣れた抑揚のない低い声。ぞくりとコニーの背筋が粟立《あわだ》った。

「……はい」

「懐かしいな。私も妻に連れられて何度か訪問したことがある。あなたとはお会いするのは初めてだろうか？」

「レティ、と申します。その、最近、勤め出したばかり、で」

「そうか。ところで、当時よく一緒に遊んだ赤毛の子供がいるんだが――ジョージ、と言ったかな。彼は元気に？」

――そんなことコニーが知るわけがない！

しかしまさかそう正直に答えるわけにもいかず、一瞬言葉を呑み込んでから躊躇いがちに口を開く。

「も、もちろ――」

『ちょっと待って、さっきの孤児院の話でしょう？　ジョージはブルネットだったわ。その年頃で赤毛なのはトニーだったはずよ』

　思わずスカーレットを見た。いつもの人を小馬鹿にするような微笑とは打って変わって真剣な表情だった。吸い込まれてしまいそうな紫水晶の瞳を見ていると、不思議なことに、暴れまわっていた心臓が次第に落ち着きを取り戻していく。

「――ええと、それは、もしかすると、トニー、ではありませんか？　ジョージという子もいますが、あの子は黒に近い髪色なので」

　意外なことを言われた、というようにランドルフが瞬きをした。

「……ああ、確かに彼はトニーだったな。とんだ失礼を」

「だ、誰にでも勘違いはありますから。ではわたくしはこれで……」

　そのまま立ち去ろうとすると、すれ違いざまに「シスター」と声を掛けられた。

「女性の独り歩きは危険が多い。あなたさえ良ければ、孤児院まで送りましょう」

　ひいっとコニーは心の中で絶叫した。

「――け、けっこうですっ！　その、寄るところもありますし別にたいした距離ではないので！　お心遣いは感謝致しますがこれにてごきげんよう！」

　扉に手を掛ける直前に振り向いて、修道服の裾を持ち上げ軽く膝を曲げる。それから足早に礼拝堂を退出した。徐々に歩みを速め、最終的に全力疾走と言ってもいい速さで庭を突っ切ると、守衛には目もくれず屋敷を飛び出す。そのまま人通りの少ない小径に駆け込むと、生け垣に手をつき息をはいた。

「怖かった……！　なにあれおっかない……！　……ば、バレてないよね？」

『どうかしらね。足がつくようなことは言ってないと思うけど――』

スカーレットはオーラミュンデ邸を仰ぎ見た。

『昔から無駄に鼻が利くのよね、あの男』

※

祭壇には、白いシプソフィラの花と、つたない文字の手紙の束が置かれていた。

ランドルフも己の弔花をそこに捧げると、特に祈ることなく踵を返す。その時、ふと違和感を覚えて壁に掛けられた聖画に視線を留めた。じっと目を凝らすと、わずかに傾いていることに気がついた。まるで誰かが慌ててかけ直したようだ。

ランドルフは聖画に躊躇いもなく手を掛ける。外されて剝き出しになった壁には特に細工があるようには見えない。となると――

そのまま額縁を裏返す。案の定、右の隅に何かが糊《のり》づけされていた形跡があった。大きさは封筒ほどだろうか。わずかに付着している紙に変色が見られないことからつい最近剝がされたのだろう。それも、やや強引に。そのまま床に目を落とす。そして爪の先程の紙屑《かみくず》を見つけると、眉を顰め、小さくため息をついた。

「修道女《シスター》が来てたんだって？」

本邸の応接間では、部下であるカイル・ヒューズがその外見同様に軽薄な口調で声を掛けてきた。こちらも軍服だが、襟を開け下品にならない程度に着崩している。

「見た目はな」

ランドルフはソファに腰掛けながら端的に告げた。オーラミュンデ侯爵夫人はまだ姿を見せていないようだった。

「うん？」

「訛《なま》りのない発音に、あかぎれひとつない手、そして帰り際には淑女の礼をする修道女だ」

「……なるほどねえ」

だらしなく肘をつきながら、カイルは客人用に振る舞われた焼き菓子を齧《かじ》る。

「先日の小宮殿《グラン・メリル＝アン》の夜会の件といい、なんだか穏やかじゃないねえ」

「……その話だが、婚約破棄を宣言したという令嬢の素性はもうわかっているのか？」

聞かされた当初はまるきり興味が湧かなかったので調べもしなかった。けれどゴシップ好きの同僚なら知っているだろう。案の定、目の前の青年がにやりと笑った。

「聞いて驚くなよ――なんと、あのグレイル家の子だとさ」

「グレイル？　誠実の？」

意外な答えに思わず眉を顰めれば、からからと笑われる。

「そう、誠実の」

誠実のグレイルといえば、社交界では誰もが知っている模範貴族だ。

「その令嬢と面識は？」

「んー喋ったことはないけど、遠目からなら何度か」

「榛《はしばみ》の髪と若草色の瞳だったか？」

「え、そうだけど。なに、お前こそ会ったことあるの？」

ランドルフはゆっくりと窓の外に目を向けた。この応接間は、オーラミュンデ家自慢の庭が一枚絵に見えるように細長い窓がいくつも連なる設計になっている。木々の合間を縫うようにして石造りの礼拝堂がわずかに見えた。

「――今、会った」

※

小径に隠しておいた侍女服は無事だった。スカーレットに見張りを頼み、木の陰で手早く着替える。夏場とはいえ、濡れた衣服の感触にぞわりと震えが走った。

孤児院の修道服はそのまま捨てろと言われたが、さすがにそれは躊躇われた。あの善良な孤児院の人々を土足で踏みにじるような気がしたからだ。とは言うものの身分を偽っている以上面と向かって返すこともできない。苦肉の策として洗濯代の銅貨を添えて置いてくることにした。

「……おねーちゃん、なにしてるの？」

孤児院にしては珍しい重厚な鉄製の門扉――その縦格子の隙間から衣装をねじ込もうとしていると、背後から声を掛けられた。振り返れば見覚えのある顔がいくつかある。いずれも少年で、孤児院で手紙を書いてくれた年長組の中の数人だった。鏝《こて》や金槌《かなづち》などの道具を手にしていることから、おそらくどこかの工房の手習いからちょうど帰ってきたのだろう。

そこでコニーは子供たちの表情が奇妙なことに気がついた。皆一様に怯えの色が浮かんでいる。怖がっているのだ、コニーを。あの時もそうだった、とつい先刻のことを思い出す。あの時――年少の子らにリリィのことを訊ねた時、少し年上のこの子たちは明らかに緊張した様子でこちらを窺っていた。いったい、なぜ。

燃えるような赤毛の子が、仲間を庇うように一歩前に出た。わずかに顔を強張らせながらこちらを睨みつけ、口を開く。

「――キリキ・キリクク」

子供たちが息を呑んでコニーに注目しているのがわかる。今のは、何か重要な意味のある言葉なのだろうか。コニーは混乱した。全く以て意味がわからない。

「き、きりくき……？」

異国の言葉だろうか？　コニーの戸惑いが伝わったのだろう。張りつめていた空気がするすると解けていく。子供たちは途端にほっとしたような顔で「ほらやっぱりー」「トニーは心配性だからなあ」

「うるせえな、別にいいだろ」などと小突き合う。その中のひとりがコニーのもとへ駆け寄ってきた。

「おねーちゃん、リリィ様に、お手紙ちゃんと渡してくれた？」

頷けば、わあ、と黒髪の子は歓声を上げた。先程までの空気が嘘のようだ。嬉しくなってコニーも微笑む。それから気まずそうに頭を掻いている赤毛の少年に声を掛けた。

「ねえ、さっきのなに？」

少年は躊躇うような素振りの後、コニーの顔をじっと見て、それから小さく呟いた。

「……呪文」

「呪文⁉」

なにそれこわい。昨今の子は呪文を扱えるとでもいうのか。

「うん。悪い奴らを見破ることができるんだって。――リリィ様が、教えてくれた」

コニーは息を呑んで、ゆっくりと瞬きをした。

「……いつ？」

「死んじゃうまえ」

赤毛の少年――トニーは、どこか途方に暮れたような顔をしていた。

「リリィ様は、もしこれから先に自分に何かが起きて、その後で、自分のことを探りにくる奴らがいたらこう訊けって」

太陽はとうに頂を過ぎ、燃えるような茜色《あかねいろ》を滲ませながら揺るやかに傾いていく。

「それで、もし少しでも反応したら、そいつはとっても悪い奴だから――」

遠くの方で聖マルクの鐘が鳴っている。王城の閉門を告げる音だ。日没はまだ遠い。半円の夕陽《ゆうひ》がコニーたちの真後ろに立つ。伸びていく影は、やがては闇に溶けるのだろう。

夜がやってくるのは、これからなのだ。

トニーは今にも泣き出しそうな表情でこう告げた。

「その時は、みんなを連れて一目散に逃げなさいって、そう言ったんだ」

濡れたお仕着せ姿のコニーを見て、マルタはたいそう驚いたようだった。帰り道に転んだのだと説明したが、おそらく信じてもらえてはいないだろう。何か言いたそうな視線を感じたが、答えられるわけもない。

今日のコンスタンス・グレイルは、始まりから終わりまでなにひとつ誠実でなかった。黙ったまま自室に戻る。何だかひどく疲れていた。

コニーの手元には、例の封筒があった。今まで黙っていたスカーレットが口を開く。

『――開けましょう』

コニーは頷いた。さすがにこの期に及んで「人のものを盗み見るなんて誠実じゃない」などと駄々をこねたりはしない。

封を切ると、中に鈍色に光る何かが見えた。鍵だ。装飾の類は一切なく実用的なもの。頭部は円環で空洞があり、先端には歯車を切り取ったような突起《ウォード》がついている。

『まだ、何か入っているわ』

その言葉に、封筒を逆さまにした。すると白いものがひらりと床に舞い落ちる。それは紙の切れ端だった。細かい文字が印字されているので、おそらく書物か何かを破り捨てたのだろう。そこに、ペンで何かが書きつけてある。コニーは目を細めた。慌てて書き殴ったような乱れた字体。所々《ところどころ》掠《かす》れてはいたが、かろうじて読める。

リリィ・オーラミュンデの遺した唯一の手がかり。

そこに記されていたのは、たった一言だけだった。

――エリスの聖杯を破壊しろ。

「エリスの、聖杯……?」

そう呟いたコニーの声は、仄暗《ほのぐら》い室内に吸い込まれるように消えていった。

the Holy grail of Eris

ここまでの主な登場人物

リリィ・オーラミュンデ

享年たぶん二十四歳くらい。生家の礼拝堂で毒を仰いで自殺した。『博愛の白百合』というちょっぴり恥ずかしいふたつ名を持っている。中身は真っ白とは程遠かったご様子。

性悪だがおそらく女性の地位向上を目指したかった人。正確にはアルスターだけど婚姻後一年も経たずに死んじゃったからみんなオーラミュンデって言ってる。何だかよくわからないメッセージを遺して現場を混乱の極みに突き落とした←new!

あとキリキ・キリクククってなんやねん。

結婚後死別

ランドルフ・アルスター

二十六歳。黒髪に紺碧の瞳。死神閣下と呼ばれている。なんだかおっかない。

カイル

たぶん死神閣下の同僚。全体的にチャラい。

不信

ケイト・ロレーヌ

コニーの友人の男爵令嬢。ふわっふわのマロンブラウンの髪の毛に同じ色の瞳。ぽっちゃり系でコニー憧れのマシュマロボディの持ち主。特にたわわな胸が羨ましい。

顔も性格も悪くないはずなのに小説でしか恋を知らない非リア女子。

親友

スカーレット・カスティエル

激おこぷんぷん丸な永遠の十六歳。復讐したくてしょうがないのに相手がわからないという何とも間抜けな現状に降り上げた拳が下げられなくて二の腕がぷるぷるしている←new!

気づいたら知り合いが結婚したり自殺してたりと浦島太郎状態。

けっこう記憶力が良かった。

協力関係

コンスタンス・グレイル

誠実をモットーにしたい十六歳。うっかりスカーレット・カスティエルの復讐につき合うことになってしまったが正直もうやめたい←new!

情報源

エミリア・ゴードウィン

旧姓カロリング。

スカーレットから派手好きの馬鹿だと思われている。お前が言うな。

幕間　エミリア・ゴードウィン

エマニュエル伯爵夫人の夜会は大盛況だった。

話題はもちろん、つい先日小宮殿《グラン・メリル＝アン》で行われた狩りについてである。罠《わな》にかかった手負いの子狐《ぎつね》を猟銃で代わる代わる的にしていったのだという笑い話を皆こぞって聞きたがった。傑作なことにパメラ・フランシスの髪は一夜にして老婆のように白くなったそうだ。

それがもちろん場を盛り上げるための誇張であることはわかっている。けれど裏を返せばそういう扱いで構わない――ということでもある。

だからエミリアも思う存分笑ってやった。あの生意気な小娘は、ただの負け犬に成り果てたのだ。

しかし、わからないのはコンスタンス・グレイルだ。あの場に居合わせた者たちは、例の冴《さ》えない子爵令嬢のことをまるであのスカーレットのようだったなどと嘯《うそぶ》き、騒ぎ立てている。冗談じゃない。スカーレット・カスティエルのような人間なんてこの世にいるはずがない。

彼女は最低で最悪で――そして、誰よりも特別だった。

まあ、いい。エミリアは首を振って雑念を振り払った。そんなことはどうでもいいのだ。死んでしまった人間のことなど。

人生は、生き残った者の勝ちだ。エミリアは強くそう思う。だから彼女は勝者なのだ。幸せを手に入れているのだ。十年前であれば到底足元にも及ばなかったリリィ・オーラミュンデよりも、もちろん、あのスカーレット・カスティエルよりも。

もうすぐ、エミリアが主催する夜会がある。愚直《ぐちょく》なグレイルに招待状は送った。渦中の娘が出席してくれれば、さぞ盛り上がるに違いない。俗物的な招待客たちはエミリア・ゴードウィンの手腕を高く評価することだろう。

スカーレットが処刑されて十年。逃げるようにエミリアが結婚をしてから十年。その間にふたりの息子を産んだ。妻としての義務は果たしたはずだ。そろそろひとりの女として羽をのばしても良いのではないか。

「エミリア、ごきげんよう」

ふいに声を掛けてきたのはアイシャ・ハクスリーだった。濃いアイラインにダークレッドの口紅。その躰《からだ》は相変わらず針のように細い。十年前はそばかすだらけで俯《うつむ》いてばかりの陰気な女だったというのに、人間とは変わるものだと思う。そこに、かつて盲目なまでにスカーレットを崇拝していた狂信的な少女の面影はまるでなかった。

「ごきげんよう、アイシャ。――あら？」

挨拶《あいさつ》を返すと、アイシャの傍らにひとりの男性が寄り添っていた。長身の見目麗しい男だ。思わず言葉に詰まると、アイシャがふふふと満足そうに笑い声を上げた。気づいちゃった？　とわざとらしく首を傾《かし》げる。

「私の、好《い》い方」

ひどく得意気な様子のアイシャに、エミリアは、そう、と引き攣《つ》った返事をするのが精一杯だった。

アイシャ・ハクスリーはエミリアと同じく既婚者だ。息子と娘がひとりずついる。確かに結婚前はスペンサー伯爵令嬢だったけれど、今は子爵であるハクスリー家に嫁いでいる。つまり、男爵夫人のエミリアとさほど条件は変わらない。むしろ経済的にはゴードウィンの方が豊かだし、容姿だって病的に痩せぎすなアイシャに比べたらまだエミリアの方が魅力的なはずだ。なのに、なぜ――

広間でカクテルを呷《あお》っていると、件《くだん》の男が目についた。人目を引く整った顔。洗練された身のこなし。一挙一動を、つい目で追ってしまう。

アイシャは、男の素性をエミリアに明かすことはなかった。社交界では見たことのない顔だ。どうせ身分の低い准貴族あたりなのだろう。いや、もしかしたら平民かもしれない。そう考えてみても気分が晴れることはなかった。悔しい。アイシャごときがあんな上等な男を摑《つか》まえるなんて。私なら、もっと――

気づいた時には空のグラスをウェイターに預け、男を追いかけていた。

階段を上がり、人気のない廊下まで来る。声を掛けようとして、先客がいることに気がついた。思わず柱の陰に隠れる。

アイシャではない。もっと若くて美しい女だ。あれは王都郊外に埠頭《ふとう》を所有するグラフトン侯爵のひとり娘ではないだろうか。確か、キアラと言ったか。そのことに気がつくと、エミリアは意地悪く微笑《ほほえ》んだ。ほら――やっぱり。

やっぱり、アイシャなんかが本気にされるわけがないのだ。

エミリアは蝶《ちょう》の翅《はね》をもぎ取るような気持ちで成り行きを見守った。

男にしなだれかかった女がその耳元に口を寄せ、吐息をこぼすように囁《ささや》く。

――キリキ・キリクク。

その言葉に男の目が細くなり､顔が笑みを象っていく。骨ばった指が女の耳朶《じだ》を這《は》うようになぞった。見つめ合い、口づけを交わすような距離まで来ると、男が何かを呟《つぶや》いた。女が頷《うなず》く。男は笑みを浮かべたまま女に口づけていった。額、頬、首筋。それから深く開いた襟ぐりを引き寄せると胸元に唇を寄せる。

まあ、お盛んだこと。わずかにはだけられた白い乳房には太陽の入れ墨が彫られていた。ミス・グラフトンはあまり素行がよろしくないとは聞き及んでいたが、あれではまるで娼婦《しょうふ》ではないか。

エミリアは途端に興味を失った。踵《きびす》を返そうとしたその瞬間、視界の端できらりと何かが光る。

――小瓶？

男は手慣れた仕草で女の胸の谷間から親指大の小瓶を取り出すと、すっと体を離していった。女も微笑んだまま乱れた首元を正す。

そして、ふたりはまるで何事もなかったかのように互いを背にして歩いて行った。

――今のは、なんだったのだろう。

けれど、疑問は浮かんだ傍《そば》からすぐに消えていった。それよりもアイシャだ。今重要なのはアイシャの男が若く美しい女と密会していた、ということだ。これはすぐにでもアイシャに伝えなければならないだろう。もちろん、友人として。

ふと顔を上げればキアラ・グラフトンがすました顔でこちらに向かってくるところだった。エミリアが一方的に顔を知っているだけで、互いに話したことはない。視線があったのは一瞬だけで、そのまま会釈《えしゃく》もせずに通り過ぎていく。

すれ違う瞬間、ふわり、と花のように甘ったるい香りがエミリアの鼻腔《びこう》をくすぐった。

（あら、これは――）

懐かしさに思わず振り返る。この匂いは何だったか――。首を捻り、ゆっくりと記憶をたどっていく。しばらくすると答えが出てきた。

ああ、楽園だ。

確か十年前は、そう呼ばれていたはずだった。

ここまでの主な登場人物

エミリア・ゴードウィン

たぶん二十五、六くらい。子供がいるらしい。人生は生き残った者勝ちだと思っている。十年前のことを知っているかは不明。一花咲かせたいご様子。友達友達言ってるけど、アイシャはきっと友達じゃない。

同年代

アイシャ・ハクスリー

たぶん二十五、六くらい。針のように細い。悪い意味で社交界デビューしちゃったご様子。十年前は根暗でスカーレットに心酔していた。

イケメンと浮気しているとエミリアに自慢してきた。

情夫

パメラ・フランシス

いつの間にか立場が逆転していた元いじめっ子代表。

一夜にして髪が白くなったらしいが、正直もともと白っぽい。

若い女

胸元に太陽の入れ墨がある。イチャイチャしていたのに、男に小瓶を渡したらあっさり離れていった。キリキ・キリククってなんやねん。

彼女からは甘ったるい匂いがするらしい。

密会

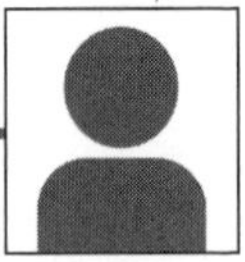

顔の良い男

アイシャの情夫として紹介された男。イケメンなのでエミリアも狙おうしたが、若い女と盛り上がっていたので諦めた。

その女から小瓶を受け取って立ち去る。

第三章　誠実とはなんぞや

The Holy Grail of Eris

——エリスの聖杯を破壊しろ。

なかなか穏やかでない言葉だ。けれど、そもそもエリスの聖杯とはいったい——？

コニーには皆目見当もつかなかった。もしや印字されている文字の方に秘密があるのではと思い目を凝らしたが、紙の切れ端にはこの国の気候や風土が書いてあるだけだ。おそらく市庁舎が観光客用に向けて作製した小冊子か何かなのだろう。もちろん、どこにでもあるものだ。

「なんのことか、わかりますか？」

『さっぱりね』

スカーレットは肩を竦《すく》めた。

『でも、エリスというのはファリス神話における不和と争いの女神のことよ。ひとつの国を滅亡に追い込んだとされる邪神。ちなみに、わたくしが夜遊びする時の偽名でもあったわ』

何でもないようにさらりと告げているが、コニーの耳はしっかりと最後の一文を拾い上げた。なにそれこわい。

コニーたちの暮らすアデルバイドという国は、かつて大陸を丸呑《まるの》みにしかけたと言われる巨大な侵略国家――大ファリス帝国の一領だった。それが乱世のどさくさに紛れて自治権を得て、東部に位置していたことから東ファリス公国として存在するようになったのだ。その後、帝国の弱体化を機に建国の祖である大公アマデウスが新王を名乗り、国名をアデルバイドと改めた。今より二百年ほど前の出来事である。

ちなみに初代パーシヴァル・グレイルが活躍したのもこの辺りだ。そのため言語はもちろん、文化や風習も、今は亡き大帝国に由来していることが多い。ファリス神話もそのひとつだった。

『そして聖杯は、おそらく伝承にある国土に繁栄と祝福をもたらすとされる神の御業のひとつね。もともとは癒やしの力を持った豊穣《ほうじょう》の器だったと言われているわ』

滅亡と繁栄。争いと癒し。それだけだと、まるで両極端な性質を持ったふたつに思える。

「つまり……悪い女神様が、祝福を持ってきてくれるってことでしょうか？」

しかしそれを破壊せよとはこれ如何に。

スカーレットは眉を寄せて考え込んだ。けれど答えは出なかったようだ。ふう、と諦めたようにため息をつく。

『鍵の方はどうなの？』

コニーは力なく首を振った。手のひらの上には飾りひとつないシンプルな突起《ウォード》つきの鍵。頭《ヘッド》の部分にはＰ１０Ｅ３という鍵の複製に必要な型番を示す番号が刻印されていたが、肝心の工房を示す紋章がなかった。これではどこの金庫の鍵なのか、もしくは倉庫なのかすら探ることができない。八方塞《はっぽうふさ》がりだった。

「普通に考えれば」

コニーは腕を組みながら慎重に言葉を選んでいった。

「この鍵の先に、エリスの聖杯、というものがあって、たぶん、それを壊すんじゃないかと思うんです」

普通ならば、そうだ。けれど。

『そうね。でも残念なことにあの女《リリイ》は――普通じゃないのよね』

全く以《もっ》てその通りだったので、コニーはとうとう頭を抱え込んだ。


頭を使いすぎて熱が出そうだ。いやすでに出ている気がする。

疲労もあったのだろうが、目覚めた時にはすでに昼過ぎだった。日差しが染みる。思わず額に手を当てたが全くの平熱だった。げせぬ。

仕方がないので居間に下りて熱い紅茶を啜《すす》っていると、俄《にわ》かに使用人たちが慌ただしくなった。どうやら急な来客があったらしい。

しばらくしてからやってきたのは侍女長のマルタだ。なぜか鬼のような形相を浮かべており、ただでさえ恰幅《かっぷく》の良い体が威圧感でぱんぱんに膨らんでいる。

「どうしたの、マルタ。お父様がまたとんでもなく誠実なことをしでかした時みたいな顔してるけど」

「実は、来客がありまして」

それは知っている。そこでコニーの中で疑問が生まれた。なぜマルタはコニーのもとにやってきたのだ？　来客は――誰だ？　何だか嫌な予感がした。急激に口内が干上がっていくのを感じて、ひとまず落ち着こうとカップの縁に口をつける。

「――ニール・ブロンソン様がいらっしゃっておりますが」

その言葉に、コニーは飲みかけた紅茶を思い切り噴き出した。マルタが横からさっとハンカチを差し出してくれる。

「ニール⁉」

「はい。お嬢様に謝罪したい、と。いかがいたしましょうか。あの厚顔無恥のクソ小僧をとっとと叩《たた》き出しますか？　ぶん殴りますか？　それともちょん切ってやりますか？」

「選択肢がひどい！」

とはいえ、さすがに会うのは気が進まない。だいたい、今さらどんな顔をして会えばいいのか。謝罪だって別に欲しくない。謝られたって、彼の不貞を知る前には戻れないのだ。

よし、断ろう。そう思って口を開くと、コニーの声を遮るように意外な言葉が降ってきた。

『あらいいじゃない、会いなさいよ』

まるで旧友に挨拶《あいさつ》でもしに行けというような軽い口ぶりである。

（ええ⁉）

思わず非難の眼差《まなざ》しを向けるが、もちろんスカーレットがコニーの視線くらいで怯《ひる》むはずもない。

『だって、お前まだあの浮気男のことを気にしているでしょう？　だったら一度きちんと話すべきね。そうしないと気持ちの整理がつかないわよ』

「ぐぬぬ」

意外に真っ当なことを言われてしまい、返す言葉もない。スカーレットはさらに続けた。

『――それにね。さっきクローゼットを見たけれど、もうすぐエミリアの夜会だっていうのに、まともなドレスひとつないじゃないの。ブロンソン商会って服飾品も取り扱っているんでしょう？ちょうどいい機会だから、慰謝料代わりにぶんどってやりなさい』


身支度を整えたコニーが応接間に向かうと、そこにはすでにニール・ブロンソンが待っていた。入ってきたコニーを見ると、わずかに、目を見開く。

「……本当に会ってくれるとは思わなかった」

全く以てコニーもである。

「やっぱり君は誠実のグレイルなんだな」

いや実は会う気などさらさらなかった――とは言えず、コニーは微笑《ほほえ》みながらそっと視線を逸《そ》らした。

数日ぶりに目にした元婚約者は少し痩せたようだった。顔にも疲労の色が見てとれる。

「謹慎中だって聞いたけど……」

「まだそうだよ。君への謝罪ということで特別に外出が許されたんだ」

「……そうだったの。お待たせして、ごめんなさいね。だって、急に来るものだから」

このくらいの嫌味なら許されるだろうとニールを見れば、彼はまるで紅茶にうっかり塩でも入れてしまった時のような奇妙な表情を浮かべ、困ったように苦笑した。

「失礼なことをしたのはわかっている。でも、先触れを出したら断られると思ったんだ」

それから、すまなかった、と謝罪した。

「君には申し訳ないことをしたと思っている。パメラとも別れた。彼女も充分に罰を受けたよ。今は領地で反省しているはずだ」

『──ばっかじゃないの！』

突然、スカーレットが割り込んできた。

『あの手の女はね、自分が悪いなんて微塵《みじん》も思ってないから全然懲りたりなんてしないわよ！』

堂々と言い切る姿には妙な説得力がある。コニーは思わずスカーレットを見た。なるほど。

確かに処刑までされたのに全く懲りてない人が、ここにいる。

「父がせめてもの償《つぐな》いにと資金的援助を申し出たんだが、グレイル子爵に一蹴されてしまって」

そう話を切り出したニールに、コニーは驚き固まった。そんな話は一言も聞いていない。

スカーレットが、けっと悪態をついた。

『当然じゃないの。お前は商家でしょう。まかり間違ったら賄賂よ、そんなもの。だいたい何よ、援助って。平民に毛が生えたような准男爵ごときが子爵家に施しを与えようなんて発想がまず烏滸《おこ》がましいのよ！　身の程を知りなさい！』

──果たして父がそこまで考えていたかはわからないが、黙っていた理由はわかる。断った理由も。きっと、コニーに余計な心配をかけさせまいとしたのだ。

責任を感じて俯《うつむ》いていると、ニールが絞り出すような声を上げた。

「もう、許しては、くれないだろうか」

「……ん？」

「いや、許さなくてもいい。けれど、怒りの矛先は僕だけにしてほしいんだ。ブロンソン商会を巻き込むのはやめてくれないか」

「……ん？」

「あの夜会以降、顧客の間でブロンソン商会に対する不買運動が広がっている。本店はガラスを割られる嫌がらせも受けた。コンスタンス、ぜんぶ君が仕組んだことだろう？」

「……んん？」

「別に責めるつもりはないんだ。君は怒っていい。当然だ。非は僕にある。けれど、少しやりすぎだ。これはあくまで君と僕の問題だろう？　店を巻き込むのはやめてほしいんだ。祖父はショックで寝込んでしまったよ」

——いやはやコニーだってショックで寝込んでしまいそうである。

驚きすぎてうまく言葉が出て来ない。心の中は、悲しみと腹立たしさでいっぱいだった。ニールは、本当にそんなことをコニーがやったと思っているのだろうか。

そんなことをするような人間だと、思われていたのだろうか。

コニーはぐっと唇を噛《か》みしめると前を向いた。

「……私じゃない」

これではまるで小宮殿《グラン・メリル＝アン》での一幕の再来だった。謂《いわ》れのない罪を疑われ、詰問《きつもん》されている。

「しかし――」

ただあの時と違うのは、コニーには応戦する意思がある、ということだった。悲しい。悔しい。腹立たしい。けれど、不思議と怖くはない。

「私は、初代パーシヴァル・グレイルに誓って、そんなことしてない」

だからコンスタンス・グレイルはニール・ブロンソンの目を見て、きっぱりと告げた。ニールがはっと息を呑《の》む。

グレイル家の人間にとって、初代パーシヴァル・グレイルに誓うということは命を懸けるということと同義なのだ。滅多に使う言葉ではないし、そこに偽りなど許されない。グレイル家とつき合いの長いニールにもそれがわかったのだろう。

「なら、どうしてっ……」

一瞬呆《ほう》けていた顔が、見る見るうちに苦痛に歪《ゆが》んでいく。

『あーらあら』

その時、スカーレットがふわりと空中に浮かんだ。

『ブロンソンって、確か、下級貴族相手に成り立っている商会だったものねえ』

果実のような唇からくすくすと笑い声が漏れる。

『大方、お詫《わ》びの仕方でも間違えたんじゃなくって？　歴史があっても貴族を相手にするっていうことをよくわかっていなかったのかしら』

どういうことだ、と視線で訊《たず》ねるとスカーレットは愉《たの》しそうに目を細めた。

『そういう輩《やから》ってね、別に、コンスタンス・グレイルのために怒っているわけじゃないのよ。たかだか成り上がりごときが、お貴族様を手玉に取ろうとしたことが癇《かん》に障ったというだけ。だから、そこにご立派な大義名分をつけて意地悪しているのよ。下級貴族のコンプレックスでも刺激されたのかしら？　ふふふ、怖いわよねえ、人間って』

そういうもの、なのだろうか。正直言って理解はできない。しかし、このまま濡《ぬ》れ衣を着せられるわけにもいかないので、コニーはスカーレットの言葉をそのまま伝えた。

「そんな……」

ニールが青ざめた。それでも反論しなかったのは思い当たる節があったからだろう。嫌がらせの犯人がコニーではなく、顧客そのものだと突きつけられて衝撃を隠せないようだった。顔色は紙のように白くなり、今にも倒れてしまいそうだ。

この状況でコニーがかけることのできる言葉はひとつだけである。

「……私に、何かできることはある？」

すると奇妙な沈黙が落ち——

『は？　助けるつもり？』

「助けて、くれるのか？」

それが見事な唱和だったので、コニーの方が驚いてしまった。いやだって。

「別に、ブロンソン商会の人に罪はないじゃない」

どう考えても、彼らはただのとばっちりである。世間一般ではどうなのかは知らないが、少なくともグレイル家の——否、コニーの理屈ではそうだ。

『……あっきれた。こんなの自業自得なんだから、お前が面倒を見る必要なんてないじゃない』

もちろん誰が悪いのかと問われればニール・ブロンソン以外にあり得ないし、殴っていいと言われれば今この瞬間にでも助走をつけてぐーでいく。あのすました鼻を平地にしてやる。なぜならコンスタンス・グレイルにはその権利があるからだ。そして、コンスタンス・グレイル以外にはその権利はないからだ。

「……コンスタンス」

ニール・ブロンソンが戸惑ったような視線をこちらに向けてくる。コニーは勘違いするなと首を振った。

「あなたのためじゃないよ。あなたのせいで迷惑を被っている人のため」

あの夜会での騒動がきっかけでこんなことになっていると言うのなら、コニーにも責任の切れ端くらいはあるだろう。

とうとうスカーレットの眉がきっと吊《つ》り上がった。

『——ばっかじゃないの！　間抜けなコンスタンスなんかに何ができるって言うのよ……！　もう、もう……！　仕方ないわね！　そこのお前、一番のお得意様はどこのどいつよ⁉』

そう喚《わめ》いてニールに指を突きつけるが、当然のことながらちっとも気づいてもらえていない。仕方がないのでコニーが通訳を務めることにした。

「ええと、ブロンソン商会の上客って誰になるの？」

「キュスティーヌ伯爵夫人だが……」

突然の質問に怪訝《けげん》な表情を浮かべながらもニールが答えれば、スカーレットが一気に捲《まく》し立てた。

『あの見栄《みえ》っ張りババア、まだ生きていたのね。なら話は簡単じゃない。お前のところは確かルッカ地方の絹を取り扱っていたわね。ならそこの最上級の絹を――そうね、【月夜の妖精】あたりでいいわ、そこでドレスに仕立てなさい。刺繍《ししゅう》も入れるのよ。できるだけ繊細で、できるだけ派手なやつよ。金糸もふんだんに使うといいわ。出来上がったら跪《ひざまず》いて献上して慈悲を請うの。哀れっぽくね』

それからスカーレットはニールの顔をじっと見つめた。

『お前、顔はまあまあ見れるから、お前がやるといいわ。ひたすら下から媚《こ》びればいいのよ。もしかしたら寝室に連れて行かれることもあるかもしれないけど、その時は腹を括《くく》るのね。手、練、れだという噂《うわさ》だから楽園に連れて行ってくれるかもしれないわよ。それでうまくいくはずよ。あの年増《としま》はバカみたいに年を食ってるだけあってそれなりに影響力があるもの。……だから、お人好《よ》しのコンスタンス・グレイルはなんっにもしなくていいのよ！』

キュスティーヌ夫人こわい超こわい。コニーは顔を引き攣《つ》らせながら、貴族の間では、こういう謝罪の仕方もあるようだと提案した。ちなみに寝室のくだりは全力で伏せた。

ニールの貞操の行方は、神とキュスティーヌ夫人のみが知っていればいいだろう。

「……そう、か。父に伝えてみよう」

そう言うと、ニール・ブロンソンは何とも言いがたい様々な感情を浮かべてコニーをじっと見つめてきた。

コニーもその眼差しを受けとめて、まっすぐに見つめ返す。

先に視線を外したのは、ニールの方だった。

それから、深く頭を下げる。

「本当に、すまなかった」

その姿を見て、コニーは、誰にも言うつもりのなかった想いを打ち明けることに決めた。

「初めて会った時のこと、覚えてる？」

――糊《のり》の利いた立ち襟《えり》のシャツに、象牙色のベスト。ダミアン・ブロンソンとともに子爵家にやってきた青年は見るからにお洒落《しゃれ》で、ハンサムで、コニーはひどく気後《きおく》れしてしまっていた。

挨拶もろくにできずしどろもどろになる地味で冴《さ》えない少女のことを、ニールは決して笑ったり馬鹿《ばか》にしたりはしなかった。もちろん内心はわからない――わかりたくなくて、コニーはじっと俯いていた。

どうしたらいいかわからずに縮こまっていると、ふいに声が落ちてきた。私もです、と。

それは、思いがけず口から飛び出してしまったような、何の飾り気もない口調だった。

意外に思って顔を上げれば、そこには、コニーと同じく少し困ったような表情を浮かべる青年がいて。

実は、私も、緊張しているんです――

コニーは目をぱちくりと瞬かせ、それから、どちらともなく微笑み合った。

恋に落ちるには、おそらくそれで充分だった。

「あの時、こんな素敵な人が自分の夫になるなんて、私ってなんて幸運なんだろうって思ったの。でもたぶん、あなたはそうじゃなかったんだよね。……パメラとのことも、最初は信じられなかったし、傷ついたけど、今はちょっとだけ理解できる。こんな結果になったのは、きっと、あなただけのせいじゃなかった。だからね、いいの。もういいの」

続く言葉は、自然に口からこぼれ落ちた。

「さよなら、ニール・ブロンソン」

彼に恋はしていたけれど、きっと、涙をこぼすほどには好きじゃなかった。だから平気だ。コニーはにっこりと微笑んだ。

――少しだけ、鼻の奥がツンとするけれど。


「……ドレス、ぶんどりそびれちゃった」

慇懃無礼《いんぎんぶれい》なマルタに追い立てられるようにして帰っていったニールを見送りながら、コニーはぽつりと呟《つぶや》いた。スカーレットがどうでも良さそうに目を細める。

『あんな見る目のない男から貰《もら》わなくて大正解よ。どうせ趣味の悪いドレスがきたわ』

その歯牙《しが》にもかけない口調があまりにもスカーレット・カスティエルらしかったものだから、コニーは泣き笑いのような表情のまま鼻を啜《すす》った。

※

ケイト・ロレーヌは獅子《しし》の頭部の飾りがついた真鍮《しんちゅう》の輪を扉に向けてコツコツと叩いた。しばらくすると顔馴染《なじ》みの侍女長《マルタ》が出迎えてくれる。さっそく用意していた手土産を差し出した。

「木苺《きいちご》パイを焼いてきたのよ」

六の月《マルス》の時期にしか作れないロレーヌ家特製の木苺パイは、婚約が破談となり落ち込んでいるであろう友人の好物だった。少しでも元気になってほしい。そう思って朝から厨房《ちゅうぼう》に籠《こも》って焼き上げたのだ。

するとマルタはきょとんとした表情を浮かべて首を傾《かし》げた。

「木苺パイ、ですか？　でも、先日もうちのお嬢様に作って頂いたんですよね？」

「はい？」

沈黙が落ちる。マルタの顔が次第に怪訝なものへと変わっていく。ケイトは、はっとしたように目を開くと、慌てたようにぽんと手を打った。

「あ、ああ、あれね！　先日のあれね！　あれかー！　すっかり忘れてたわー！　そうそう、コニーと一緒に家で作ったんだったたわー木苺パイ！」

※

「――で？」

焼きたての木苺パイを持ってきてくれたケイトが、どことなく据わった目でコニーを見てくる。

「私、いつの間にコニーと木苺パイを作ったんだっけ？」

バターたっぷりのパイ生地はさっくりとしていてほんのりと塩気があり、砂糖で煮詰めた甘酸っぱい木苺とよく合った。甘すぎず、重すぎず、いくらでも食べられてしまうものだから、最終的にはいつもホールごと平らげることになってしまう。

そんな魅惑の焼き菓子を前にして、コニーはフォークを口元に運ぶ手を止めていた。

「い、いや、その……」

視線が泳ぐ。ケイト・ロレーヌは呆《あき》れたように眉間に皺《しわ》を寄せると、迂闊《うかつ》な友人を一喝した。

「相変わらず詰めが甘いんだから！　一応マルタには家に来てたって言っておいたけど、信じたかどうかはわからないわよ！」

「ありが――」

「で、どういうことなの？　人をダシに使ったんだからもちろん教えてくれるわよね？」

「う……」

実は罪のない孤児院の人々を騙《だま》すために侍女服が必要だったのだ――などと正直に答えられるはずもない。コニーは顔を引き攣らせながら必死になって言い訳を探した。

「ええと、その、ひ、ひとりになりたく、て……？」

けれど、出てきたのは信じられないほどお粗末な釈明だった。これはひどい。コニーは絶望した。

「ふーん」

ケイトが半眼になる。その声には恐ろしいほど感情がこもっていない。

「あ、あのね、ケイト……！」

反射的に口を開いたが、しかし、それきり言葉が続かない。どうしようどうしよう、と焦っていると、大きくため息をついたケイトがその沈黙を引き取った。

「いいよ、別に」

意外にも穏やかな声に瞳を瞬かせれば、ケイトは困ったように眉を下げてこちらを見つめていた。マロンブラウンの瞳に浮かんでいるのは怒りでも追及でもなく、ただただこちらを案じる色だ。

「コニーが言いたくなるまで何も訊《き》かない。だから、何か助けが必要な時はきちんと言うのよ」

「ケイト……」

申し訳なさと温かさで胸がいっぱいになる。

ケイト・ロレーヌは悪戯《いたずら》っぽく口の端《は》を吊り上げると、殊更に明るく告げたのだった。

「でも、次は庇《かば》ってあげないからね！」

くすんだヘーゼルナッツのような榛《はしばみ》の髪に、若草色の瞳。どこにでもいるような平凡な顔。コニーは、姿見に映った己をじっと観察していた。髪を結い上げ、薄い化粧を施し、水色のドレスを纏《まと》ったコンスタンス・グレイルは、それでもいつもよりずいぶんと華やかに見える。

『なんとか見られるようになったわね』

スカーレットが満足そうに笑う。彼女が屋敷中ひっくり返して見つけ出した衣装や宝飾品は、まるで誂《あつら》えたかのようにコニーによく似合っていた。侍女に任せきりの化粧も今日はスカーレットに言われるがまま。花緑青《はなろくしょう》の胡粉《ごふん》を瞼《まぶた》に載せ、頬紅《ほおべに》は普段より明るい色。そして、淡い口紅の上には蜂蜜を。これで支度《したく》は整った。

――今宵《こよい》、エミリア・ゴードウィンの夜会が開催される。

「おお、これはまた、ずいぶんと愛らしくなったものだ」

二階の自室から居間に下りると、パーシヴァル＝エセル・グレイルがその熊のような強面《こわもて》をだらしなく崩した。エセルはその後しばらく愛娘《まなむすめ》を誉《ほ》めそやしていたが、ふいに思い出したように遠い目になるとしみじみと呟いた。

「あんなにも引っ込み思案だったお前がニール・ブロンソンに立ち向かい、今度は率先して夜会に出たいなどと言って……。優しくもしなやかな強さを持った娘に育ってくれて私は……私は……！」

話の途中で感極まったのか、目頭を押さえて天を仰いでしまう。いつの間にか傍《そば》にやってきた母が「よしよし」とその大きな背中をさすってやっていた。

コニーの母であるアリア・グレイルは、金の巻き髪に翠《みどり》の瞳を持った美しい女性だった。こちらは普段と印象の違う娘を見ると、頬に手を添え、おっとりと首を傾げた。

「あらあら。羽目を外さないようにね」

それはいったいどういう意味だとコニーは顔を強張《こわば》らせる。けれどもアリアは真意の読めない穏やかな微笑を浮かべるだけだ。

「――姉さま！」

「ぐえっ⁉」

疾風のように腹に飛び込んできたのは弟のパーシヴァル＝レイリだった。母親譲りの金の巻き毛と緑柱石《ベリル》の瞳を持つ、まるで天使のように愛らしい少年だ。

今年で十歳になるレイリは、きらきらと瞳を輝かせてコニーを見上げてきた。

「わあ姉さま、今日はとってもお綺麗《きれい》なんですね！」

今日は、とはいったいどういう意味なのだろうか。ちょっと意味がよくわからない。もちろんコニーは淑女であるので、蛇がいるとわかっている藪《やぶ》をわざわざ突いたりはしないが。

「聞きました、ニール・ブロンソンのこと。あんなひどい男、振ってやって大正解です！　今度会ったら僕が殴ってやります！　ぐーで殴ります！」

「お、おお……」

「あとね、借金のことは心配しないで。正しい行いをしていれば、きっと三女神さまが道を開いてくれるはずだから」

その言葉に頷《うなず》こうとしたコニーは、けれど、ふと違和感を覚えて固まった。今までのコニーなら、きっと、そうよねと同調していたはずだったのに。

「姉さま？」

良い子のレイリ。誠実なレイリ。

いつの間にか厳しい表情になっていたらしい。レイリの顔に不安がよぎる。はっと我に返ったコニーは弟の頭に手を置き巻き毛をくしゃりと乱すと「なんでもないよ」と笑ってみせた。

程なくしてマルタが馬車の到着を伝えに来る。

『準備はよくて、コンスタンス？』

スカーレット・カスティエルが歌うように言葉を紡ぐ。開け放たれた扉の向こうには二輪馬車が待っていた。

黒の油絵具で分厚く塗りつぶしたような暗く重たい空だった。夜風がドレスの裾《すそ》をぱたぱたとはためかせていく。

スカーレットが振り向いて、ひどく愉快そうに口の端を吊り上げた。

『――楽しい宴のはじまりだわ』

紫水晶《アメジスト》の双眸《そうぼう》は、まるでその奥に金鉱床が沈み込んでいるかのように、光を弾《はじ》いて瞬いていた。

※

エミリア・ゴードウィンは上機嫌だった。

広間は心地良い喧噪《けんそう》で包まれている。訪れた客人たちは口々にエミリアを称賛した。理由はもちろん、コンスタンス・グレイルである。話題の当人が小宮殿《グラン・メリル＝アン》での騒動後、初めて公に姿を現したのだ。それも、エミリア・ゴードウィンの夜会に。伯爵でも子爵でもなく、男爵夫人であるエミリアの夜会を選んだ。その事実はエミリアの自尊心を大いにくすぐった。

それだけではない。どこからか噂を聞きつけたのか、あの人まで夜会に参加したいと言ってきたのだ。言葉を交わすのはおそらく十年ぶりだっただろう。エミリアの心は躍った。常に公平で、下級貴族だからと他者を見下すことのなかったあの人は、エミリアの密《ひそ》かな憧れだった。

どれもこれも、コンスタンス・グレイルのおかげだ。だから、実際に挨拶にやってきた少女を見て、エミリアは目をぱちくりと瞬かせた。拍子抜けしたのだ。確かに記憶していたよりも多少垢《あか》ぬけてはいたが、それでもどこにでもいるような平凡な子には違いなかった。

まあ、ドレスや首飾りのセンスは悪くない。それに所作《しょさ》だってなかなか美しい。もちろんあのスカーレットには遠く及ばないが――。そこまで考えて、いつの間にか自分がこの取るに足らない娘をスカーレットと比較していることに気づいて固まった。いったいどうして。動揺するエミリアを前にして、コンスタンス・グレイルが淑女の礼を取ってくる。思わず目を見開いた。

似ている、のだ。

裾を摘《つ》まむ時の指の形。まっすぐ伸びた背筋。足を引くタイミング。視線を落とし、顔を上げた時に浮かべる表情。そのすべてが、スカーレット・カスティエルと瓜《うり》ふたつだった。あの女の本性は毒婦だったけれど、その佇《たたず》まいは誰よりも気品があった。

――ご機嫌よう、エミリア・カロリング。

声は、常に鈴を転がしたように軽《かろ》やかで。そして、最初に掛けられる言葉はいつだって決まっていた。

——今日もすてきなドレスね。あなたのひまわりのような髪によく似合っているわ。

それはまるでドレスしか素敵じゃないというように聞こえたし、金髪というより黄色いペンキのような髪の色はエミリアのコンプレックスだった。だからエミリアはスカーレットのこの挨拶が大嫌いだったのだ。大嫌いで、身が竦むほど恐ろしかった。

「本日はお招きありがとうございます、ゴードウィン夫人」

嫌なことを、思い出した。エミリアは唇を噛む。腹いせに、目の前の小娘を甚振《いたぶ》って鬱憤《うっぷん》を晴らすことにする。もともと、そのつもりで呼んだのだ。出る杭《くい》は打たれる。打たれてもびくともしない者だけが生き残るのだ。果たしてこの娘は、どちらか。パメラ・フランシスのように壊れるのか、それとも——

「——今日もすてきなドレスですね。夫人のひまわりのような髪に、よく、お似合いです」

はっとしてコンスタンス・グレイルを見れば、彼女は、かつてのスカーレット・カスティエルのようにそれはそれは無邪気な微笑を浮かべていた。

※

なにか失敗でもやらかしたのだろうか。コニーは首を捻っていた。

淑女の礼や所作はスカーレットの猛特訓のおかげで何とか見られるものになったと思うし、エミリア・ゴードウィン夫人が昔から一番喜んだという挨拶も完璧だった。

だというのに、夫人は真っ青になると、何も言わずにその場を立ち去ってしまったのだ。その様子を見たスカーレットは噴き出していた。

『あの子ったら相変わらず気が小さいのねえ』

含みのある言い方だったので、思わずスカーレットの方に顔を向ける。すると彼女は肩を竦めてしれっと答えた。

『わたくしはあの子から話を聞きやすくしただけよ』

そのせいで逃げられてしまっていれば本末転倒ではないのだろうか。いやもちろん面と向かって言えるはずもないが。

それからしばらくは見世物小屋の珍獣のような扱いを受けた。

挨拶にそれとなく毒を仕込む紳士。わざと聞こえるような声量でひそひそと囁《ささや》き合うご令嬢たち。すれ違い様にさり気なく嫌味を落としてくる貴婦人。

打ち合わせ通り、コニーはスカーレットの人形に徹した。陰口に対する牽制《けんせい》。皮肉への切り返し方。笑顔を見せるタイミング――。スカーレットがいなければ心が折れていたかもしれなかった。

『及第点ね』

スカーレットはそう言うとぐるりと広間を見渡した。まるで今日の情景をその目に焼きつけておくかのように。

――以前から薄々思っていたことだが、スカーレットは記憶力が良い。それは今回の夜会で確信に変わった。おそらく彼女の頭の中には記憶をしまっておく宮殿のようなものがあるに違いない。

今日挨拶を交わしたほとんどが初対面であったが、スカーレットは彼らの顔や名前はもちろんのこと、領地や趣味など、会話のすべてを一言一句《いちごんいっく》漏らさずに記憶していた。

挨拶も一区切りつき、咽喉《のど》を潤すために果実水を飲んでいると、広間の隅にいるエミリア・ゴードウィンの姿が視界に入った。彼女はどこかの貴婦人と話をしている。針のように細い女性だ。ふたりの顔に笑みはない。お互い扇子で口元を隠しながら、ちらちらとこちらに視線を寄越してくる。エミリアに至っては、まるで化け物でも見ているかのような目つきだ。げせぬ。

『……あれは、アイシャ・スペンサー？　だいぶ様変わりしたこと』

スカーレットが呟いた。

『あのふたりに交流があったなんて意外ね。でもまあ、ちょうどいいわ。ふたりが揃《そろ》ってるうちに話を訊きに行きましょう』

気は進まないが、そう言われてしまえば仕方がない。足を一歩踏み出したその時だった。

「──なんですって？」

強張《こわば》った声が広間に響いた。

「……もう一度、言って下さらないかしら」

「何度だって教えて差し上げるわ、テレサ。あなたの旦那様にはほとほと迷惑しているの。毎晩毎晩飽きもせずに娼館《しょうかん》通いをされているそうじゃない。婦人会の方でもだいぶ噂になっているのよ？王宮勤めのケヴィン・ジェニングスは、高貴なる義務《ノブレス・オブリージュ》に恥じる行いをしているのではないかって。

ケヴィンの同僚である私の主人まで白い目で見られてしまうじゃない。なんとかしてちょうだいな」

対峙《たいじ》しているのは、ふたりの貴婦人だ。引き攣った表情を浮かべているのは月並みな顔立ちの女性で、彼女を責めているのは目鼻立ちのはっきりとした美女であった。

「あれは……？」

『テレサ・ジェニングスとマーゴット・テューダーね。さっきふたりで挨拶に来ていたじゃない』

スカーレットはさらりと告げた。確かに見覚えはある。影の薄い女性と、気の強そうな美人の組み合わせは珍しかったからだ。さすがに名前までは憶えていなかったが。

広間中に響き渡るほどではないが、その穏やかでないやり取りはコニーを含めた周囲の注目を集めてしまっていた。

美しいマーゴットが、凡庸なテレサを見下すように嘲笑した。

「でも、あなたが相手じゃ――無理かしらね。もう少し、可愛《かわい》がっていただけるように努力はできないの？」

その言葉に、テレサの顔面が蠟《ろう》のように白くなった。唇をわずかに震わせ、下を向いてしまう。

ややあって、ぽつんと呟くように口を開いた。

「……ライナスは、お元気？」

それは感情の読めない、ひどく静かな声だった。

「は？」

「彼、最近、夜勤が、多いのではなくて？」

「……あなたのご主人が夜遊びばかりするからでしょう。その皺寄《しわよ》せがうちの人《ライナス》にも来ているのよ」

するとテレサが顔を上げた。その表情は先程までとは違い、どこか歪《いびつ》な明るさがある。

「ああ、そう言っているのね。なら、三日前の夜も夜勤だと言っていた？」

「……なにが、言いたいの？」

「彼は、ちゃんとエリンジウムの花束をあなたに渡してくれたのかしら？　手土産を渡しておけば夜勤が続いてもご機嫌だと言っていたから、きっと、渡したんでしょうね。青くて棘《とげ》のある、珍しい花だったでしょう？　あなたのために、わざわざ取り寄せておいたのよ」

美しいマーゴットの顔《かんばせ》から段々と色がなくなっていく。

「意味を、教えてあげましょうか」

テレサ・ジェニングスは勝ち誇ったように口の端を吊り上げた。

「――秘密の恋よ」


いやはや、全く、恐ろしい世界である。コニーはぶるりと背筋を震わせた。さて、そろそろエミリアとアイシャのところに行くか――そう思って視線を戻したその瞬間、コニーは「ぐげっ！」と淑女らしからぬ奇声を上げた。

そこにはすでにアイシャの姿はなく、代わりにいつの間に現れたのか、エミリアと挨拶を交わす黒髪の男性がいた。引き締まった体軀《たいく》に精悍《せいかん》な容貌。男が何かを訊ねると、エミリア・ゴードウィンがコニーのいる辺りを扇子で指した。

紺碧《こんぺき》の双眸がこちらを向く。刹那、男の――ランドルフ・アルスターの射るような眼差しがコンスタンス・グレイルを貫いた。

（ひいっ……！）

当たり前だが、今日のランドルフは軍服ではなかった。

しかし、やはり黒を基調とした素っ気ないほど装飾品のない礼服だ。喪服を連想させるような格好は、華美な装いの多い参加者の中で悪目立ちするほどに浮いている。そして、それが、コニーには彼の意思表示に思えてならない。

即《すなわ》ち、今日は楽しく踊りに来たのではなく、どこぞの獲物を血祭りにあげに来たのだ――という。

（すすすスカーレット様、出番です……！）

コニーは思わず後退ってスカーレットに縋《すが》った。しかし彼女もどことなく引き攣った顔のまま『い、嫌よ、わたくし苦手なのよ、あいつ！』そう叫ぶなり一瞬にして姿をくらませてしまう。驚くほどの逃げ足の速さである。気づいた時には気配もなかった。

万事休すとはこのことか。

ランドルフが一歩、また一歩とこちらに近づいてくる。コニーも慌てて踵《きびす》を返した――が。

「――先日振りだな、シスター」

低い声が落ちてきて、コニーは絶望的な気持ちでゆっくりと振り返った。

「ひ、人違い、では……」

「人違い？」

こくこくと頷く。

「そうか。なら、挨拶から始めようか。私はランドルフだ。ランドルフ・アルスター」

うん、知っている。

「こ、コンスタンス・グレイルと、申します」

「ああ、知っている」

その答えに、あら気が合いますね――なんて気軽に言える雰囲気ではとてもない。

「単刀直入に訊こう。君の目的は何だ？」

「な、なんのお話でしょうか」

もちろん何のお話かはわかっている。わかりすぎている。ただ言えないだけだ。スカーレット・カスティエルの復讐《ふくしゅう》のお手伝い中なんです――なんてことは。

「オーラミュンデ邸の礼拝堂で何を盗った？　故人の遺書か？　それとも――」

「いや、ええと、その……」

目が泳ぐ。言い訳が出てこない。冷や汗だけがだらだらと落ちてくる。コニーは心の中で助けを求めた。

（だ、誰か助けて――！）

『ああ、もうっ！』

するとたまりかねたように、どこからともなくスカーレットが舞い戻ってきた。もうもう！　と怒りながら声を張り上げる。

『しょうがないわね！　お退きなさい、コンスタンス！』

（――へ？）

なにかが、コンスタンスの中に入ってくる。あの時は強い力に弾かれるようだったけれど、今回はぐい、と体の端の方に押しのけられるような感覚だった。それに、意識がある。

「――そこまで断定されるからには、当然、証拠がおありなのよね？」

誰かが、コニーの口を借りて喋《しゃべ》っていた。自信に溢《あふ》れた声はコニーのようでいてコニーではない。きっと表情も違うのだろう。顎《あご》を逸らし、あの恐ろしいランドルフ・アルスターを正面から睨《にら》みつけている。

それまで無表情だったランドルフが、紺碧の双眸をわずかに揺らした。

「まさか証拠もなく、幼気《いたいけ》な少女を泥棒呼ばわりかしら？　死神閣下の名が泣きますわね。身に覚えのない侮辱でしてよ。撤回して頂かなければ、わたくし恐怖のあまり婦人会に駆け込んでしまうかもしれません。品行方正を絵に描いたランドルフ・アルスターにしつこくされて困っていると」

「君と一緒にモーリス孤児院に行き、院長や子供たちが君をオーラミュンデ家に仕えるレティと別人だと証言するのであれば、そうしてもらってかまわないが」

（ば、バレてる――！）

コニーは仰《の》け反ったが、スカーレットは動じることなくにっこり笑った。

「お断りいたしますわ。この世には似ている顔が三人いると言いますもの。求めて頂けるのは光栄ですけれど、わたくし、初対面の殿方と次のデートを取りつけるほど安い女ではありませんのよ？」

まさかここまで堂々と開き直るとは思っていなかったのだろう。ランドルフが呆気《あっけ》に取られたように口をつぐんだ。

しかしこれはどう考えても詰んでいる――のではないのだろうか。正直生きた心地がしない。ランドルフが眉を顰《ひそ》めて口を開きかけたその時、ガラスの割れるような音が広間に響いた。そして次々に悲鳴が上がる。

コニーが驚いて振り向けば、先程口論していた貴婦人の影の薄い方――テレサ・ジェニングスが頬に手を当てて倒れ込んでいた。ぶたれたのではない。指の間から真っ赤な血が幾筋も伝い、顎から滴り落ちている。

鮮血は、見る見るうちに彼女の襟元を染め上げていった。

テレサを見下ろすように荒い息を吐いているのは美しいマーゴットだった。手には割れたワイングラスを持っている。おそらく、そのグラスで殴打したのだろう。欠けた切っ先からぽたぽたと赤い雫《しずく》が落ちていた。

「……この女が」

マーゴットは目を血走らせ、怒りに震える声で叫んだ。

「この娼婦《しょうふ》が、悪いのよっ……！」

しん、と静まり返った広間で最初に動いたのはランドルフ・アルスターだった。彼は足早に倒れ込んだ夫人のもとへ行くと、礼服が血に汚れるのも構わず彼女を抱き起こし、患部を確認する。

「――傷口はそこまで深くないようだな。だが、ガラスの破片が入っている可能性がある。すぐに洗い流した方がいいだろう。それと、消毒瓶と清潔な布の用意を。医師が到着するまでしばらくかかるはずだ。応急処置程度ならこの場でもできる」

その言葉に幾人かの従僕が駆け寄ってきて、テレサを丁重に運んで行った。侍女たちが洗濯室へと走る。何をぼさっとしているんだ、すぐに早馬を出せ、という怒号がどこかで飛び交った。

「マーゴット・テューダー」

ランドルフは感情を一切排除した事務的な声音で、立ち尽くす美貌《びぼう》の夫人の名を呼んだ。

びくりと夫人が肩を震わせる。

「わかっているだろうが、これは傷害だ。法を取り締まる立場の人間として、あなたの行いを看過することはできない。部下が来るまで私が調書を取ろう。ゴードウィン夫人、申し訳ないが空いている客室をお借りできないだろうか？　できれば女性の付き添いも欲しいんだが——」

その冷静な態度に、騒然としていた広間が徐々に落ち着きを取り戻していく。誰かがコニーの背後で囁いた。

「……あら、もうおしまい？　何だか興ざめね」

「忘れたの？　あの坊やが出てくるといつもそうだったじゃない」

「今は王立憲兵局に籍を置いていると聞いたけど、十年前とやることは変わらないのね。まるで番犬だわ」

「むしろ、堅物振りに拍車がかかったんじゃなくて？」

屋敷の人間に指示を与え終わったランドルフがコニーのもとに戻ってきた。さすがにこの状況で追及を続ける気はないようだが、その目はこれで終わりではないと言っている。

「――先程の話だが」

コニーは広間をゆっくりと見渡していた。全く、ひどい有様だった。床には運ばれて行ったテレサをたどるように点々と血の跡が続いている。いつの間にか音楽はやみ、年若い令嬢たちは青ざめ不安そうに身を寄せ合っていた。年配の者の表情は様々だ。事態を案じる者、愉快そうに口を歪める者、もう終わりかとつまらなそうにしている者。

こんな夜会は初めてだった。あんな風に言い争いが始まるなど今までなかった。いや違う――コニーは頭《かぶり》を振った。あったではないか。それも、つい先日。小宮殿《グラン・メリル＝アン》で。血こそ流れなかったが、パメラ・フランシスを糾弾して追いつめた。誰が？　もちろんスカーレット・カスティエルだ。コニーではない。だが――

頭の片隅で警鐘が鳴る。

その時、心臓を鷲掴《わしづか》みにするような低い声がコニーを捕らえた。

「本当に、君は、関係がないと言えるのか？」


当然のことながら夜会はお開きになった。

招待客が順々に帰宅していく中、コニーがエミリア・ゴードウィンの姿を探せば、彼女は温室《コンサバトリー》を抜けた中庭のベンチにいた。ひどく疲れたように座り込んでいる。実際、疲れたに違いない。これから彼女は主催者としてジェニングス家に事情を説明しなければならないだろうし、憲兵による現場検証だってまだ始まったばかりだ。

コニーが近づくと、エミリアはちらりと視線を寄越した。

「あなた、似ているわ」

そう言って、どこか諦めたように顔を逸らす。

「見た目はまったく似ていないのにね。笑っちゃうわ」

「……スカーレット・カスティエルに？」

コニーがその名を告げたのが意外だったのか、エミリアはぱっと顔を上げた。それから自嘲気味に笑う。

「あなたみたいに平凡な子相手にそんなこと言ったら、きっとまた叱られてしまうわね――」

嫉妬《しっと》と憎しみ。羨望《せんぼう》。そしてその奥にわずかに浮かぶのは追慕《ついぼ》、だろうか。コニーは思わず訊ねていた。

「……どうして、スカーレットが処刑されなければならなかったのか、ご存知ですか？」

「セシリア王太子妃を毒殺しようとしたからよ」

当たり前のことだと言わんばかりにエミリア・ゴードウィンは断言した。

「それは――」

確かに少し前までのコニーもそうだと信じて疑わなかった。けれど、他でもない本人がそれは真実ではないと告げている。スカーレットはすぐに人を騙したり陥れたりするどうしようもない人だけれど、あの時の怒りは本物だった。

ぐっと拳を握りしめて何かを訴えるような表情を浮かべるコニーを、エミリアはじっと見つめていた。

「……やっぱり、似ているわ」

そう言うと立ち上がる。それから、雲に覆われ白い光をぼんやりと滲《にじ》ませている夜空を見上げ、独り言のように告げた。

「――六の月《マルス》の中茎七節。旧モントローズ邸廃墟《はいきょ》。招待状は、ジョン・ドゥ伯爵の帽子の中に」

「へ……？」

戸惑うコニーを尻目に、エミリアは、義務は果たしたと言わんばかりにさっさと邸内に戻っていく。ただ去り際に一度だけコニーの方を振り向くと、覚えの悪い子供に言い聞かせるような口調で呟いた。

「人生は生き残った者の勝ちなのよ。――だから、うっかり退場させられないように気をつけなさいね、コンスタンス・グレイル」

※

「――カスティエル家に、忍び込む？」

コニーは素《す》っ頓狂《とんきょう》な声を上げた。

ジョン・ドゥとは名無しという意味だ。そして、ジョン・ドゥ伯爵というのは、何十年も昔から続く仮面舞踏会の主催者の通称である――とスカーレットは教えてくれた。実際は上級貴族の持ち回りなのだが、主催者はあくまで名無し《ジョン・ドゥ》ということになっているので、《ジョン・ドゥ伯爵の夜会》と呼ばれているらしい。

『ええ。中茎七節は旧ファリスの古語で、十七日という意味よ。つまり一週間ちょっとしかないわ。だから急いで実家《うち》に忍び込まないと』

コニーはぱちくりと目を瞬かせた。

「……うち？」

『そう、実家』

「…………うち《カスティエル家》？」

今の話の、どこをどうしたらカスティエル公爵家に繋《つな》がるのだろうか。

目を白黒させていると、スカーレットが呆れたように嘆息する。

『お前、ちゃんと人の話を聞いていた？　身元を隠して集う仮面舞踏会なのよ？　肝心の仮面を持っているの？』

もちろん持っているはずがない。ついでに言うなら今の今まで必要に迫られたこともなかった。そんな心の声が顔にでも出ていたのだろうか、スカーレットがコニーを小馬鹿にするようにふんと鼻を鳴らす。

『そうでしょう？　だから、わたくしのものを使えばいいのよ。……しょ、しょうがないから特別に貸してあげてもよくてよ！　光栄に思いなさい！』

「ええっ！　いらな、じゃなくて別にわざわざ忍び込まなくたって——」

『新しいものを買えばいいっていうの？　おバカね。お前は知らないでしょうけど、たぶんお前の想像よりもずっと値が張るものよ』

確かにそれは借金のある身に難しい。コニーは言葉に詰まった。

それに、とスカーレットは続けた。仮面で素性を隠しているとはいえ、その正体については暗黙の了解であることが多いという。皆、気づかない振りをしているだけなのだ。

夜遊び好きのスカーレットはジョン・ドゥ伯爵の夜会の常連客だったらしい。だから、スカーレットが愛用していた仮面をつけていれば当時の事情を知る者が声を掛けてくるかもしれない——と。

納得はできたが、実行できるかはまた別の話だ。スカーレットにとってはちょっと実家に戻って荷物を取ってくるという感覚なのだろうが、コニーにしてみればただの住居不法侵入ならびに窃盗である。

コニーは答えをひとまず保留にすることにして、話題を変えた。

「……エミリア・ゴードウィンは、本当に何も知らなかったんでしょうか」

『たぶんね』

スカーレットはあっさりと肯定した。

『ああ見えてあの子は気が小さいから、いつも引き際だけは見事だったの。十年前のことだって、危険を感じれば真実が近づいてきてもさっさと逃げたでしょうね。それに、もともとたいして賢くないもの。目の前に情報が落ちていたって見逃している可能性もあるわ』

「じゃあ、この夜会に招待した意味はなんでしょう？」

『さすがにきっと何か真実を知っている人間がいる、ということくらいはわかっていたはずよ。情報を集めるにはジョン・ドゥ伯爵の夜会はうってつけだもの。あそこにいるのは、昔から神を神とも思わぬ下種《げす》だらけだから』

機会《チャンス》を与えてやるからもう纏《まと》わりつくなという意味でしょうね――そこまで告げるとスカーレットは一旦言葉をとめた。それから、珍しく無邪気な笑顔を見せる。

『それに、これはお前にとっても良い機会よ、コンスタンス！』

「良い機会、ですか？」

『そう、借金返済の良い機会。当てがあると言ったでしょう』

確かに復讐を手伝えと要求してきた日にスカーレットは言っていた。

――助ける方法がないわけではなくてよ。

つまり、とコニーは考えを巡らせる。つまり、この夜会は、出会いのないコニーにとって絶好のお見合いの場になる――ということだろうか。

だがしかし。

「お互い仮面をつけたままで交流が温まるとは……」

どうしたらいいのだろうと腕を組み真剣に悩んでいると、スカーレットが呆れたように眉を寄せた。

『バカね。誰が婚約者候補を探せと言ったの？　いいこと、わざわざ仮面をつけて踊りに来ている連中なんて大抵なにかしら秘密があるに決まっているわ。男も女も関係ない。誰でもいいから弱みを見つけ出して、そいつを脅してお金を巻き上げてしまえばいいのよ』

しとしとと雨が降っている。

ランプの明かりは先程消した。寝台から見上げた天井には闇が広がり、雨音だけがまるで責め立てるように体に響く。

スカーレットの姿は見えない。最近死者であるスカーレットは眠る、、、ことを覚えたのだそうだ。もちろん本当に寝ているわけではない。ただ生前のように目を閉じて眠ろうと思っていると、ふっと意識がなくなるのらしい。そうすると不思議なことにコニーからは彼女の姿は見えなくなった。消えた、というわけではないようだが。

——本当に君は関係がないと言えるのか？

ふいに闇の中からランドルフ・アルスターの声が聞こえてくる。目を閉じれば、ゴードウィン邸での惨状が蘇《よみがえ》った。様々な目がコニーを見ていた。恐怖、不安、愉悦。そして——悪意。

——脅して、お金を巻き上げてしまえばいいのよ。

もしかしたらスカーレット・カスティエルは噂よりも悪い人間ではないのかもしれない。けれど、決して善良ではない。善悪の捉え方が、根本的にコニーとは違う。

雨はやまない。コニーは組んだ手を目元に押しつけ吐息をこぼした。

どうしても寝つけなくて、温めたミルクでも飲もうと厨房へと続く西階段を降りる。すると燭台《しょくだい》に明かりが灯っていることに気がついた。何だか慌ただしい。怪訝に思って音のする方に近づいていく。

「父様……？」

広間にいたのは身支度を整えたパーシヴァル＝エセルだった。その傍らには動きやすそうな格好をした母の姿も。いったい何事だ？

声に気づいた父がこちらに視線を寄越した。コニーか、と告げた表情はどことなく険しいものだ。

「急だが、グレイル領に戻ることになった。アリアも一緒だ。お前はレイリとここに残っていてくれ」

「こんな、夜更けに……？」

しかも外は雨である。すると父《エセル》は疲れたように、ああ、と頷くと言葉を続けた。

「今しがた領地から早馬が来てな。高利貸しの奴《やつ》ら、どうやら返済の当てが外れて気が立っているらしい。期日はまだ先なんだがな。ここ数日、領民に恫喝《どうかつ》などの嫌がらせをしていたようだ。今日は抵抗した若者が暴行されたらしい。幸いすぐに周囲の者が加勢して軽傷で済んだらしいが」

そこで一旦、言葉が途切れる。わずかに歪められた双眸に浮かぶのは苦痛の色だ。

「――殴るなら、私を殴ればいいのにな。罵るなら好きなだけ私を罵ればいいのに。どうして彼らはそうしないのだろう。そうしてくれた方がどれほど良かったか。しかし、それでは意味がないのだろうな。実際問題こうしたやり口が一番堪えるのだから困ったものだ」

そう言ったきり黙り込んでしまったエセルを、アリアがそっと抱きしめた。

程なくして、従僕のひとりが支度が整ったことを告げに来る。

父の硬くて大きな手が、コニーの頰を優しく撫でた。

「レイリを、頼む」

※

パーシヴァル＝レイリは、その日、朝から不貞腐《ふてくさ》れていた。目覚めたら両親は領地に戻ったと告げられ、理由を訊ねても誰も教えてくれない。姉は何か知っているようだった。レイリだけが仲間外れなのだ。こんなの誠実じゃない。

くすぶっていた不満は、剣の鍛錬を行うため従者のシドを連れて中庭に向かっている途中に、突然、決壊した。

――屋敷の中の者が教えてくれないなら、屋敷の外で訊けばいいのだ。

「……部屋に忘れ物をしたみたいだ。すぐ戻るから、先に行って準備をしておいてくれる？」

普段から聞き分けが良く、模範的なレイリの言葉をシドは疑わなかった。

そうしてレイリは部屋に戻ることなくそのまま屋敷を飛び出した。

※

「――レイリが部屋に閉じこもっている？」

コニーは首を傾げた。シドは真っ青な顔で申し訳ありません、と頭《こうべ》を垂れた。

「剣のお稽古の前にお屋敷を抜け出されたのです。すぐに気づいて追いかけたのですが……。外の者と話をしているようでしたので、もしかしたら、領地での話をお聞きになったのかもしれません。おそらくそれで傷ついてしまったのかと。申し訳ございません、お嬢様。このシド、何なりと処罰を受ける覚悟は出来ております」

「え？　処罰とかは別に……」

「なりません。お部屋に戻ると言われた際に私もついていけば良かったのです。そうすべきでした。まだ幼いあの方から目を離すべきではなかったのです。この役立たずの首で良ければ今すぐ差し出させていただきたく――」

「いやだから人の話聞いてた……⁉」

真顔のまま懐から短剣を取り出したシドを慌てて制止する。グレイル家で働く人間はやはり総じて誠実なのだが、誠実が過ぎるのが玉に瑕《きず》である。何とかシドを説得すると、レイリの部屋へと向かう。

「……レイリ、大丈夫？」

けれどいくらノックをしても返事がないので、そのまま部屋に入ることにした。

パーシヴァル＝レイリは、寝台の上で膝を抱え頭から毛布をかぶっていた。コニーの声にも反応がない。

その姿は、ひどく怯《おび》えているようだった。シドの言う通り、領地で起きた騒動を耳にしてしまったのだろう。

安心させるように腕に手を置くと、びくり、と小さな肩が震えた。コニーはぱちくりと目を瞬かせる。驚かせてしまったのだろうか？　けれど何かがおかしい。違う、驚いたのではない。今のは――

コニーは強引に弟の手首を取った。レイリがはっきりと抵抗する。けれど、所詮幼い子供の力だ。そのままぐいっと袖を捲《めく》れば、痛みを堪えるような小さな悲鳴が上がる。

その白く細い腕には――誰かに強く摑《つか》まれたような、赤黒い痣《あざ》があった。

レイリが怯えるようにぎゅっと身を縮こませる。

「……屋敷の外に出たら、すぐに金貸しに声を掛けられて」

男は戸惑うレイリの腕を乱暴に摑み、こう捲し立ててきたのだと言う。

――金を返せないというのなら領民にも罰を与えてやるぞ。一夜ごとに爪の皮を剝ぎ、目玉をくりぬき、鼻を削ぎ落としてやる。すべては借金を返せないお前たちの――いや、お前のせいだ。

（なんてことを――）

ひどく冷たい何かが臓腑《ぞうふ》に落ちてくる。それは瞬く間に熱を帯び、怒りと悲しみとやるせなさがごちゃまぜになった熱い塊となって鳩尾《みぞおち》当たりをぐるぐると旋回した。

「だいじょうぶ、ですよね？　誠実にしていれば、きっと、だいじょうぶ、ですよね？」

「……大丈夫よ、レイリ。大丈夫に決まってる。それに、あなたはちっとも悪くないんだから」

その台詞《せりふ》に安堵《あんど》したのかレイリがしゃくり上げた。コニーは幼い体を抱き寄せると、柔らかい巻き毛を優しく撫《な》でてやった。何度も、何度も。そうだ、弟はこれっぽっちも悪くない。

悪いのはその男だし、その男を雇った高利貸しだし、さらに言えばせっかくの返済の目途を小宮殿《グラン・メリル＝アン》でぶち壊したパメラだし、ニールだし――そして、コニーだった。

もちろんすべての元凶となった父の友人に関しては言うまでもないし、そもそも父が借金さえ背負いこまなければこんなことにはならなかったはずだ。グレイルだから仕方ない、なんて免罪符にはならない。はっきり言って父は馬鹿である。救いようのない大馬鹿者である。

けれど、救いようのない人間なんてこの世にいくらでもいるのだ。スカーレットだってそのひとりだろう。彼女はひどい悪女で、十年ぶりに現れては夜会での粛清を正当化し、善良な孤児院の人々を騙し、侯爵家の礼拝堂で盗みを働いた。コニーは被害者だった。巻き込まれただけだった。仕方がなかったのだ。

だって、コニーはいつだって、誠実であろうとしたのだから。

――ほら、こうやって、誠実という言葉は実に見事にコニーの心を守ってくれる。

けれど、果たしてコニーは本当に誠実だったと言えるのだろうか？　本当に？　都合の悪い事実に蓋をして、被害者面をして逃げていただけではなく？

無言のまま自室に戻ると、スカーレットが声を掛けてきた。

『あら、てっきりぴいぴい泣き出すのかと思ったわ』

今までだったらそうしていたかもしれない。無力な自分を棚に上げ、理不尽な状況ばかりを嘆いて。けれど、コニーがいくら泣いたってレイリの腕は腫れたままだし、乱暴された領民の傷は癒えないし、父が抱えてしまった借金が減ることはないのだ。

能天気なコニーは、そんな当たり前なことにも今まで気づいていなかった。

本当に君は関係ないのか、と咎《とが》める声が何度も浮かんでは沈んでいく。コニーはぐっと唇を噛んだ。関係ないはずがない。スカーレットだけのせいなわけがない。確かに始まりは彼女だったかもしれないが、その後の行動はコニーが選択したことだ。心の中でどれだけ言い訳を並べても、他でもないコニー自身が、それは正しい行いではないと知っていたのだ。

コニーはゆっくりと息を吐いた。自分が今、どんな表情をしているかなんてわからない。けれどその顔を見たスカーレットが、珍しいものでも見つけたように愉しそうに唇を吊り上げる。

――だって。

だって、気づいてしまったのだ。父の誠実と、コニーの誠実は同じではないのだと。今回のように、結果として多くの人間が不利益を被る事態になったとしても、父の中にある誠実という物差しはきっと揺るがない。目の前で助けを求める人がいれば父はまた同じような行動を取るに違いない。

もちろんそれは父親としても領主としても正しいとは言えないけれど、少なくともパーシヴァル＝エセル・グレイルという人間にとっては正しいのだろう。なぜならこんなどうしようもない状況になってもなお、彼は誠実という言葉を――言い訳に使うことだけはなかった。

父の誠実はコニーたちを救わない。それが悔しくて、腹立たしくて、少しだけ羨《うらや》ましい。

コニーには無理だった。コニーにとっての誠実とはそうではなかった。たやすく言い訳になるものだった。だから初代パーシヴァル・グレイルに謝罪する。ごめんなさい、と。

(……でも、もう、あなたには誓えない)

コニーには守りたいものがあるのだ。守りたい人たちがいるのだ。そのためには何だってする——してやる。悪女にだってなってやる。咎を負う覚悟は今出来た。罰が下されるならそれでもいい。だから。


『それで、どうするの?』

スカーレットがいつもと変わらぬ軽い調子でコニーに問う。

答えは、すでに決まっていた。


「——カスティエル家に」

その日、コンスタンス・グレイルは誠実という盾を捨てた。

ここまでの主な登場人物

アイシャ・ハクスリー

エミリアとこそこそ話をしていた。

エミリア・ゴードウィン

夜会開始時は有頂天だったのに何だか散々な目に合ってしまった小心者。何となくコニーの抱えているものに近寄ってはいけない気配を感じてジョン・ドゥ伯爵の情報を渡す。これあげるからもう近寄らないでねという意味。十年前のことはよく知らないし、きっと知らない方がいいと思っている。

情報源

ニール・ブロンソン

実家を守るという正義感に駆られグレイル家に突撃したがあえなく返り討ちにされた。でも手土産は手に入れたのでブロンソン商会はたぶん大丈夫。キュスティーヌ夫人に奪われてしまったかもしれない←new!

ランドルフ・アルスター

とにもかくにもおっかない。だってスカーレットもこいつのこと苦手だって言ってた。毎回毎回コニーの心を抉る会心の一撃を放ってくる。

追及

テレサ・ジェニングス

二十代後半くらい。凡庸な見た目。
調子に乗ってマーゴットの旦那と浮気してるとバラしたらワイングラスでぶん殴られて流血した。

マーゴット・テューダー

二十代後半くらい。美女。テレサの夫の娼館通いを理由に彼女を苛めてやろうと思ったら返り討ちにされた。
プライドがズタズタになって気づいたらワイングラスでテレサをぶん殴っていた。

スカーレット・カスティエル

エミリア使えねーな。

協力関係

コンスタンス・グレイル

色々あって最近誠実を捨てた。
復讐も不法侵入も窃盗もどんとこいな十六歳。

親友

パーシヴァル＝レイリ・グレイル

八歳くらい。金髪に緑柱石の瞳。母親の美貌をしっかり受け継いだ天使。

アリア・グレイル

たぶん三十代後半くらい。金髪に翠の瞳。コニーの母で普通に美女。しかしコンスタンスにその美貌を与えられなかった罪は重い。グレイルの人間ではないので誠実かどうかは不明。

パーシヴァル＝エセル・グレイル

たぶん四十代前半くらい。誠実をモットーにしている。熊みたいな見た目。

ケイト・ロレーヌ

友人に秘密があってちょっぴり哀しい十六歳。でもちゃんと口裏を合わせてあげる優しい少女。料理だってできるのにやはり非リア女子。

幕間　テレサ・ジェニングス

The Holy Grail of Eris

頬《ほお》の傷痕は当分残るだろうが、次第に癒えていくはずだと初老の医師はテレサに告げた。

あの時、「傷は深くない」と告げたランドルフ・アルスターの言葉通り、マーゴットのガラスは、テレサの皮膚の深層までは到達していなかった。なんだ、とテレサは落胆した。どうせなら、一生残ればよかったのに。どうせなら、あのマーゴット・テューダーの醜い瑕疵《かし》として、一生、消えなければよかったのに。

――そうすれば、あの女を一生苦しめることができたのに。

テレサとマーゴットは幼馴染《おさななじ》みだった。美しいマーゴットが太陽なら、陰気なテレサはそこに出来る日陰に過ぎなかった。輝くような彼女はそこにいるだけでテレサからすべてを奪っていった。

初恋の少年。親しかった友人。社交界デビュー《デビュタント》の日のパートナー。そこに悪意があったかはわからない。けれど、結果としてマーゴットはいつもテレサの求めてやまないものを奪っていったのだ。

ライナス・テューダーだって、出会ったのはテレサの方が先だった。

彼は十年前、隣国ファリスからアデルバイドにやってきた。もともとテューダー家はファリスに祖を持つ傍系の一族で、現テューダー伯に子がいなかったことから、縁戚であるライナスが養子になることになったのだ。

甘く整った顔立ちに、柔らかな物腰。ファリス訛《なま》りの洒落《しゃれ》た言葉遣い——テレサは瞬く間に恋に落ちた。

けれど、やはり奪っていくのはマーゴットだった。彼女とライナスの婚約が発表された時、テレサは今まで抑圧されてきた己の心がとうとう砕け散るのを感じた。傷心のテレサはそのまま両親の決めた相手と結婚したが、本当はずっとライナスのことが好きだった。愛していたのだ。

だから半年ほど前に「本当は君のことが好きだった」と言われてテレサは舞い上がった。やっぱり、と。

やっぱり、ライナスも同じ気持ちだったのだ。

テレサはうっとりと目の前の愛《いと》しい人を見つめた。傷の具合が心配だからと人目を忍んで会いに来てくれたのだ。もちろんテレサは大喜びで彼を奥の書斎に通した。部屋の主は勤めから帰宅するとしばらく書斎で一服していたが、今はもう娼館《しょうかん》に出向いてしまっている。

あんな事件があっても、ライナス・テューダーのテレサへの愛は変わらなかった。彼は、いつものように優しい微笑を浮かべている。それだけでも傷つけられた甲斐《かい》があったとテレサは思う。たとえその傷が生涯消えぬものだったとしても——

「今日の分は、ちゃんと、ケヴィンに飲ませたかい？」

ライナスの声に、テレサは、はっと我に返った。それから満面の笑みで肯定する。ケヴィン。ケヴィン・ジェニングス。規則に忠実で神経質な。愛の言葉ひとつ囁《ささや》いてくれたことがない、つまらない夫。

——ケヴィンが、いると。

関係を持ち初めてすぐの頃、ライナスは心底悲しそうに言ったものだった。

――ケヴィンがいると、なかなか君に会いに行けないな。

テレサもそう思った。ケヴィンは邪魔だ。すると気の利くライナスは、ケヴィンを屋敷から追い払う方法を教えてくれた。

ケヴィン・ジェニングスは病的に几帳面《きちょうめん》で、規則に忠実だ。普段の生活も規則《ルール》通りでないと気が済まない。だから、それを利用した。

屋敷に帰宅すると必ず書斎で飲む一杯の紅茶。それは冷え切ったものでなくてはならず、侍女が用意した後はしばらく見向きもせずに放置されている。そこに仕込んだ。

親指大ほどの小瓶に入った透明な液体。蓋を開ければ広がる、ひどく甘ったるい花のような香り。

これが何なのか、テレサは知らない。楽園なのだとライナスは笑う。

しかし、物静かで潔癖だった夫は次第に感情の起伏が激しくなり、とうとう毎夜娼館に通い詰めるようになった。その事実にテレサは体を震わせた。ああ。

ああ、これで――これでまたライナスに会える。

テレサにとってはそれだけが大事で、この世のすべてだったのだ。

そうだ、と思い出して空になった小瓶を手渡す。そうすれば、ライナスがまた中をいっぱいに満たして返してくれる。この魔法の小瓶のおかげで目敏《めざと》いケヴィンは愚鈍《ぐどん》になり、テレサはライナスと会えるのだ。

「これで全部？　他には？」

今日のライナスは不思議なことを訊《き》く。一滴で充分だと言われているのに——実際その通りだったのに——わざわざ予備を用意しておく意味はない。そう告げるとライナスは穏やかに微笑《ほほえ》んだ。

「ティーポットや水差しには入れてないよね？　使っていたのはこのカップだけ？」

先程まで紅茶の入っていたそれに気がついたのか、取っ手を摘《つ》まみ上げながら確認してくる。

君の口に入るといけない。優しいライナスがそう言って心配してくれたので、もちろん、使っていたのは夫のティーカップだけだった。

だから肯定の意を込めて頷《うなず》くと、がしゃん、と硬質な音がした。陶器のカップが絨毯《じゅうたん》の上で粉々に砕け散る。

テレサはゆっくりと瞬きをして、ライナスを見た。

「——まさか、君たちがあんなことするなんて思いもよらなかったなあ」

ケヴィンのカップを床に叩《たた》きつけたライナスは、まるで、何事もなかったように苦笑していた。

「十年前ならともかく、今の夜会なんて腑《ふ》抜《ぬ》けたおままごとのようなものだろう？　すっかり油断していたよ。それもこれも小宮殿《グラン・メリル＝アン》で暴れたとかいう令嬢のせいなのかな。確かグレイル、だっけ。身の程知らずにはよくよく言い聞かせておかないといけないね」

そう言って、困ったように首を傾《かし》げる。

「本当はこのままケヴィンの後釜に納まるつもりだったんだけど、この醜聞じゃあ無理だろうね。まあ、あの厄介者《やっかい》が排除できたからいいとするか。一時はどうなることかと思ったけど、君がケヴィン・ジェニングスの奥方で本当に助かったよ」

ライナスはテレサの方に近づいていき、その腰をそっと抱き寄せた。

「ぜんぶ君のお陰だ、テレサ。ありがとう」

晴れやかな笑顔だった。テレサも思わず微笑みを返す。ライナスの笑みが深まった。口づけるように彼の顔が近づいてくる。テレサは目を閉じた。そして。

なにかがずぷりとテレサの腹に入っていった。

「あ……？」

まるで焼き鏝《ごて》を押しつけられたような灼熱《しゃくねつ》感。次いで襲ってくる息がとまるような痛みに首を傾げながら視線を落とせば、柄の部分に飾り彫りが施された巧緻な小刀が鳩尾《みぞおち》辺りからにょきりと生えていた。見る見るうちにドレスが赤く染まっていく。

――これは、いったい、なんなのだろう。

ぼんやりと考えていると、ほら、握って、と宥《なだ》めるように手を取られた。ライナスの、優しい声。テレサの震える手が飛び出た柄に添えられる。

「僕に別れを切り出されておいつめられた君はね、隠していたナイフで無理心中を図ろうとするんだよ。けれど失敗して、自害する。僕は止めようとしたけれど間一髪で間に合わなかった。――正直、この筋書きはちょっと陳腐すぎるけどね。でもそのくらいがちょうどいいんだ。いかにもって感じだろう？」

けれどライナスが何を言っているのか、わからない。熱い。熱い。痛い。声が出ない。

「ごめんね、テレサ。マーゴットより君が好きと言ったのは本当だったよ。だって君は彼女よりずっとずっと惨めで、醜くて、かわいそうだったから。何もなければ見逃してあげていたかもしれない」

世界がぐらりと傾いていく。世界が、世界が傾いて——ちがう。

傾いているのは、自分《テレサ》だ。

支えが千切れた振り子のように、絨毯に体が投げ捨てられる。どさりと鈍い衝撃があったが、もはや痛みは感じなかった。ただ震える腕を、反射的に、彼に、伸ばす。

いつの間にか膝を曲げたライナスがテレサの顔を不思議そうに覗《のぞ》き込んでいた。きれいな顔。青みがかった銀色の虹彩《こうさい》。それはまるで月夜の海のように美しい。吸い込まれるようにその瞳に魅入られる。すると、瞳孔のすぐ横に二連の星のような黒斑があることにテレサは初めて気がついた。

「でも——」

ライナスの指がテレサの髪を梳《す》いていく。もはや体は動かない。視線だけを動かせば、その手首に小さな痣《あざ》があった。いや、痣ではない。これは太陽だ。

太陽の、入れ墨。

見開かれたままのテレサの目尻から涙が溢《あふ》れ、つうと頬を伝っていった。

※

頸動脈《けいどうみゃく》に指を当てテレサ・ジェニングスが息絶えたことを確認すると、男は立ち上がって大きく伸びをした。それから思い出したようにひどく優しい笑みを浮かべる。

「でも、些末《さまつ》だからと取りこぼすと失敗することもあるからね。——十年前みたいにさ」

ここまでの主な登場人物

婚姻関係

夜会で騒動

マーゴット・テューダー

夫も幼馴染も女としてのプライドも失った挙句、現在顔面治療中というもはや泣きっ面に蜂どころか泣きっ面に災害レベル。

テレサのことは死んでからも恨んでいたが、今までチヤホヤしてきた人たちが急に距離を取ってきたり、頬の傷のせいで周囲から嘲笑の的になったりして色々と思うところがあり初めてテレサの墓参りに行く。

故人に恨みをぶつけたかったのか、それとも別の感情があったのかは不明。

生来の負けん気の強さからたぶんそのうちメイクの伝道師として社交界に返り咲く。

殺害

ライナス・テューダー

二十代後半くらい。ファリス出身の青年。瞳は青みがかった灰色。その片方に二連の黒斑がある。

手首に痣ではないが、痣のようなものがあるらしい。

テレサを殺害した。

テレサ・ジェニングス

実は色々とこじらせていた女性。

愛するライナスに唆されるまま夫に「何か」を盛っていた。

ライナスに殺害された。

婚姻関係

ケヴィン・ジェニングス

潔癖で几帳面。ルール通りでないと気が済まないタイプ。

テレサによって「何か」を盛られていた。

ライナスからは「厄介者」と言われていた。

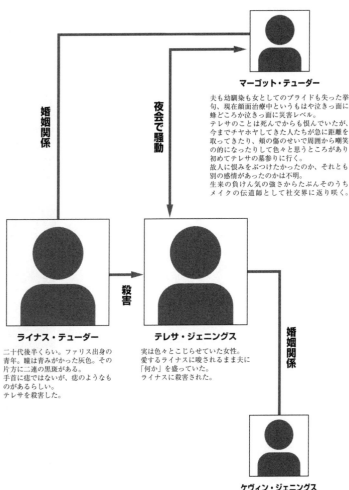

第四章　それぞれの答えと始まり

The Holy Grail of Eris

その日、閑古鳥《かんこどり》が鳴くリットンの店にひとりの少女が飛び込んできた。

「お願い、助けて！」

リットンは衣類の洗濯と配送を副業として請け負う中堅の仕立屋だ。もちろん顧客は様々だが、一番の受注品といえば、なんと言ってもあのカスティエル家――の下級女中――の中でもさらに下っ端の、名入りの制服を持てない者たちのための共用お仕着せだった。

カスティエル家ともなれば侍女服はすべて家紋の入った支給品であり、リットンの仕事はその仕立てと、住み込みで働く女中たちのために週に一度カスティエル家の離れの寮まで赴いて使用済みのお仕着せと洗濯したものを交換するというものだった。

「朝起きたら服がなかったの！　きっとマチルダがやったのよ！」

話を聞くと、どうやら少女はカスティエル家の住み込み女中のようだった。

「配属は？」

引き出しから取り出した名簿を捲《めく》りながらリットンは訊《たず》ねた。カスティエル家に関わらず、こうやって女中が予備の侍女服を求めにリットンの店まで足を運ぶことは珍しくない。――特に、若い娘の多い住み込み寮では。お茶を掛けられたり切り裂かれたりとその理由は様々で、ある種の通過儀礼のようなものだと思って同情している。それでも形ばかりに配属と名前は確認するようにしていたが。

「洗濯女中よ」

けれど返ってきた意外な答えに名簿を持つ手がとまった。洗濯女中は長続きしない。若い娘は三日続けばいい方だ。古参以外はすぐに入れ替わるので書き換えが面倒になり、もうずいぶん前から記載していなかった。

まあ、いいか。

リットンは頭を掻《か》きながら棚から紺地の制服を選び出すと手渡した。少女が顔を綻《ほころ》ばせて礼を言う。

榛《はしばみ》の髪に若草色の瞳の、どこにでもいるような平凡な顔の娘だった。

ヴァネッサは絞り機に掛け終わった皺《しわ》くちゃのリネンを熱した鉄製のアイロンで伸ばしていた。アイロンは熱いし重たいし、ちょっとでも気を抜くとすぐに焦げる。なので腰を屈《かが》めたままずっと気を張っていないといけない。そうして酷使された腰はぼろぼろで、近頃は立ち上がるのにも響いて痛む。それでもヴァネッサの娘時代には、皆、懸命に技術を磨こうとしたものだ。――最近の若い娘は三日どころか三刻程度で音を上げるが。

カラコロリンとベルが鳴り、仕上がったリネンを取りに来たのは紺地の侍女服に身を包んだ見覚えのない娘だった。よくあることだ。洗濯女中は続かない。わかっていたが、ヴァネッサは苛立《いらだ》ちを抑えきれずに声を張り上げた。

「キャシーはどうしたんだい！」

がっこんがっこんと絞り機が姦《かしま》しく音を出す。大声を出さないと会話もできない。洗濯女中が続かない理由のふたつ目だ。

「頭が痛いそうです！」

「はっ、頭が悪いの間違いだろう！」

最近の若い子はすぐに仮病を使いたがる。ぶつくさ言いながら籠に入った折り目正しいリネンの山を手渡した。思ったよりも重量があったのだろう、娘が籠を抱えたままふらふらと一、二歩下がる。

「ちょっと！　落としでもしたら承知しないよ！」

ヴァネッサはたまらず怒鳴りつけた。そんなことになったらまた一からやり直しだ。

「はいっ！」

小柄な体から威勢のいい声が出る。返事だけはなかなかに立派だった。しかし、そういう娘もよくいるものだ。

「いいかい、洗濯女中の心得その一！　埃《ほこり》は立てずに誇りを持つべし！」

「イエッサー！」

やはり返事だけは立派だった。ならば問題は三日——いや三刻持つかどうかだ。ヴァネッサは改めて少女を見た。

榛の髪に若草色の瞳。見れば見るほど、どこにでもいるような平凡な顔の娘だった。

※

コンスタンス・グレイルは、抱えた籠で顔を隠しながら、二階の渡り廊下をひたすらに突き進んでいた。恐ろしいことに長すぎて先が見えない。どうなっているんだ、この屋敷——いやもう城でいい。

しばらく進むと光が漏れ、階下からはしゃぐような声が聞こえてきた。吹き抜けになっているそこは円筒形の広間で、視線を落とせば年配の紳士が顔を真っ赤にしながら年若い女性たちと戯《たわむ》れている。

『あらやだ。鼻つまみのジャレッドだわ』

スカーレットがまるで虫けらでも見るような表情で告げた。コニーが首を傾《かし》げると、その美しい顔《かんばせ》に慈愛に満ちた微笑を貼りつける。

『放蕩《ほうとう》ものの叔父貴よ。私が生きていた頃もたまに来ていたけれど、まだご健在だったのね。——さっさと腐り落ちてしまえばいいのに』

なにが、とは恐くて訊《き》けなかった。スカーレットは何事もなかったようにすました顔でコニーに指示を出していく。

『そこの角を左に曲がって』

『次は右』

『階段を上がって』

『まっすぐよ、まっすぐ』

そうしてたどり着いたのは歩廊《ほろう》型の美術展示室《ロング・ギャラリー》だ。白い漆喰《しっくい》の天井には聖画が描かれ、側壁には見事な装飾の鏡面や絵画が所狭しと飾られている。台座には宝飾品や装身具、はたまた偉人を象《かたど》った彫刻もあった。

『一番奥に張り出し窓があるでしょう。その手前の板金鎧《プレート・アーマー》の像まで行って』

確かに遠くに甲冑《かっちゅう》らしき輪郭が見えた。そこを目指せばいいのか、と籠を抱え直して気合を入れ直す——その時だった。

「——お前、何をしている？」

威圧的な声に弾《はじ》かれるように振り向けば、部屋の入口に人影があった。

淡い金の髪に、赤みがかった紫の瞳。冷徹な美貌《びぼう》の男性。

『……おにいさま』

スカーレットが呆然《ぼうぜん》と呟《つぶや》いた。

ということは、彼が次期カスティエル家当主のマクシミリアンか。噂《うわさ》には聞いている。妹《スカーレット》とは似ても似つかぬ品行方正な方なのだと。確か奥方はファリスの大貴族だったはずだ。

マクシミリアンは不審者を見るような表情を浮かべていた。スカーレットがすぐさまコニーの方に向き直る。

『ジャレッドに呼ばれたと言いなさい』

「へ？　え、えぇと……その、ジャレッド様に、呼ばれておりまして」

「なに？」

マクシミリアンがすっと目を細めた。

「ここに、来るように、と」

「――あの、豚が。次に我が屋敷の者に手を出したら去勢すると言っておいたはずだがな。……それにしてもだいぶ……趣味が……変わったようだな……」

カスティエル家の人間は、何か凡人の心を抉《えぐ》る術でも心得ているのだろうか。悪意のないしみじみとした口調にそこはかとなく傷つきながら、コニーは頭を下げた。

「そ、そういうことなので目こぼしを――」

「は？　バカか、お前は。いいからさっさと持ち場に戻りなさい。豚とは私が話をつけてくる」

端的に命じると、コニーの答えを聞くこともなくそのまま踵《きびす》を返してしまう。小さくなっていく背中を見送りながらコニーはほっと胸を撫《な》でおろした。


時代を切り取ったような美術品の海の間を歩いていると、スカーレットが呟いた。

『――似てないでしょう？』

うん？　と思って視線を向ける。

『正直におっしゃい。髪の色？　顔立ち？　ああ、それとも性格かしら？』

その言葉でやっと合点がいった。マクシミリアンのことか。同時に口がつるっと滑る。

「え、おふたり似てません？」

『は？』

「え？」

スカーレットが目を見開いて固まった。その反応にコニーの方が驚いてしまう。

『……どこが？』

「いえ、その、他人を下僕としか思ってないような態度というか」

あと当然のように人のことお前って言うところとか。それにすぐにバカって言うところとか。もうそっくりである。

スカーレットは虚《きょ》を突かれたような顔して、それから珍しく噴き出した。

『そんなこと、初めて言われたわ』

「そうですか？」

『そうよ。だってお兄様は金髪だし、瞳の色も、わたくしとはちょっと違うし、頭が良いし、真面目《まじめ》だし』

すらすらと口から出てくるのは、以前からそう思っていたということなのだろう。少しだけ意外だった。あのスカーレット・カスティエルがこんなことを言うなんて、と。

『――それに、母親だって違うもの』

コニーは思わず足を止めた。

『あら、知らなかった？　父様はね、最初の結婚相手に逃げられているのよ。わたくしは後妻の子』

十年って思ったよりも長いのね。冷えた歩廊にどこか寂しそうな彼女の声がぽつんと落ちる。

『お前、《星冠のコーネリア》は知っていて？』

コニーは頷《うなず》いた。それは隣国ファリスがまだ巨大な帝国だった頃の――そして、滅亡していった時代の最後の皇女の名だ。

当時のファリスは侵略した地の部族長や国の王族を積極的に娶《めと》り、帝国の血脈に組み込むことで属州を間接的に支配しようとしていた。もちろん皇族は純血のファリス人でなければならなかったので、受け皿に選ばれたのは帝国に忠誠を誓う高位貴族たちのいずれかだった。選ばれた家は《穢《けが》れた血》と呼ばれ忌避《きひ》されていたが、その発言力は大きかったという。

コーネリアの父は当時の皇帝の末息子だった。けれど、こともあろうに《穢れた血》の令嬢と恋に落ちると駆け落ち同然に婚姻を結んだ。そうして生まれたのがコーネリア・ファリスである。彼女は、その身に星の数ほどの冠を抱く帝国史上初の皇位継承権を持つ者という意味で《星冠》と呼ばれるようになったのだ。

それからアデルバイドの前身である東ファリス公国を含む属州の反乱により帝国は解体され、次々と皇族が処刑されていったが、コーネリア・ファリスは当時中立を保っていたソルディタ共和国に留学していたため無事だった。彼女はそのまま亡命し、その後の消息は明らかではない。一説によればそのまま共和国に留《とど》まり元首の息子と婚姻を結んだと言われている。

鈍く輝く鋼で出来た板金鎧《プレートアーマー》はもう目の前だった。スカーレットが甲冑の頭部を指差して告げる。

『その中よ』

首を外すのにさほど力は必要なかった。どうやら胴体部と連結されているわけでなく、中に人を模した支えがあって、そこに被《かぶ》せられているだけのようだ。

がちゃん、という金属音とともに中から蠟《ろう》製の人形の顔が現れる。コニーはぎょっと目を見開いた。のっぺりとした顔の上半分、その窪《くぼ》んだ目から鼻にかけてを黒い仮面が覆っていたのだ。

材質は星のない夜空にも似た――黒玉《ジェット》だろうか。

『ソルディタ共和国の片田舎にね、星冠のコーネリアの血を引くと言われた娘がいたのですって。それが真実で、世が世だったならば、きっと大陸中の覇者たちが彼女に跪《ひざまず》いて忠誠を誓ったことでしょうね』

ぽつりとスカーレットが呟いた。

『冠なきアリエノール。――それが、わたくしの母親よ』

※

カスティエル家から持ち出した仮面は大き過ぎず小さ過ぎず、コニーの顔にぴたりと嵌《は》まった。もともと黒玉《ジェット》は服喪の意を表す装身具によく用いられる。だからなのか、今宵《こよい》のためにスカーレットが選んだ衣装はきっちりと首元の詰まった喪服のようなドレスだった。

旧モントローズ邸は、王都郊外に位置する広大な敷地面積を持つ豪邸である。モントローズそのものは数十年ほど前に謀反《むほん》の疑いをかけられお取り潰しになった伯爵家で、これまでに何度も屋敷の解体が試みられたが、その度に関係者が不審死を遂げるため今では誰も近寄らなくなってしまった——という逸話を持つ曰《いわ》くつきの館である。

「招待状は？」

道化の笑みを貼りつけた顔全体を覆う仮面。すっぽりと体を包む漆黒の外套《がいとう》に身を包んだ男が事務的な口調とともに白い手袋を嵌《は》めた手を差し出してくる。それをちらりと一瞥《いちべつ》すると、コンスタンスは男の問いに答えを返した。

「——ジョン・ドゥ伯爵の帽子の中に」

一拍の沈黙の後、案内役の男は大袈裟《おおげさ》な仕草で胸元に手を当てる。それから舞台役者のように優雅な一礼をした。

「ようこそ、招かれざる客人よ」

ぎぃ、と錆《さ》びた音を立てて門が開かれる。コニーは背筋を伸ばすと、魑魅魍魎《ちみもうりょう》の跋扈《ばっこ》する伏魔殿《ふくまでん》へと足を一歩踏み出した。

広間《サルーン》は妖しく揺らめいていた。天井から吊《つ》るされた豪奢《ごうしゃ》なシャンデリアには点々と炎が灯《とも》り、階下にわずかな光と闇を生み出している。けれどオイルランプよりもずっとぼんやりとした灯火は、そこに集まった者たちの姿を明らかにするというよりも、その影をより曖昧《あいまい》にしていくだけだった。

異国の香辛料を思わせる香炉が焚《た》かれ、広間内にはいくつかの天幕が設置されていた。その覆いは透けるほどに薄い絹で、中からは時折嬌声《きょうせい》が上がっている。睦《むつ》み合う男女の姿が黒い影となって映り込み、コニーは慌てて目を逸《そ》らした。

広間の片隅では、南方系の肌を持つ大男が聞き慣れない言葉で口上を述べている。男の目の前では、神秘的な音楽に合わせて見目麗しい異国の子らがくるくると踊っていた。その様子を、仮面を被り、正体を隠した者たちが食い入るように見つめている。スカーレットが鼻を鳴らした。『――結構なご趣味だこと』

どういう意味かと振り返れば、先程口上を述べていた大男が、仮面の客人のひとりと言葉を交わしていた。聞き漏れてくるのはやはり聞いたことのない異国の言葉だ。首を捻っていると、さっさと主催者に挨拶《あいさつ》に行きましょうとせっつかれた。

その女性は、暖炉の前に置かれた天鵞絨《ビロード》の寝椅子にしどけなく腰掛けていた。肌着のように薄く柔らかそうな生地に、たっぷりと胸元の開いた扇情的なドレス。手には黒檀《こくたん》の扇子を持っている。蝶《ちょう》を模《かたど》った精緻な飾りの仮面で目元を覆っているため顔立ちははっきりしないが、おそらくコニーの母であるアリアと同年代か、それより若い。血を啜《すす》ったような鮮やかな紅い唇が印象的だった。

『やっぱり今回はデボラの持ち回りだったのね』

スカーレットが面白そうに言う。どうやら知り合いのようだ。

妖艶《ようえん》な女性――デボラというらしい――は、こちらに顔を向けると、ゆったりと微笑《ほほえ》んだ。

「あなた、お名前は？」

その言葉に、スカーレットが口の端《は》を緩やかに吊り上げた。コニーのよく知る、ひどく傲慢《ごうまん》で魅力的な微笑みだ。

いつの間にか周囲には人だかりが出来ていた。仮面越しにへばりつくような好奇の視線がコニーに向けられている。普段であればそれだけで委縮《いしゅく》していただろう。けれど、コニーの心は不思議なほどに凪《な》いでいた。

デボラの灰色の瞳が冷たく細められる。コニーはその視線を受けとめたまま、逸らすことなく口を開いた。

「――エリス、とお呼びくださいませ」

視界の端ではスカーレットが頰に手を当て楽しそうな表情を浮かべている。エリス。それは、彼女が好んで使っていたもうひとつの名前だ。そして、リリィ・オーラミュンデの遺した言葉の片割れでもある。

ざわめきが、ぴたりとやんだ。静寂が辺りを支配する。

「まあ、懐かしいわね」

沈黙を破ったのはやはりデボラだった。

「十年前にも、そういう名前の方がいらしたのよ」

いつの間にか広げた黒檀の扇子でその口元を隠しながら、楽しい思い出でも語るように弾んだ声で言葉を紡ぐ。

「でもその方、うっかり者でね。あっという間に首と胴体がわかれてしまったようだけど――」

ぱしん、という音とともに扇子が閉じた。

「あなたのその首は、きちんとつながっていらっしゃるのかしら？」

舞うように優雅な仕草で、その先端がすっとコニーに向けられる。指し示すのは、黒い生地できっちりと覆われた首元だ。どこからともなく、ひっという悲鳴が上がる。

エリスという偽名。黒玉《ジェット》の仮面。そして首元が隠れる喪服のような衣装。それらが連想させるものは当然――

張り詰めた空気の中で、スカーレットだけが心底愉《たの》しそうな笑い声を上げていた。


ひそひそと囁《ささや》き合う声がする。もちろん話題は亡霊《エリス》を名乗る不審者についてだろう。とはいえ今のところ正面だって近づいてくる者はいない。手持無沙汰《てもちぶさた》になったコニーは壁際に用意された軽食を摘《つ》まみに移動した。角には古めかしいベルが備え付けられている。よく見ればここだけでなく、広間の四隅にそれぞれ設置されているようだった。首を傾げていると、スカーレットの呆《あき》れたようなため息が聞こえてきた。

『こんな状況でよく食べられるわね』

言い訳をさせてもらえば、緊張のあまり夕食がろくに咽喉《のど》を通らなかったのである。小串に刺さった一口大の魚や肉を吟味していると、ふわりと花のように甘ったるい香りがした。視線を彷徨《さまよ》わせれば、女性が極彩色のカクテルを飲んでいる。背中の大きく開いた薔薇色《ばらいろ》のドレスを纏《まと》った、コニーよりもいくつか年上だと思われる年若い淑女《レディ》だ。スカーレットが呟いた。

『あら懐かしい。ジェーンだわ』

ジェーン？　仮面を被っているので顔立ちはわからないが、すっと通った鼻筋とぷっくりとした艶《つや》やかな唇がひどく蠱惑的《こわくてき》だった。

そして、ここでコニーはひとつ重大な問題に気がついた。今は皆、仮面を被っているためその正体はわからない。だから怪しい人物は見た目で覚えておくしかないだろう。けれどいざ仮面を外した相手にここ以外で出会ったとしても、それはそれで誰だかわからない、気がする。

「エリス嬢、とおっしゃいましたか」

ふいに声を掛けられぎくりと肩を強張《こわば》らせる。気合を入れて振り返ったコニーは、相手の姿を見てかくんと力を落とした。

なぜなら、そのでっぷりと肥えた巨体はどこをどう見ても――あのハームズワース子爵だったからだ。

「全く、ふたつとない美しい仮面ですな。けれど、偽りから解き放たれた素顔のあなたはもっと美しいのでしょう。それを思うとこの出会いは僥倖《ぎょうこう》であり、また口惜しくもあります」

「は、はあ……」

「しかし、これもまた一興。かく言う私とて今宵は真実の姿を隠し、つかの間の自由を楽しんでおるのですから」

いや隠れてない。子爵に関しては全然隠れていない。むしろ子爵でしかない。コニーの生温かい目線に気づくと、もはやその正体を疑いようもない相手は、ああ、と鷹揚《おうよう》に頷いた。

「名乗らずに失礼を。どうぞ私のことは月隠れの――ハム、とでもお呼びください」

だから、隠れてない。

心の声がうっかり口を衝いて出そうになり慌てて口元を押さえたが、子爵は特に気にした様子はないようだった。

「――ここまで盛大な宴は最近では珍しい」

ハームズワースはゆっくりと広間を見渡した。

「木の葉を隠すなら森に、とは昔からの格言ですが、今宵はまたいったいどんな腐木《ふぼく》の葉を持ち込んだのやら」

談笑する仮面の人々。揺れる天幕。愛らしい異国の子供たち――

「あなた様も、そう思われるでしょう?」

そう言って子爵がコニーを見る――が、視線は合わなかった。彼の目線はどうしてかスカーレットのいる辺りに向いている。一瞬見えているのかとひやりとしたが、ただの偶然のようだ。その証拠に、子爵はそのまま何もなかったようにこちらに向き直る。

コニーが何か答えようとしたその時、何かを警告するようなけたたましい鐘の音が鳴り響いた。客たちが動きを止め、戸惑ったように顔を見合わせている。コニーも思わずスカーレットを見た。

「何の、音……?」

『これは――』

スカーレットの顔が険しいものになっていく。入口付近で物騒な物音がする。甲高い悲鳴も。いったい、これは――？

「――憲兵だ！」

ふいに誰かが叫んだ。

「逃げろ！　王立憲兵の摘発だ！」


憲兵という単語を聞くなり、ハームズワース子爵はその樽《たる》のような体のどこに隠していたのかと思うほどの素早さで姿を消した。

ぽかんとコニーは呆気《あっけ》に取られる。――摘発？

確かに仮面舞踏会は健全ではないが、それ自体は別に違法行為ではないはずだ。

『変だと思ったのよ』

スカーレットが険しい表情のまま口を開いた。

『いくら異国をモチーフにした趣向とはいえ、あの子供たちは明らかに浮いていたもの。あれはきっと奴隷にするための商品ね』

奴隷。大ファリス帝国時代では当然の如く瀰漫《びまん》していたその制度はアデルバイド建国とともに廃止されたはずだ。

『さっき成金豚が言っていたでしょう。木の葉がどうのって。この宴はおそらく人身売買の隠れ蓑《みの》にされたんだわ』

――愛らしい顔をした年端もゆかぬ子ら。舐《ねぶ》るような視線を向けていた仮面の客たち。あれは、一種の競売だったのだろうか。

『さ、おしゃべりはおしまい。わたくしたちも早く逃げないと。幸いなことに、モントローズ邸には何度か来たことがあるわ。確か隠し通路があったはずよ』

広間は騒然としていた。勘のいい者たちはすでに姿を消したようだ。憲兵隊はおそらく玄関付近で主催者側と一問着《ひともんちゃく》あったのだろう。

少しの猶予を経てから物騒な物音が段々と近づいてくる。その段階になって、ようやっと残りの者たちが事態を察し、血相を変えて逃げ出し始めた。コンスタンスもスカーレットの指示に従い足を速める。

その時、視界の端でぐらりと揺れる何かが見えた。

ぎくりと身体が強張り、足が凍りついたように動かなくなる。

女性だ。まだ若い。コニーとさほど年の変わらぬ、女性。その女性が、噴水のように血を噴きこぼしながら、ゆっくりと床に倒れ込んでいく。コニーは目を見開いた。

倒れた傍《そば》から血が絨毯《じゅうたん》に染み込んでいくのが見てとれる。なのに、誰ひとり彼女に近づこうとしない。まるで邪魔だと言わんばかりに避けていく。心臓が早鐘を打つ。誰も助けない。

——助けて、くれない。

その光景を目にした瞬間、コニーは弾かれたように踵を返していた。

『コンスタンス!?』

逃げ惑う人々の流れに逆らうようにして駆け抜けていく。

『ちょっと、お前、何をやっているのよ！』

スカーレットが何かを叫んだが、もはやコニーには聞こえなかった。それくらい必死だった。

勢い込んで女性のもとに膝をつくと、抱き起こす。その瞳孔は大きく見開かれ、焦点が合っていなかった。右腕から血が流れている。ぱっくり開いた真一文字のそれは、切り傷だろうか。どくどくと流れる血の勢いの割にはそこまでひどい深さには見えない。けれど、傷口はどす黒く変色していた。

なぜかそれがよくないものに思えて、テーブルの上にあった水差しをひっくり返してこびりついた血ごと洗い流す。それから喪服の裾を引き裂くと、彼女の腕のつけ根辺りを力いっぱいに縛り上げた。薔薇色のドレスは、よく見れば先程スカーレットが、ジェーン、と呼んだ女性のものだった。

その胸元には太陽の入れ墨があり――

『――だから、わたくしの言うことが聞けないの⁉　コンスタンスのくせに生意気よ！』

焦ったような叱責とともにコニーの耳に喧噪《けんそう》が戻ってきた。

『憲兵が来ると言っているでしょう！　早く逃げなさい！　そんな女、捨て置けばいいのよ！　お前の知り合いなの⁉　違うでしょう⁉　だったらお前にはこれっぽっちも関係ないじゃないの！』

「――スカーレット」

『なによ！』

女性の意識はまだ戻らない。けれど死んではいない。鼓動がある。

――助けられる。

コニーはぐっと唇を噛《か》みしめて顔を上げた。

「ごめん、見捨てられない……！」

誠実もグレイルも関係ない。これは、ただのコンスタンスのわがままだった。

スカーレットが息を呑《の》んで押し黙る。それから、くしゃりと、顔を歪《ゆが》めた。

『ばかコニーっ……！』

スカーレットは、まるで、今にも泣き出してしまいそうな表情を浮かべていた。

『どうなっても知らないんだから……！　捕まったらそれで終りなんだから……！　たとえお前が何もしてなくたって、あっという間に処刑されちゃうんだからっ……！』

その声に、表情に、コニーは痛いほどスカーレットの気持ちがわかってしまった。胸がつまり、思わず泣きそうになる。けれど、それでもコニーにはこの女性を見捨てることなんてできなかった。

だから、涙を堪えて声を張り上げる。

「ごめんね、スカーレット、ごめんね……！」

『謝るくらいならさっさと逃げなさいよ！　このわからず屋の頑固者……！』

軍服を纏った憲兵たちが流れ込んで来る。逃げ遅れた客たちは抵抗も空しく仮面を剝がされ、次々と捕らえられていった。香炉は踏み砕かれ粉々になり、天幕は破かれ、悲鳴と怒号が飛び交っていく。

「貴様、何をやっている⁉」

いつの間にか背後に立っていた憲兵のひとりがぐっとコニーの腕を摑《つか》みあげた。容赦のない暴力に、思わず悲鳴が口を衝いて出る。しかし男は構うことなく、コニーを無理矢理に立ち上がらせようとさらに力を込めていった。

「――っ」

みしみしと骨が音を立てる。コニーが思わず息をつめたその刹那。

ばちっと静電気のようなものが走って痛みが消えた。

慌てたように男が手を離す。支えを失ったコニーはどすんとその場に尻もちをついた。

「なんだ……？」

男は、自分の手とコニーを交互に見ながら眉を顰《ひそ》めている。

『……なにをやっているか、ですって？』

ゆらり、とコニーと憲兵の間に立ったのは、圧倒的な存在感を持った少女だった。

『――それはこちらの台詞《せりふ》よ、この下郎《げろう》が』

ひどく美しい紫水晶《アメジスト》の瞳が爛々《らんらん》と輝いている。ぞくりと皮膚が粟立《あわだ》った。広間の温度が急激に下がっていく。言いようもない怖気《おぞけ》の走る感覚が、確かにあった。

「いったい何なんだ、この娘――」

男が警戒するように腰に掃いた軍刀《サーベル》を抜いた。鈍く光る切っ先を向けられ息を呑む。ぎゅっと目を閉じたその瞬間、突然現れた低い声がその場を支配した。

「――丸腰の令嬢相手に抜刀とは穏やかでないな。それとも、それが君らの班の流儀か？」

心臓を鷲摑《わしづか》みにするような威圧感。耳朶《じだ》を打つ、忘れもしない重低音。コニーはぎょっとして閉じていた目を開けた。

「アルスター少佐⁉」

憲兵が驚いたように敬礼を取る。

「なぜ、少佐がここに……」

「たまたま別件で近くにいただけだ。別に君たちガイナ班の手柄を横取りしようなどとは思っていないから安心してくれ。――ただ私が君の上司であれば、こんな立ち話よりも怪我《けが》人の治療を優先させるが」

そう言ってランドルフが意識のない女性に視線を流せば、男は慌てた様子ですぐさま女性を抱き上げた。そしてどこか納得していないような表情をコニーに向けて――しかし、何も言わずに立ち去っていく。

ランドルフ・アルスターはへたり込んだままのコニーを視界に収めると片眉を器用に吊り上げた。

「また君か、コンスタンス・グレイル」

ランドルフが一歩、また一歩と近づいてくる。漆黒の外套が翻《ひるがえ》る度に、臙脂《えんじ》の裏地が鮮やかに覗《のぞ》く。触れれば切れてしまいそうなほど鋭い顔立ちは、いつ目にしても判を押したように無表情だ。

まさに死神だな、とどこか他人事のようにコニーは思った。

「念のために聞いておくが」

ランドルフ・アルスターは紺碧《こんぺき》の双眸《そうぼう》を冷たく細めながら、口を開いた。

「今回の人身売買に関わっていたか?」

コニーはぶんぶんと首を振った。しかし、果たしてこの状況で信じてもらえるだろうか。

「まあ、そうだろうな」

意外にもあっさりと引き下がったので、コニーはきょとんとランドルフを見上げた。その顔には、やはり何の感情も浮かんでいない。

「それならば君を拘束する必要はない――が、偶然も三度続けば必然だ。そろそろ腹を割って話そうじゃないか」

いや無理です。コニーは思わずスカーレットに助けを求めたが、彼女は不貞腐《ふてくさ》れたような表情のまま、ふん、とそっぽを向いてしまった。どうやら先程逃げなかったことが相当腹に据えかねているらしい。

「残念ながら、現状では侯爵家での窃盗の立件は難しいだろう。そもそも盗まれた物が何かもわからない。孤児院での詐称《さしょう》や不法侵入に関しては、おそらく相手側の方が事を荒立てたくないはずだ。特に侯爵家は世間体を気にする。仮に君を捕まえたとしても不起訴になる可能性が高い」

スカーレットの助けが借りられない、となれば、ここはコニーが何とかするしかない。

「それでも前科者になるのは避けたいだろう？　事情を話してくれないか。納得できる理由があるのならば、こちらもこれ以上は追及しない。君にとっても悪い条件ではないと思うが」

ふいにスカーレットの言葉が蘇《よみがえ》ってきた。

（――脅して、お金を巻き上げてしまえばいいのよ）

そういえば、とコニーは思い出した。ランドルフ・アルスターの生家《せいか》はリュシュリュワ公爵家――カスティエル家と比肩する大貴族だ。つまり、お金は、ある。

コニーはごくりと唾を呑み込んだ。

もちろん、脅すのではない。このおっかない人の弱みなんてわからないし、そもそもそんなことをしたらその場で切り殺されてしまいそうだ。けれど。

けれど、交渉くらいは、できるのでは、ないだろうか。

ランドルフは事情を知りたがっている。真実は話せなくとも、どうにかうまく隠して――

「……どうした？」

気づけば、ランドルフ・アルスターが眉を顰めてこちらを覗き込んでいた。

おそらくコニーがあまりにも悲壮な顔をしていたせいだろう。

「騒ぎで頭でもぶつけたか？」

「いえ、違います、ただ、その、こっ、ここ、こ……」

「コッココ？　いかんな、やはり頭を――」

案じるような態度に、コニーはふるふると首を横に動かした。それから、すう、と大きく深呼吸をして――

「こ、交渉、しませんかっ！」

「……交渉？」

スカーレットがぎょっとしたように目を剝いた。

コニーの言葉に、ランドルフが顎《あご》に手を当て何かを考え込むような仕草をする。しばらくすると合点が行ったように「ああ」と頷いた。

「確かグレイル家には借金があったな。情報が欲しいなら金を出せと。そういうことか？」

「あ、はい……」

バレた。即効でバレた。コニーは思わず涙目になった。

もちろんコニーとて、とんでもなく図々《ずうずう》しいことを言っているのはわかっている。けれどもう死神閣下との関係はこれ以上悪化しようがないし、相手からどう思われようとも、万にひとつでも可能性があるのならば賭けてみたい――それが正直なところだったのだ。瞬殺だったが。

身の程を知れと罵《ののし》られるだろうか。それとも蛆虫《うじむし》を見るような目を向けられるだろうか。

恐ろしい予感にコニーは身を竦《すく》ませたが、ランドルフの反応はそのどれとも違い、簡潔に了承しただけだった。

「まあ、それは別に構わないが」

「――はい？」

自分で訊いておきながら、素《す》っ頓狂《とんきょう》な声が出る。

「しかし君は貧民窟の情報屋などではなく貴族だしな。まとまった融資となると色々勘繰る者もいるだろうからな。さて、どうするか……」

ランドルフは口元に指を当てたまま何かを思案していたようだったが、程なくして結論が出たらしい。

「コンスタンス・グレイル。醜聞を負う覚悟は出来ているか？」

その鋭い眼光に思わず体が強張ったが、心を奮い立たせるとその目を見返してきっぱりと告げる。

「……そんなの、今更です」

誠実を捨てたコニーに畏れるものなどないのだ。何を求められても驚かない。受け入れてみせる――

「そうか。なら、一番手っ取り早いのは――」

恥ずかしながらそんな感傷に浸っていたので、次に告げられた言葉はほとんど内容も確認せずに反射的に頷いていた。

「婚約だな」

「望むところです――ん？」

おかしいと思ったのは、うっかり肯定したその後で。

「そうか、望むところか。ならそれで行こう」

「……ん？」

「もちろんしばらく経《た》ったら解消するが。しかしこれでグレイル家は借金が返せるし、俺は君を監視する名目がつく。最善とは言わないがまあ妥当な線だろう」

「……んん？」

「ああ、そうだ。エルバディアの金貸しについてだが」

話が変わった。急すぎてコニーにはついていけない。エルバディアの金貸し――とはもちろん父が保証人になった例のにっくき悪徳高利貸しのことだが、それがどうしたというのだ。

「グレイル領での一件が憲兵局に上がってきてな。少々目に余るものがあったからこちらで処理をしておいた。これで今後奴《やつ》らが強引な手に出ることはないだろう。ついでに叩《たた》けば埃が出るかと思って叩いてみたんだが特に何も出なかったな。少しかわいそうなことをした」

「それは、どう、も……？」

ランドルフがきょとんと首を傾げた。

「何の礼だ？」

「いや……なんでしょうか……？」

コニーにもよくわからない。礼云々《うんぬん》より、まず、この現状が。

「幸いとは言えないが、君は婚約を破棄したばかりで俺は妻を失ってまだ二年だ。婚約期間が多少長引いても誰も不思議には思わないだろう。こちらにも事情があるので伸ばせるだけ伸ばしてもらえると有難いが、別に無理強いはしない。二度の婚約の破談は若い令嬢にとって間違いなく醜聞だろうと懸念《けねん》していたが、覚悟があるのならば杞憂《きゆう》だったな」

まるで部下に任務内容を確認するような事務的な口調だった。確かに言っていることは間違っていない。間違っていないのだが――


なんか、違う。

なんか、コニーの思ってたのと、違う。


戸惑いを隠せないコニーの後ろでスカーレットが頭を抱えていた。

『ああもうっ、相変わらず思考が斜め上を行っているわ……！　だから苦手なのよこの男――！』

犯罪を取り締まる捜査機関である王立憲兵局に属するランドルフ・アルスターが死神閣下と呼ばれるのには理由がある。

もちろん常に黒衣を纏い、冷酷無慈悲に犯罪者を刈り取る姿がまるで死神のように恐ろしい、ということもある。しかし、実際の理由はその生い立ち故だった。

まずはランドルフが六つの頃、両親が不慮の事故で身罷《みまか》った。その数年後には病弱だった兄が病床で息を引き取る。十六の時には同世代でそれなりに家柄の近い公爵令嬢《スカーレット》が処刑され、挙句の果てには結婚後一年もしないうちに妻《リリィ》が自殺。ここまで来たら偶然ではすまされない。ランドルフ・アルスターには近しい者の命を奪う死神がついているに違いない――

そんな噂が噂を呼んで、彼は死神閣下という有難くもないふたつ名を頂戴するようになったのである。

「――なるほど、それでスカーレット・カスティエルの冤罪《えんざい》を晴らしてやりたいと」

旧モントローズ邸の客間の一室に場所を移動して行われたランドルフの取り調べは実に見事だった。尋問《じんもん》ほどの圧力はない。けれど巧妙に答えを誘導し、矛盾を指摘し、動揺したところを畳みかける。

気づけば、コンスタンスは一連の顛末《てんまつ》を洗い浚《ざら》い吐く羽目になっていた。当然スカーレットの亡霊が見えるという眉唾物《まゆつばもの》の話もすべて——である。それでも『復讐《ふくしゅう》』という物騒な二文字だけは死守した己を褒めてやりたい。その横ではスカーレットが額に手を当てて項垂《うなだ》れている。できるならコニーもそうしたい。

「……十年前、か。俺はその時期ちょうど潜入捜査で他国に飛ばされていたからな。一報が届いた時は、確かに間抜けな最期だと意外に思ってはいたが——」

間抜け、という言葉にぐったりと目を閉じていたスカーレットがぴくりと反応する。

「疑問に思うほど興味がなかった。悪いことをしたな」

さらりと放たれた非情な台詞にスカーレットはふわりと体を浮かせ、凶悪なほどに美しい微笑を浮かべてランドルフを見下ろした。たぶん、とコニーは思った。たぶんあれは、目の前の人間をどうやって泣かせてやろうかと考えている表情である。

「それで、エリスの聖杯という言葉に心当たりは？」

続けてランドルフが当たり前のように訊ねてくるので、コニーは驚いて聞き返していた。

「ちょ、ちょっと待ってください」

「なんだ」

「信じて、くれるんですか？」

正直、当事者の自分でもふざけていると思うのだ。十年前に処刑されたはずの人間が見えるなんて馬鹿げた話。

ランドルフはコニーの方に顔を向けると、静かに頷いた。

「確かに、荒唐無稽《こうとうむけい》な話ではある。実際俺にはスカーレットは見えないからな」

「で、ですよね……」

「信じる、信じないという決定を下すにはまだ情報が少ないというのが正直なところだ。この状況で一番忌避すべき展開は、今の君の話がまるきり嘘《うそ》で、実は背後に何者かの存在がある——ということだな」

コニーがぎょっとして目を見張ると、ランドルフは何でもないことのように肩を竦めた。

「あくまで可能性の話だ。だから念のため、君がまた突飛な行動を起こした時に対処できる立ち位置にいたい。だが、理由はどうあれ、仕事でもないのに年頃の令嬢にそう何度も近づくわけにはいかないだろう。何か然《しか》るべき体裁が必要だとは思っていた」

わかる。言いたいことは、わかる。でもちょっと考えてみてほしい。その体裁とやらの結果として、何だかとってもおかしいことになっているということに。

「もし君が、本当にスカーレット・カスティエルの冤罪を晴らしたいというのならば好きにしたらいいだろう。もちろん犯罪行為は容認できないが、故人とはいえ他人を助けたいという志は立派だ」

「そ、それは、どう、も……？」

ランドルフは一拍置くと、またもやきょとんと首を傾げた。

「なんの礼だ？」

——なにこれ既視感《デジャブ》。

くらりと眩暈《めまい》がした。

「まあ、個人的な意見を言わせてもらえば」

ランドルフ・アルスターは、やはり淡々と言葉を続けた。

「君がたまに見せる顔はスカーレット・カスティエルに似ていると思う。本人が喋《しゃべ》っているのではないかと思うほどに」

相変わらずの無表情だが、どこか懐かしむ——というほどではないが、何かを思い出しているような言い方だった。先程ランドルフはスカーレットに興味がないと言ったが、逆を返せば敵意もなかったということだ。良くも悪くも周囲の人間を惹《ひ》きつけてやまない彼女にそんな扱いができる死神閣下は、やはり変わっているのだろう。

「ええと、その、閣下」

最後にひとつだけコニーは訊ねることにした。コニーにとっては大変重要なことだ。

それ即ち——

「私のこと、怒ってるんじゃや、ないんですか……？」

「怒る？」

エミリアの夜会で、ランドルフはコニーを糾弾した。まさにぐうの音も出なかった。もちろんそれはきっかけのひとつに過ぎなかったが、あの言葉がなければコニーが腹を括《くく》るのはもう少し後だったかもしれない。

「ああ、あれか」

死神閣下はこともなげに頷いた。

「君があまりにも隙だらけで、突《つつ》いたらすぐに尻尾を出しそうだったから、つい」

「つい」

「ああ、つい」

「……つい…………？」

コニーはこてんと首を傾げた。げせぬ。

「それよりも、まだ他に隠していることはないか？」

脳裏《のうり》をよぎったのはリリィ・オーラミュンデの鍵のことだった。礼拝堂から持ち出したのはリリィの遺した封筒だと話してある。中にはメモが入っていたことも。エリスの聖杯、という殴り書きについても伝えた。ランドルフには心当たりがないとのことだった。

それからコニーが例の鍵のことも告げようとしたら、スカーレットが絶対零度の眼差《まなざ》しでこちらを睨《にら》みつけてきたので慌てて言葉を引っ込めたのだ。

言うべきなのか、それとも――。迷っていると、先にスカーレットが口を開いた。

『――だめよ。鍵のことは言ってはだめ。この男が信用できるかどうかなんて、まだわからないもの』

コニーはわずかに躊躇《ためら》うと、視線を落としながら小さく告げた。

「……ありません」

するとランドルフはまたもや拍子抜けするほどあっさりと頷いた。

「そうか」

それから、ゆっくりと、こちらに視線を向ける。どこか困ったような、言おうか言うまいか悩んでいるような、そんな表情だ。

「……もしかすると気づいていないかもしれないから、今後のために、ひとつ忠告をしておこう」

雲ひとつない青天のような紺碧の双眸がコニーを捉えた。

「コンスタンス・グレイル――いや、グレイル嬢」

あ、嫌な予感がする。コニーは思った。

ランドルフ・アルスターは真顔のままこう告げた。

「君はその――少々、嘘が、下手くそだ」

※

テレサ・ジェニングスが死んだ。

その日は朝から銀糸のように細く光る雨が降っていた。新聞の記事だった。不貞の相手から別れを切り出され、無理心中を図ろうとしたらしい。その場にいたライナス・テューダーは、命に別状はなかったものの心神を喪失して自国に帰ってしまったという。

コニーはその事実を静かに胸に留めておくことにした。以前のように「私のせいで」と嘆くことはしない。彼らには彼らの事情があり、その選択を下したのは他でもないテレサ自身だ。責任は当人にある。コンスタンス・グレイルが誠実を捨てて己の道を選んだように。けれど――

けれど、やはり、原因の一端ではあるかもしれない。そのことを忘れないように、しておく。

絶え間なく降り注ぐ静かな雨によって、街はまるで灰色の薄絹《ヴェール》を掛けられているようにぼんやりと霞《かすみ》がかっていた。

屋敷の外ではランドルフが待っていた。軍服ではないものの、黒い縦襟の上衣に揃《そろ》いのズボン。傘に至っては、布地はもちろん傘骨《リブ》まで黒い。これでは死神と呼ばれるのも無理はない。

今日はランドルフが籍を置く地区教会に婚約の宣誓をしに行くのだ。いわゆる、挨拶回りのようなものである。正式なものではなく、これからお世話になるからよろしくね、と言うようなものだ。実際の婚約公示に関しては諸々《もろもろ》の手続きがあるためまだまだ先の話であり、そこに関しては何かしらの事情をつけてのらりくらりと躱《かわ》す予定で、もちろん結婚などしない。

両親はまだ領地から戻らないが、手紙で婚約の許可は取ってある。ランドルフからも根回しがあったらしい。最初こそ事情を追及されたが、コニーの意志が固かったせいか最近では諦めているようだ。

「立会人はハームズワース子爵に頼んだ」

ランドルフの居住区の教会に、たまたま子爵が籍を置いていたのだ。

「神聖な宣誓を行う相手にしてはあまりにも堕落しているが、そもそもが偽りの婚約だ。これ以上の適任者はいないだろう」

「なるほど……」

コニーは、おそらく浮かない顔をしているはずだった。ランドルフが目を瞬かせて訊ねてくる。

「どうした？」

「……いえ、その、婚約の、ことなんですけど」

これから口にすることを考えると、どうしても歯切れが悪くなってしまう。

「閣下は、本当に、このやり方で良かったんですか？　考えたんですが、これって閣下に利点があんまりないような……」

コニーは罪にも問われないし、家の借金も肩代わりしてもらえる。けれど、ランドルフはどうなのだろう。動転していて気がつかなかったが、不利益の方が多いのではないだろうか。リリィ・オーラミュンデが亡くなってから二年。もちろん短くはないが、決して長いわけでもない。ここぞとばかりに面白おかしく騒ぎ立てる人間もいるだろう。それに、そもそも家格だって釣り合わない。現在のランドルフの爵位は伯爵だし、実家に至っては公爵だ。表立って口にしないだけで、実のところ縁戚からかなり強く反対されたのではないだろうか。

死神閣下は相変わらず感情に乏しい顔のまま、ゆっくりとコニーに向き直った。

「――子供じみた本音を言ってしまえば」

重要な案件を告げるような声音《こわね》で彼は続けた。

「結婚したくない」

「まじでか」

思わずコニーも本音が漏れた。まさかランドルフ・アルスターが最近よく耳にする独身至上主義だったとは。となると、あの広大なリュシュリュワ領はどうするのだろう。伴侶を持たないということは、跡継ぎもできないということだ。コニーが目を白黒させている理由を察したのか、ランドルフが言葉を足した。

「領地の方は父が亡くなってからずっと叔父が治めている。優秀な息子もいるから彼が跡を継げばいいだろう。アルスターに関しては直轄地がないから後継者がいなくても問題ないしな」

なるほど、つまり、領地を継ぐ気がないということか。しかし、それは別に結婚を否定する理由にはならない気がする。そもそもリリィ・オーラミュンデとは婚姻関係にあったはずだが――。疑問が顔に出ていたのだろう。ランドルフはちらりとコニーを一瞥した。

「たいした理由ではないんだが――」

そこで一旦言葉を切る。しばらく悩むような素振りを見せたが、気が変わったのか軽く肩を竦めた。

「……内緒だ」

「ないしょ」

「ああ」

きっぱりと断言されてしまえば、それ以上踏み込むこともできない。

「まあ、とにかくずいぶん長いことリュシュリュワを継ぐ気はないと公言しているんだが、それでも俺を次期公爵にと推す声がなくならないんだ。娘を宛《あて》がおうと画策する者も少なくない。だから、この手段を選んだのは俺の都合でもある。婚約者がいれば虫除けになるだろう？　ついでに領主としてふさわしくないと評判でも落ちてくれれば願ったりだ」

――なんだそれ。

そして、ランドルフは真面目な顔のまま、こう締めくくった。

けれど、もやもやと悩んでいた気持ちは風でも吹いたようにすっきりしていた。

やっぱり、変な人だ。

「つまり、俺にとっては利点しかない」


酒臭い。

ランドルフとともに教会の宣誓室で司祭を待っていたコニーは、扉が開くなり顔を引き攣《つ》らせた。

酒樽《さかだる》が入ってきたのかと思った。

明らかに二日酔いのハームズワースは水差しを抱えて離さず、青ざめた顔で何度も「うえっぷ」と嘔吐《えず》いている。

「え、ええ、それでは……おふた……の、うえっぷ、せんせ、を……」

宣誓も何もあったもんじゃない。そもそも何を言っているかもわからない。

──どうしよう、これ。

困り果てて隣を見上げれば、死神閣下は顔色ひとつ変えず「よろしく頼む」と頷いていた。それでいいのか。まあ、仮初《かりそめ》の婚約だし、いいのかもしれないが。

そんな力技もあって何とか宣誓が終わると、ハームズワースは力尽きたように来賓用の椅子にどすんと着地した。ぎしぎしと悲鳴を上げる椅子にコニーは同情を禁じ得ない。

用も済んだので礼を言って立ち去ろうとすると、子爵は大義そうに顔を起こし、コニーのいる方に視線を寄越した。それからしばらく視線を彷徨わせると、その目をわずかに細めて愉快そうに笑みを浮かべた。

「――あなた方に神のご加護がありますように」

ランドルフはコニーを屋敷まで送り届けると、その足で職場である王立憲兵局に向かって行った。今日は非番だと言っていたから、おそらくただの仕事中毒《ワーカホリック》だ。

――甘い香りの真白の梔子《くちなし》。太陽のようなマリーゴールドや、薄紫色のクレマチス。彩《いろ》とりどりの顔を見せる中庭をのんびりと歩いていると、スカーレットが口を開いた。

『……それで、お前は、どうするの』

「ん?」

『どうせ、もう、わたくしを手伝うつもりもないんでしょう』

「んん?」

不貞腐れたような声。旧モントローズ邸での一件以降、スカーレットの虫の居所は良くないようだったが、まだ拗《す》ねているのだろうか。

「え、なんで?」

思わず訊き返せば、スカーレットはわずかに視線を地面に落とした。

『だって、もう、借金が――』

ああ、なんだ。コニーはふっと笑みをこぼした。スカーレットが眉を顰める。それを見て、コニーはさらに笑った。

「ねえ、スカーレット」

――あの日からまだひと月も経っていないはずなのに、なんだかずいぶんと遠い昔の出来事のように感じる。

「私ね、小宮殿《グラン・メリル＝アン》でパメラから糾弾された時――ううん、きっと、もっと前ね」

父が借金を背負うことになった時。婚約者《ニール》がコニーではなくパメラを選んだ時。

「そんな、自分ではどうしようもない事態になった時にね、仕方がないんだって受け入れながら、心の底ではいつも叫んでた。誰か助けてって」

（どうして。どうしてなの。誰か、誰か）

「でも、当たり前だけど、誰も助けてくれなかったの」

（だれか、たすけて）


――いいわ、助けてあげる。


たったひとりを、除いて。

「よく考えたら一度も言ってなかったね」

おそらく、そこにたいした理由はなかったのだろう。あるいは復讐に巻き込んでしまおうと、そういう魂胆もあったのだろう。でも。

コニーは、怪訝《けげん》そうな顔をしているスカーレットをじっと見つめた。

「――助けてくれて、ありがとう」

それでも、コニーは救われたのだ。

紫水晶の瞳が、ゆっくりと見開かれていく。

「だから今度は私がスカーレットを助ける番、でしょう？」

そう言って、にかっと口の端を吊り上げれば、スカーレットは唇をぎゅっと引き締めて怒ったような表情を浮かべた。それから叱りつけるような――けれど、どこか噛みしめるような口調で呟いた。

『……ばかコニー』

ふと見上げれば雨はいつの間にか上がり、太陽は息を吹き返したかのように燦々《さんさん》と大地に降り注いでいる。その眩《まぶ》しさにそっと手を翳《かざ》したコンスタンスは、空に向かって笑みをこぼした。

もうすぐ、七の月《ディアナ》がやってくる。

ここまでの主な登場人物

アリア・グレイル

スカーレットの母親。冠なきアリエノールと呼ばれていた。

マクシミリアン・カスティエル

三十歳くらい。淡い金髪に、赤みがかった紫色の瞳。スカーレットの異母兄。スカーレットとは違い、真面目な秀才らしい。でもすぐお前って言う。

ランドルフ・アルスター

まさかの斜め上を行く思考の持ち主。

この度コニーと婚約した。なんだか色々と事情もあるらしい。

もしかしたら天然なのかもしれない。

斜め上すぎ

偽装婚約

協力関係

スカーレット・カスティエル

最近コニーが言うことを聞かなくて悩んでる。

あとその場の勢いでコニーから呼び捨てにされたけどそんなことで叱るほど心は狭くないし、す、好きなようにしなさいよね……！　と思っている。

ちなみにたまにコニーって呼ぶことにした。

コンスタンス・グレイル

誠実は捨てたが、頑固者の称号を手に入れた。なんだかよくわからないうちにランドルフ・アルスターの婚約者になってしまった十六歳←new!

たぶん脊髄反射で行動している。

この度、本腰を据えてスカーレットの復讐につき合う覚悟を決めた。

あとその場の勢いでスカーレットを呼び捨てにしたけど別に本人も何も言ってこないし、まあいいかと思って続けている。

コーネリア・ファリス

大ファリス帝国最後の皇女。ファリスがこれまで侵略してきた土地の王族や部族長の血が星の数ほどその身に流れていることから星冠のコーネリアと呼ばれていた。

ハームズワース子爵

この度めでたくハムに加工された。逃げ足が尋常じゃない。あとちょっと目線が心配。

デボラ

三十代半ばくらい。今回のジョン・ドゥ伯爵の夜会の主催者。

幕間　ショシャンナ

ショシャンナはうんざりしていた。

潮騒《しおさい》が聞こえるこの隠れ家に身を潜めてもう半年は経《た》つが、塩分を含んだ風のせいで髪は傷むし肌はべたついている。

暇を持て余すショシャンナの唯一の仕事は、相変わらずタギの根を薬研《やげん》ですり潰してどろりとさせることくらいだった。出来上がった土色の粘体がある程度の量になれば、今度は乳鉢に移して白粉《おしろい》と練る作業が始まる。オリビの実から搾った油で乳化させるのだが、これがなかなか難しい。油分が多すぎると肌に馴染《なじ》まず、すぐに流れてしまうし、少なすぎるとひび割れるのだ。

ショシャンナは袖を捲《まく》り上げて、己の褐色の腕をじっと観察した。指で触れてもしっとりとしていて違和感はない。試しに水で濡《ぬ》らした布巾《ふきん》で擦《こす》ってみたが、タギの色がうつることはなかった。

「よし」

満足いく出来だったので、先端の丸いナイフを巧みに操り、完成した練白粉を軟膏壺《なんこうつぼ》に詰めていく。

ショシャンナはまだ幼いが、ナイフの扱いならお手の物だった。なにしろ仕事以外はとんと無頓着な兄に料理を作ってやるのはショシャンナの役目なのだ。

——兄が仕事に行ってしまったのは十日ほど前のことだ。音沙汰はないが心配はしていない。仕事に関しては同胞の中でも図抜けて優秀な男だ。彼の被保護者であるショシャンナは、せめて足を引っ張らないようにきちんと弁えて、極力この隠れ家から出ないようにしている。どうしても市場に買い出しに行かなければならない際は目深にフードを被っていくし、護身用のナイフだって忘れない。

はあ、とショシャンナはため息をついた。彼女は今、この状況にうんざりしている、と思うことにしていた。慣れぬ土地にひとり残されて心細いわけでもないし、ましてや寂しいわけでもない。ただ退屈で、うんざりしているのだ。そう、思うことにする。

その時、扉を叩《たた》く音がした。軽く三回。一拍置いて四回。そして強めのものと弱いものを一回ずつ。今日は七の月《ディアナ》の十九日なので、符丁《ふちょう》は合っている。ショシャンナはぱっと顔を輝かせた。兄だ。

「――サルバドル！」

重たい閂《かんぬき》を開けると、予想通りひょろりとした男が立っていた。くすんだ金髪に褐色の肌。頭には白い布を巻き、葉巻のように丸めた絨毯《じゅうたん》をいくつも籠に入れて背負っている。その姿はまるで蝸牛《かたつむり》のようだ。ショシャンナはぽかんと口を開いた。

「どうしたの、その大荷物」

出掛けには持っていなかったものだ。サルバドルはショシャンナを見下ろすと、猫のような目をさらに細めてへらりと笑った。

「いやちょっとした手違いがあってさー。あ、そうそう。良い子にお留守番していたショシャンナにお土産ー」

そう言うと、籠の中から一際大きい絨毯を床に放り投げる。どすん、と質量のある鈍い音がした。丸まったままのそれを、サルバドルは足で蹴飛ばし転がしていく。ころころと広がる敷布の中心から現れたのは――子供だった。

「お前、前にペットが欲しいって言っていただろ」

長い睫毛《まつげ》に大きな瞳。女の子のような顔立ちだが、髪が短いので少年だろう。猿轡《さるぐつわ》を噛《か》ませられ、青ざめた表情でこちらを窺《うかが》っている。今年、数えで十一になるショシャンナよりもいくらか幼いだろうか。そして、ひどく身なりが良かった。

ショシャンナはぱちくりと瞬きをした。

「言った、けど」

青みがかった紫の瞳と目が合う。そこに見えるのは怯《おび》えと、懇願《こんがん》。

思わずため息をついた。

「私が欲しかったのは小鳥だよ?」

「ん？　似たようなもんでしょ?」

「ぜんぜん、違うと、思う」

少なくとも大きさが違う。ショシャンナが市場で兄に強請《ねだ》ったのは愛らしい手乗り鸚哥《インコ》だった。

そう訴えたのだが、相手は、そうだっけ？　とどうでも良さそうに首を傾《かし》げる。

「ま、いいや。とりあえず適当に餌やって世話しといて」

「えぇー」

また面倒な仕事を押しつけられた。ショシャンナは不貞腐れた。その様子を見たサルバドルは肩を竦《すく》め、しれっと続けた。

「クリシュナに預けるよかいいでしょ」

瞳の中に二連の黒斑を持つ嗜虐《しぎゃく》的な男を思い出してショシャンナは慌てて頷《うなず》いた。

「それは、うん」

「じゃー任せたよ」

それで、この話は終わったらしい。今は鼻歌交じりに調製したばかりの軟膏壷を手にしている。蓋を開け、とろりとしたそれを人差し指で掬《すく》うと肌に塗り込んでいく。

「うん、いい出来だ。二、三個もらっていくよ。ちょうど手持ちが少なくなってたんだ」

そう言いながら荷物をまとめ直し、また扉に向かって行こうとするのでショシャンナは思わず叫び声を上げた。

「どこ行くの⁉」

サルバドルが意外なものを見つけたというような表情でショシャンナを見下ろした。よほど情けない顔をしていたらしく、一瞬目を見開くと、咽喉《のど》をくつと鳴らされる。しかしやはり立ち止まることなく、そのまま扉に手を掛けた。あんまりな態度にショシャンナはへたりとその場に座り込む。

サルバドルの、大馬鹿野郎。

薄情な音を立てて扉が開いた。沈みかけの太陽が室内に影を落としていく。

兄は、去り際に一度だけ振り返った。

「どこにって、そりゃあ、お前――」

愉《たの》しそうに、笑う、気配。

「仕事さね」

逆光に照らされたその顔は、血のように赤い夕日の色に染まっていた。

ここまでの主な登場人物

兄妹

世話係

サルバドル

ショシャンナの兄。

基本的にものぐさだが、仕事はできるらしい。くすんだ金髪に猫のような目。褐色の練粉のようなものを肌に塗っている。

また仕事に出かけた。

ショシャンナ

十一歳らしい。手先が器用。

鸚哥が欲しかったのに人間の子どもがやってきてどうしたものやら。

褐色の練粉のようなものを肌に塗っている。

サルバドルが背負っていた籠

どう考えても尋常じゃなくでかい。

クリシュナ

サルバドルたちの会話に出てきた嗜虐的な男。

瞳に二連の黒斑があるらしい。誰かそんな人がいた気がする。

攫われてきた子供

おそらく九歳前後。青みがかった紫色の瞳を持っている。

ひどく身なりがいい。

第五章　口なき貴婦人たちの茶会

The Holy Grail of Eris

王都がアマデウス通りの西端にある王立憲兵局。

その駄々《だだ》広い建物の一角で、ランドルフ・アルスターは黒紐《くろひも》で綴《つづ》られた分厚い資料を捲《めく》っていた。ところどころ黄ばんでいる表紙に記載されている文字は、【暁の鶏《ダェグ・ガルス》】。ランドルフが長年追いかけている案件である。

資料に目を通していると、がらり、とスライド式の扉が開いた。顔を出したのは、ひどく不機嫌そうな美形の青年だ。ランドルフが指揮を執る捜査班の副班長であるカイル・ヒューズである。

「――ガイナの野郎、クソ使えねーんだけど」

カイルは凍えるように冷たい声で吐き捨てると、どさどさどさっと山のような紙の束をランドルフの眼前に落とした。予期せぬ重量に大理石の天板が悲鳴を上げる。ランドルフはゆっくりと顔を上げた。

「なんなのあの無能……！　頭に蛆《うじ》でも湧いてんの……⁉」

ガイナ――ゲオルグ・ガイナは、先日のジョン・ドゥ伯爵の夜会で、摘発の指揮を執った男だ。絵に描いたような貴族のお坊ちゃんで、実力主義のカイルとは以前から折り合いが悪い。

「こちとらメルヴィナの武器商人のケツ追っかけて丸三日は寝てねーんだぞ⁉　あの馬鹿商人、ほいほい国境線越えようとしやがるから……！　うちは国境警備隊と折り合いが悪いんだっつーの！　もちろん背中向けた瞬間にケツに何発かぶち込んでやったけどな！　でもそのせいでけっきょく昨日なんざ夜通し馬のケツ引《ひ》っ叩《ぱた》いて戻ってくる羽目に——ってちくしょうケツばっかじゃねーかよ！」

血走った目の下に隈《くま》を拵《こしら》え無精ひげを生やしたカイルは、普段の色男っぷりをどこかに忘れてきたのか、悪鬼のような形相で怒りに任せて頭を掻《か》きむしっていた。

「それでこっちは死ぬほど疲れてんのに戻って早々ガイナの野郎が偉そうにふんぞり返って旧モントローズ邸での手柄自慢して来やがるし……！　仕方ねーから話聞いてやったらどうにもその奴隷のガキ共がソルディィタ共和国の少数民族っぽいし……！　別件で追ってる奴《やつ》か確認したくて七面倒な手続き踏んで面会しようとしたらそいつ牢獄《ろうごく》で服毒死してるしもう……！　もう…………！」

「服毒死？」

ランドルフが思わず訊《き》き返すと、カイルが乱暴に自席の椅子を引いた。完全に目が据わっている。

「おうよ。南方系の組織の人間は捕まるとすぐ自害しやがるから四肢拘束に轡《くつわ》が基本だっつーのにそこらの窃盗犯と同じ扱いしやがってあの無能……！　あんまり頭に来たからバルト大佐に告げぐ……報告して捜査権その場で奪い取ってやったわざまあみやがれあのクソハゲェェェ！　——ってなわけでこれ、うちのヤマになったから」

そう言って山積みになった捜査資料を指差すと、周囲で作業をしていた部下たちが「ちょ、何考えてんのあの顔だけしか取り柄のない悪魔……！」「無理……！　これ以上の案件は物理的に無理……！」と滂沱《ぼうだ》の如く涙を流し始めたが、ランドルフはあっさりと受け入れると資料に手を伸ばした。

「毒の種類は？」

「錬金班に調べさせてる。モリーは遺体の状況からおそらく神経毒の一種じゃないかって」

「……こちらの身体検査をすり抜けたということはかなり微量だったはずだ。それでも致死量となる神経毒か」

粗悪品ならともかく、そこまで純度の高いものはまず市場には出回っていないだろう。

「――太陽の入れ墨は？」

「もちろん、ケツの穴まで確認したけどなかったぜ。正直目が腐り落ちそうだから今すぐ薔薇《ばら》十字通りの【豊穣の館《フォールクヴァング》】に駆け込んでミリアムちゃんのおっぱいに癒やされて来たいんだけど経費で落ちる？　あ、うん、ごめん冗談。冗談だからそのきょとんとした顔するのやめてつらい」

よくわからないがカイルがさめざめと顔を両手で覆ってしまったので、ランドルフは神妙に頷《うなず》いておいた。

「となると、【暁の鶏《ダェグ・ガルス》】とは関係ないか、それとも事情も知らないただの捨て駒だったのか。……まあ、後者だろうな」

神経毒は連中が好む手口だ。

「――夜会では、楽園が使用された形跡はなかったんだな？」

「少なくとも資料を読む限りではな。そう言った催しもなかったようだし、常用している奴もいなかったって話だ。……でもガイナ班だからなあ。どーにも信用が」

カイルはぽりぽりと頭を掻いた。ゲオルグ・ガイナの階級は大尉ではあるものの、出張所で取り扱うような軽犯罪しかこれまで担当したことがない。

「それと、デボラ・ダルキアンはどうした？」

「あのババアがこの程度で口を割るかよ」

はっとカイルは口元を歪《ゆが》めた。

――デボラ・ダルキアン。様々な組織犯罪でその名が浮上するものの、決して尻尾を摑《つか》ませない食わせ者である。

「そもそも今回ガイナに情報を流したのがデボラなんだと。しかも名指しで。異国の舞を提供してくれる手筈《てはず》になっている楽団がどうも怪しい――ってな。ガイナの野郎、デボラに捜査協力感謝するって礼まで言ったらしいぞ。あのデボラに！　感謝！　俺もうあんなお花畑と同僚とか恥ずかしくて死にそうってか今度会ったら問答無用であの禿《はげ》散らかした側頭部に回転拳銃《リボルバー》ぶち込みそう。だいたい旦那じゃなくて王立憲兵《こっち》に話を持ってくる時点でおかしいだろ」

デボラの夫であるサイモン・ダルキアンは陸軍局出身の財務監督官だ。次期財務総監との呼び声も高い。事を荒立てず秘密裏に処理することも可能だったはずだ。

「しかし、彼女はわざわざ夜会中の摘発という形を取った。噂《うわさ》になるのは確実だ。デボラの評判にも傷がつく。それでも構わない、となると――」

ランドルフはわずかに目を眇《すが》めた。

「――わざと、騒ぎを起こしたかったのか」

その目的は何だったのか。旧モントローズ邸での一件に関しては洗い直しが必要だろう。ランドルフはゆっくりと考えを巡らせた。

幾分か激情が落ち着いたらしいカイルが、そういえば、と思い出しように口を開く。

「またあの子がいたんだってよ」

「誰だ？」

「コンスタンス・グレイル。小宮殿《グラン・メリル＝アン》での小競り合いと言い、この前のテレサ・ジェニングスの件と言い、ほんっとよく出てくるねえ、この子。どうする？　まだ微妙な線だけど、そろそろ任意で事情でも聴きに行く？」

「必要ない」

ランドルフは資料をざっと検分しながらきっぱりと否定した。「……うん？」という間の抜けた声が聞こえたが、顔を上げることなく端的に答える。

「事情なら把握している」

「……え、もう聴取したの？　お前が？　犯罪者にも疑わしき者にも容赦ないけど、要観察対象には、一応、紳士的対応をとるお前が？」

カイルはよほど混乱しているのか椅子から身を乗り出している。

「ああ、確かお前がメルヴィナとの国境地帯に行くのと入れ違いだったと思うが――」

あの時は泳がしておいた隣国の死の商人《メルヴィナ》が急に姿を眩《くら》ませたということで、個人的な話をするなどころではなかった。

「婚約したんだ」

奇妙な沈黙が落ちた。

「は？」

カイル・ヒューズは軽薄で短気だが馬鹿ではない。今の会話の流れから答えを導き出すのはおそらく容易だったはずだ。

「…………誰と⁉」

だから、その悲鳴のような問いかけは、おそらく信じたくないという気持ちの方が強かったせいだろう。

ランドルフはそこでようやっと顔を上げると、まるで何でもないことのように事実を述べた。

「もちろん——コンスタンス・グレイルだ」

※

今日も今日とてコンスタンス・グレイルは人気者だった。マルタが両腕に抱えて持ってきた山のような封筒の束をぱらぱらと眺めていると、その中にくっきりとした黒枠を見つけて目を瞬かせる。封蠟《ふうろう》まで黒いとなれば、間違いなく訃報を告げるものだろう——が。

中に入っていたのは、封筒と同じく黒枠で縁取られた便箋だった。星のない夜空よりも黒いインクで簡潔にこう記されている。

〝査問のため貴嬢を小宮殿《グラン・メリル＝アン》の星の間に召喚する〟


「……なに、これ。召喚状……？」

威圧的な文言に声が掠《かす》れる。正直心当たりなど――あり過ぎてよくわからない。

『――ダルキアンの、紋章』

見慣れぬ印章を睨《にら》みつけながらスカーレットが忌々《いまいま》し気に呟《つぶや》いた。――ダルキアン？

コニーの表情がよほど強張《こわば》っていたのか、スカーレットが呆《あき》れたようにため息をつく。

『よく見てごらんなさい。司法省の署名捺印《なついん》もないでしょう。こんなものに法的な効力などないわ。ただのお遊びよ』

きっぱりと言い切られて安堵《あんど》する。

『だいたいその封蠟はダルキアンの――ああ、お前は知らないのね。デボラの家の紋章よ。いやだわ、年増《としま》って本当に暇を持て余しているのね』

――デボラ？　一瞬首を傾《かし》げたが、すぐに思い出した。ジョン・ドゥ伯爵の夜会の主催者だった、あの黒蝶《こくちょう》の女性のことか。

『ほら、よく嫡男を産み終わった女主人が文化人を招いてサロンを開催したりするでしょう？あれだって言ってしまえばただの暇つぶしよ。真っ当な人間はそうやって気を紛らわせるんだけど――』

　そこでスカーレットは不快そうに目を細めた。

『真っ当でない外道どもはね、狩りをするのよ』

「狩り……？」

『もちろん、猟銃を担いで獣を撃つ狩りではないわよ。もっと醜悪な――生贄《いけにえ》を調達して、手足を捥《も》ぎ取って気が済むまで甚振《いたぶ》る品のない遊びよ。デボラ・ダルキアンの狩りは査問会という名目を取ることで有名だったわ。でも実際に行われるのはただの見せしめよ。飽《あ》きもせずにまだこんなことやっていたのね、くだらないこと』

　軽蔑したような口調だった。

『そうやって何人も潰されたのよ。でも、その会で何が起こったのか誰も知らない。誰も、何も、話さない。どうやらその場で起きたことは決して口外しないと宣誓させられるみたいね。ふざけた趣向だけど、だから、陰でこう呼ばれていたわ』

　紫水晶《アメジスト》の瞳が死を連想させる黒枠の便箋を睨みつける。

『――口なき貴婦人たちの茶会、と』

※

「デボラ・ダルキアンが？」

いくら偽装とはいえ、多少は婚約者らしいことをした方がいいだろう――ということで、今日は忙しい仕事の合間を縫ってランドルフがコニーの屋敷を訪れてくれていた。少々込み入った話もしなければならないので、場所は応接間ではなくコニーの自室である。もちろん何の心配もないが、外聞もあるので扉は少しだけ空けておいた。

そこで手渡された黒枠の便箋に目を通すなり、ランドルフは眉を顰《ひそ》めた。

「なるほど、ふざけた内容だ。こんな紙切れに強制力はないし、わざわざ相手にすることはないだろう」

そう言って一蹴する。しかし、部屋の片隅で申し訳なさそうに縮こまっている婚約者《コニー》に気づくと、頭痛を堪えるように額を押さえて低く呻《うめ》いた。

「……参加するんだな」

「いや、その、断るのも角が立つというか……それにスカーレットのことも何かわかるかもしれないですし……」

思わず言い訳めいた言葉を並べてしまう。ランドルフはため息をつきながら手元の情報を確認すると、さらに眉間の皺《しわ》を深くした。

「日時は明後日《あさって》か。どうしてもっと早く言わないんだ」

「……ん?」

「その日は通商政策局の局長と面会することになっている。せめてあと一週間早くに知っていれば調整できたんだが……」

「……んん？」

告げられた内容に、コニーは目をぱちくりと瞬かせた。つまりそれは――

「もしかして、ついて来て下さるつもりでした？」

「もしかしなくても、そうするつもりだったが」

ランドルフは小さく嘆息すると、便箋をテーブルに戻した。

「参加しない、という選択肢はないんだな？」

「はい……」

コニーはひどく居たたまれない気持ちになった。自然と背中が丸まっていく。確かに危険は承知している。けれど、デボラ・ダルキアンは社交界において巨大な影響力を持つ実力者のひとりだというではないか。十年前の処刑についても何か知っているかもしれない。

それに、ひとりではない。コニーにはスカーレットがいる。

「……デボラ・ダルキアンは狡猾《こうかつ》な女だ。彼女のやり口はスカーレット・カスティエルとは性質が違う」

まるでコニーの心を見透かしたような発言に思わず顔を上げれば、青い瞳がまっすぐにコニーを捉えていた。どきりと心臓が跳ね上がる。そして気づいた。そんな言い方をされれば、すぐに反論してきそうなスカーレットが一言も発していない。見れば、彼女は珍しく難しい表情を浮かべている。

――もしか、すると。コニーは顔を強張らせた。

もしかすると、己は何かとんでもない選択をしてしまったのではないだろうか。

言いようもない不安に襲われていると、ランドルフが諭すような目線でコニーに念を押した。

「いいか、気をつけるんだ」

「ふぁい……」

何だか気が遠くなってくる。このまま横になって休んでしまいたい。そして、朝になったら都合よくすべてが解決していないだろうか。

「さて、そろそろ迎えが来る頃だ。支度は大丈夫か？」

「……したく？」

意味がわからず首を傾げていると、ランドルフは不思議そうに目を瞬かせた。

「手紙を出しておいたはずだが……」

――手紙？

「はっ……！」

コニーは息を呑《の》み込むと慌てて収納机《ビューロー》に視線を向けた。そこに聳《そび》え立つのは今にも崩れ落ちそうな郵便物の山、山、山――

デボラ・ダルキアンからの招待状に気を取られ、すっかり忘れ去られていた物言わぬ便りの山が、そこにはあった。

「……ええと」

冷や汗が伝う。だって、きっと、ある。

きっと、あの中に、ある。

ランドルフはコンスタンス・グレイルと封筒の墓場をゆっくりと見比べると軽く頷き、淡々とした口調で告げた。

「確かに返事はなかったが、おそらく立て込んでいるのだろう、と」

「すみませんでしたあああああ！」

どう考えてもコニーが悪い。コニーは電光石火の速さできっかり九十度に頭を下げた。ランドルフが少しだけ困ったように眉を寄せる。

「……実は、これから人と会うことになっているんだ。古い友人がどこからか婚約の話を聞きつけたらしくてな。ぜひとも物好きな婚約者を見てみたいと。かまわないか？」

もちろんだ——と言いたいところだが、懸念がひとつ。ランドルフ・アルスターをわざわざ呼びつけることのできる人物とはいったい何者なのか。正直、嫌な予感しかしない。

「……ちなみにどちらまで？」

恐る恐る訊《たず》ねてみれば、あっさりと返事が返ってくる。

「エルバイトだ」

「える、ばい、と……？」

「ああ、エルバイトだが」

見る見るうちに硬直していくコニーを見て、ランドルフが不思議そうに首を傾げる。

『——あらあら』

それまで興味なさそうに頬杖《ほおづえ》をついていたスカーレットがふわりと舞い上がった。そしていまだに固まっているコニーの方を振り返ると、機嫌良く口角を持ち上げる。

『ようやっとあの腹黒に会えるのね』

エルバイト——エルバイト宮殿。コニーの記憶が正しければ、そこは、噂に名高い王太子夫妻の住まう場所のことである。


金と深紅をモチーフにした無駄に距離のある長廊型の謁見の間。見上げれば荘厳な運命《モイライ》の三女神が描かれており、さらに中央には巨大なクリスタル・シャンデリアが吊《つ》り下がっている。その豪奢《ごうしゃ》なきらめきを受けながら、コンスタンス・グレイルは平服していた。

艶のある深紅の天鵞絨《ビロード》が貼られた豪奢な肘掛椅子《アームチェア》に腰掛けたその人は、静かに声を発した。

「——顔を上げよ」

命じられるがままに面を起こせば、女性と見紛《みまが》うばかりの線の細い美貌《びぼう》の主が微笑《ほほえ》んでいた。

「そなたが、コンスタンス・グレイルか」

スカーレット・カスティエルとの婚約を破棄し、子爵家の娘に過ぎなかったセシリア・リュゼと永遠の愛を誓った時の御方。恋に恋する貴族令嬢たちの憧れの的である王太子エンリケは、高座《こうざ》からコニーを見下ろしていた。

鮮やかな赤紫色《マゼンタ》の瞳がわずかに彷徨《さまよ》い、言い淀《よど》む。

「……そうだな、うむ、そなたは、なんというか、その」

『びっくりするくらい平凡よね』

スカーレットが言葉を引き取ったが、コニーは全力で聞こえなかったことにした。表情を変えずにエンリケを見つめる。見つめ続ける。

するとエンリケがそっとコニーから視線を逸《そ》らした。げせぬ。

「そうだ。セシリアがもうすぐ来ると思うが――」

殿下はわざとらしく膝の上で手を打つと、唐突に話題を変え始めた。どういうわけか、先程からぜんぜん目が合わない。コニーが真顔のまま首を傾けていると、どこからかぱたぱたと足音が聞こえてきた。誰かが急いで走ってくる――そんな音だ。「あ、来た」とエンリケがほっとしたように呟いた。

「遅くなって、ごめんね――！」

飛び込んできたのは背中まで流れるとろりとした蜂蜜のような髪に、けぶるような薔薇色《ばらいろ》の瞳の美女だった。しなやかに伸びた手足に、びっくりするくらい愛らしい顔立ち。

「――ランディ！」

セシリア王太子妃は、コニーの隣にいたランドルフ・アルスターに気づくと、ぱあっと顔を輝かせた。思わず見惚《みほ》れてしまうような鮮やかな表情だ。しかし、どういうわけか死神閣下殿は、害獣でも見るような冷ややかな視線を向けている。

「会いたかったよーう！」

両手を広げながらそのまま抱き着いてこようとする王太子妃を器用に躱《かわ》すと、ランドルフは無言のまま彼女を睥睨《へいげい》した。害獣が、害虫に格下げになった。その視線の冷たさにコニーは慄《おのの》く。閣下

こわい超こわい。しかし、妃《きさき》は特に気にしていないようだった。満面の笑みを浮かべたまま、今度はコニーの方に向き直る。大きな薔薇色の瞳が不思議そうに丸くなった。

「うっわー意外！　素朴！　かっわいいー！」

――かわいい、だと？

コニーはかっと目を見開いた。もしかしたら、この人、すごく良い人かもしれない。

『言っておくけれど、それ全然褒められていないわよ』

ちょっぴり感動していると、ひどく冷めた声音が落ちてきて我に返った。

セシリアは王太子《エンリケ》のもとではなく、わざわざコニーの傍《そば》までやって来ると、おもむろに膝を折った。

そして、ひどく無邪気な表情を浮かべて首を傾げる。愛くるしいとは、きっと、こういう人のことを言うのではなかろうか。

王太子妃は屈託のない笑顔のままランドルフの方をくいっと指差すと、コニーに向かってこう告げた。

「ええとね、この人ってば怖そうに見えて実際ほんとに怖いんだけどね、それに馬鹿真面目《まじめ》だし無駄に厳しいし、ぜんっっっぜん笑わないんだけどね、でもたぶんきっと根はそこまで悪くないと思うの。だからお願い、愛想尽かさないであげてね――！」

その瞬間、隣から凍てつくようなブリザードが噴射された。ちょっと本気で勘弁してほしい。

セシリア・アデルバイド。下級貴族の身でありながら、数々の障害を乗り越え、王太子であるエンリケと結ばれた、おそらくこの国で最も有名な王族のひとり。ふたりの結婚式では、寄り添うふたりの姿を一目見ようと国中の人間がこぞって王都に集まったと言われている。

婚姻前はリュゼ子爵令嬢で、病弱のため社交界デビューを迎えるまではほとんど領地から出たことがなかったらしい。そして、初めて参加した王都での夜会でエンリケ殿下と運命的な出会いを果たす。しかし、同時にそれは悲劇の始まりでもあった。なぜなら当時、エンリケには婚約者がいたからだ。

圧倒的な美貌と血統を持つ、スカーレット・カスティエルが。

その後のことは言うまでもない。

セシリアは慈愛の妃としても有名だ。公平無私で貴賤《きせん》で人を差別することはない。孤児院や病院の支援を積極的に行い、自ら炊き出しに赴くこともあるという。一部では聖女アナスタシアの再来とまで言われているらしい。

「……うむ」

エンリケは凍りついた空気を何とかしようと恐る恐る妻に声を掛けた。

「セシリアよ、それはあまり褒めていないのではないだろうか」

「え？　別に褒めてないわよ？」

「……そ、そうか」

「そうよ」

セシリアはあっさりと肩を竦《すく》めると、再びコニーに向き直った。

「ねえ、コニーって呼んでもいい？」

言いながら、薔薇色の瞳を輝かせてこちらを覗《のぞ》き込んで来る。近い。無駄に近い。

「も、もちろんです、妃殿下」

わずかに仰《の》け反《ぞ》りながら、こくこくと頷く。

「じゃあ、私のことはセスって呼んでね」

「はい⁉　いえ、その、それはちょっと畏《おそ》れ多いというか——」

「なんで？　私だって生まれは子爵家よ？　コニーと同じじゃない」

そんな無茶な。心からの叫びに、常識的な反応を返してくれたのはエンリケ殿下だった。

「無茶を言うな、セシリア」

「ちぇっ」

「舌打ちはいかんぞ、セシリア」

「はーい」

王太子妃はエンリケに背を向けるとそのまま小さく舌を出した。コニーは見なかった振りをした。

セシリアは人形のように愛らしい顔をにっこりと綻《ほころ》ばせる。

「私ね、ランディのことずっと心配してたの。ほら、やっと結婚したと思ったら今度はリリィがあんなことになっちゃったでしょう？　だから、コニーみたいに可愛《かわい》い子がお嫁さんになってくれて嬉《うれ》しいわ。今度一緒にお茶でもしましょうね。そうだ、来週の祈りの日は空いている？」

さり気なく多方面に毒を吐かれたような気がするが、それよりも、最後にさらりと告げられた突然の誘いの方に面食らった。

「へっ⁉」

「……妃殿下、お戯《たわむ》れを」

「ランディには聞いてないよーう。ねえ、コニー？」

ランドルフの制止を一蹴すると、セシリアはコニーの手をぎゅっと握りしめた。絹の手袋越しにもかかわらず、その手のひらは思わず肩が飛び上がりそうになるくらい、ひんやりとしている。

「ね、いいでしょう？」

妃殿下は、にこにこと微笑んでいた。それだけ、なのに。

「は、はい……」

どうしようもない威圧感を覚えてコニーは頷いていた。王族からの誘いである。書簡で来たのならまだしも、対面で断れるほどコニーの面の皮は厚くない。

「よかった！　じゃあ後で使いを送るわね！」

「――妃殿下」

聞こえてきたのは、地を這《は》うように低い声だった。眉間に刻まれた皺は海溝の如く深く、その顔には堂々と不愉快だと書いてある。閣下こわい超こわい。あんな形相を向けられたら、普通の人は涙目になるに違いない。少なくともコニーだったら泣く。号泣する。王太子妃を泣かせでもしたらさすがの閣下でも不敬罪になってしまうかもしれない。心配になってセシリアをちらりと窺《うかが》う。

けれどセシリアは「わあすごい顔！」と手を叩《たた》いて喜んでいた。コニーは思わずドン引きする。どうしよう、この人もこわい。

「ねえ、ランディ？」

王太子妃は、そう言うと愛らしく首を傾げた。

「あのね、今日の謁見のことだけど——わざわざ私が外せない公務が入っている日を指定するなんて、やっぱり少し、意地悪だったと思うのよ。可愛い可愛い婚約者ちゃんが心配だったのはわかるけど、この仕打ちにはさすがに傷ついちゃったわ。何とか時間を作れたから良かったけれど、とっても骨が折れたんだから」

無邪気な口調のまま言葉が続けられていく。

「——でも、珍しくあんたの嫌がる顔が見られたから許してあげる」

淡く色づいた花びらのような唇がゆっくりと弧を描いた。けれど、柔らかく細められた瞳はどこか冷え冷えとしている気がして、コニーはそのままぴしりと固まった。

「……わたくし」

動揺していたコニーは、一瞬、その声の主がわからなかった。この張りつめた空気をものともしない、落ち着きのある声だ。一拍置いてから、それが、目の前の王太子妃から発せられたものなのだと気がついた。

「殿下には申し上げたのですが、これより緑の間で南方からの賓客を出迎える手筈になっておりますの。ご挨拶《あいさつ》も済みましたので、そろそろお暇《いとま》させて頂きますわね。けれど、どうかこのセシリアを、礼を弁えぬ無作法者などと思わないでくださいませ。たとえ瞬きほどの逢瀬《おうせ》でも御二方にお目にかかれて光栄でございました。わたくしとて、このような振る舞いは本意ではないのです。わかって、くださいますでしょう？」

先程とは打って変わり、わずかに憂い帯びた表情と、申し訳なさが滲《にじ》む真摯な口調は、まさに貞淑さと気品を兼ね備えた貴婦人そのものだった。

「――それでは皆様、ご機嫌よう」

そうして感情を一切見せない高貴な微笑を浮かべると、セシリアは謁見の間を後にした。

「……というわけだ。お前たちも楽にしてくれ。ランドルフもいつも通りでかまわない」

肘掛けに腕を置いた王子が気楽な口調で告げる。

「相変わらず人を食ったような女だ」

そう言ってランドルフが眉を顰めると、エンリケは苦笑した。

「お前たちは昔から本当に馬が合わないな。まあ、私に免じて見逃してやってくれ」

「俺が見逃がしたところで何の解決にもならないと思うが。あの性格では敵が多いだろう」

「まあな。ただ、俺たちには子がいないから却《かえ》って助かっているよ。正直なところ、私は王位にはあまり興味がない。このままジョアン派が勢いをつけてくれればいいんだが」

――何だか聞いてはいけないことを聞いてしまった気がしてコニーは身を竦めた。

ジョアン――ジョアン・アデルバイドは国王の第二子であり、エンリケにとっては弟君に当たる。

すでに成婚していて、子のいない王太子夫妻とは異なり、子宝にも恵まれている。

「それより、これからファリスの使者が来る」

赤紫色の双眸《そうぼう》が冷たく眇められた。ランドルフが「ああ」と頷く。

「要人警護の要請が近衛連隊の方に来ていたな。しかし、これからなのか？　確か予定では――」

「そうだ。本当は昨晩のうちに到着しているはずだった。そろそろ陽《ひ》も昇りきる刻限だと言うのに、奴ら謝罪のひとつも寄越してこない。それどころか急ぐ素振《そぶ》りも、遅れた理由も口にしないときた。大方歴史の浅いアデルバイドなど、未だ偉大なるファリスの属国なのだという認識なのだろうよ。時代錯誤も甚だしい。あいつらは、いつも傲慢《ごうまん》だ」

エンリケの顔が不快そうに歪んだ。

「同盟の強化などと言っているが、どうせまた金の無心に決まっている。立派なのは歴史と見かけだけで、その内実は火の車だという噂だからな」

謁見の間を退出すると、ランドルフが口を開いた。

「今のでよくわかったと思うが、セシリアは――」

紺碧《こんぺき》の双眸が、ちらり、とコニーを見下ろす。

「根性が捻じ曲がっている」

コニーは重々しく頷いた。確かにその通りである。

「どうせ真実など語らない。それどころか、引っ掻き回される可能性の方が高い。だから、今の段階で接触するのは避けたかったんだが――こちらの予想より多くの鼠《ねずみ》を飼っていたようだな」

小さく嘆息するのが聞こえる。

「ただ、ああ見えて公の場では及第点の振る舞いができる。もちろん実家が子爵ということで風当たりは強いようだが、それでも、今のところ大きな醜聞は起こしていないんだ。裏と表を使い分けているということだろう。だから、あれが今日のような態度を出すときは大抵何か理由がある、と俺は思っている」

そこで一旦、ランドルフは言葉を切った。真面目な表情でコニーをじっと見つめる。

「考えすぎかもしれないが、心にとめておいてくれ」

「……はい」

ランドルフは屋敷までコニーを送り届けてくれるつもりだったようだが、生憎《あいにく》と急務が入ったためエルバイト宮で別れることになった。

水と緑をモチーフにした広大な庭園内を歩きながら、コニーは、ふと浮かんできた疑問をぶつけてみた。

「ねえスカーレット」

『なによ』

「なんでセシリア様のことが嫌いだったの？」

確かにセシリア王太子妃はコニーが思い描いていたような聖女ではなかった。けれど、スカーレットがセシリアを目の敵《かたき》にした一番の理由とはなんだったのだろう？　これまでずっと痴情のもつれだと思っていたのだが、宮殿でのスカーレットは、あのふたりの関係に嫉妬するような素振りはなかった。

『あら違うわよ。逆よ』

コニーは首を傾げた。

「逆？」

『そうよ。あの女の方が、最初にわたくしのことを嫌ってきたのよ。なら、迎え撃つのは当然の権利でしょう？』

なるほど、セシリアの方が先に恋敵のことを妬《ねた》ましく思ったということか。納得していると、またもや意外な言葉がスカーレットの口から飛び出てきた。

『と言っても、特別わたくしだけを嫌っていたのではなかったけどね』

「……ん？」

『ああでも、嫌う、とは少し違うかしら』

「……んん？」

『気づかなかった？　さっきだって、へらへら笑いながら視界に入る人間すべてに敵意を向けていたじゃない。十年前もそうだったのよ』

「敵意……？」

あったろうか。正直よくわからない。最後の最後で唯一わかったのは、あの薔薇色の瞳の奥が凍えるように冷たいものだった、ということだけだ。

『まあ、今はだいぶ隠せるようになっているみたいだけど。最初に会った時はもっとひどかったわよ。どうして誰も気づかないのかと不思議に思ったくらいだもの。あの目は、何と言ったらいいのかしら。そうね、強いて言うなら――』

スカーレットはしばらく考えを巡らせていたが、やがて、ああ、と納得したように呟いた。

『――憎悪』

「そう、お……？」

思わず足を止める。セシリア王太子妃が苦難を乗り越え掴んだのは真実の愛ではなかったのか。得体の知れない恐怖を感じて、二の腕が粟立《あわだ》つ。

背後から唐突に声を掛けられたのは、その時だった。

「迷子かな、お嬢さん？」

振り返った先にいたのは見知らぬ男性だ。コニーの父よりいくらか年上だろうか。すらりとした壮年の美丈夫で、服装は決して華美ではない。けれど、その瞳はエンリケ王太子と同じく赤紫色である。ということは、つまり――

『あら、エルンスト陛下だわ』

「陛下……!?」

驚きのあまり、頭のてっぺんから素《す》っ頓狂《とんきょう》な声が出た。なぜ国王が供も連れずにこんなところにいるのだ。慌てて平服しようとすると、相手から「そのままでかまわない」と制止される。

「こちらに来ていると聞いてね。慌てて公務を切り上げてきたんだ」

「は、はあ……？」

いったい何の話だろうか。コニーが心の中で首を捻っていると、エルンスト・アデルバイドはこちらに向かって親しげな笑みを見せた。

「わからないかな？　私は君に会いに来たんだよ、グレイル家のお嬢さん」

「は……⁉」

またもや情けない悲鳴が飛び出る。思わず口元を手で押さえたが、エルンストは気にしなかったようだ。

「全く見事なものだ」

その口調は、まるで天気でも論じるような気安いものだった。

「ほんのひと月ほど前まで、誰も君のことなど知らなかったというのに。それが今や社交界の注目の的だ。夜会を騒がせ、あのランドルフ・アルスターの婚約者となり、とうとう王城の離宮にまで招待された」

コニーに向けられているのは穏やかな微笑だ。けれど、どこか違和感がある。ピリピリと肌を突き刺すような威圧《プレッシャー》を感じる。

「いったい、どんな手を使ったんだい？」

そうして赤紫色の双眸がコニーを見下ろした時、その理由に気がついた。

——目が、笑っていない。

「そう言えば、君のことを――スカーレット・カスティエルの再来だという者もいるそうだね」

声が一段低くなった。まるで、それが一番問題なのだとでも言うように。

「そ、それは……」

そろりと視線を逸らすと、視界の端に小さな花の群生が見えた。

「――すみれだな」

コニーの視線を追ったのか、エルンストが静かに告げる。それから、訥々《とつとつ》と語り出した。

「大陸全土を見れば赤と青が等分に混じった紫《ヴィオラ》が一般的だが、この国のすみれは総じて赤みが強い」

コニーは頷いた。花弁の色が王族の瞳に似ていることから、すみれはアデルバイドを象徴する花としても知られている。

「どうしてだか、知っているかい？」

「い、いえ……」

「そうか。なら、教えてあげよう。この地に古くからある伝承によれば、すみれに宿る精霊は考えなしの粗忽者《そこつ》で、業火に苛《さいな》まれる死者に近づきすぎて焼けただれてしまったらしい。さて、君はどう思う？」

それはもしや、何かの喩《たと》えだろうか。コニーの頬を冷や汗が伝っていく。まるでコニーのことを死者《スカーレット》に近づく恥知らずだと揶揄《やゆ》し、牽制《けんせい》しているようにも聞こえるのだが――気のせい、なのだろうか。

（だ、誰かたすけて……）

青ざめながら硬直していると、どこからともなくため息が聞こえてきた。

『お退きなさい、コニー』

その言葉とともに、すっと体に何かが入ってくる。覚えのある感覚に、抵抗もなく受け入れた。

コニーの意識が隅に押しやられる。

そうしてスカーレットはゆっくりと顔を上げた。

「――そうですわね。好奇心で近づいたのであれば、愚《おろ》か者の象徴と言えるでしょう」

こんな状況だというのに、彼女は憎たらしいほどいつも通りだった。

「けれど、もしかしたら――その小さな花の精は苦しむ死者を救おうと手を差し伸べたのかもしれませんわ」

「……面白い説だが、根拠はあるのかい？」

「だって、やましいことがあれば、あんなに図太く咲き誇ってはいられませんでしょう？」

台詞《せりふ》をなぞるような堂々とした態度に、エルンストはわずかに目を見開くと、すぐに苦笑した。

「なるほど、似ているな」

「あら、ご冗談を」

その口調は、この国で最も権力を持つ相手に対してあまりにも素っ気ない。コニーはハラハラと成り行きを見守った。

「スカーレット・カスティエルなら、きっと、こう言うでしょう」

スカーレットが、まるで悪戯《いたずら》を披露する子供のように得意気に口の端《は》を吊り上げる。

「——野草の事情など、わたくしの知ったことではございません」

エルンストは一瞬呆《ほう》けたように口を開くと、そのまま口元を手で覆った。

しばらくしてから、ぽつりと声を漏らす。

「……確かに、あの子が言いそうだ」

そして、それきり口をつぐんだ。先程までの作り物めいた微笑はどこにもなく、そこにあるのは痛みを堪えるような——何かをひどく悔いるような表情だった。

※

小宮殿《グラン・メリル＝アン》には、一般公開されている場所以外に、入室に許可が必要となる部屋も数多く存在する。そのひとつが、かつて王侯貴族の弾圧に使われたというこの星の間だった。

宮殿の最上階に位置するそこは、壁際から天井部分に至るまですべて同一の瑠璃《るり》色の壁紙で覆われていた。窓のない部屋なので、まるで本当に夜が訪れたような錯覚に陥る。よく見れば小さな星を模った金箔《きんぱく》が規則正しく押されており、燭台《しょくだい》の炎を映して淡く輝いている。

奥には彫像があり、目隠しをされた女神が右手に剣を携え、左手に天秤《てんびん》を掲げていた。

そして、部屋の中央には、どっしりとしたマホガニーの円卓が構えていた。そこを囲むようにして、濃紺の天鵞絨《ビロード》が貼られた六つの肘掛け椅子《サロン・チェア》が置かれている。席はすでに四つ埋まっていた。

一番奥の席に腰掛けていたデボラ・ダルキアンは、扉の前で固まるコニーに気づくと、血のように真っ赤な唇を捲《まく》り上げた。

「いらっしゃい、コンスタンス・グレイル。――まだ首はつながっているようね」

「ご存知だとは思うけれど、この場で起きたことは他言無用よ。それでもよろしくて?」

誘導されたのは、デボラと向かい合わせになる席だ。席につくなり、デボラを含め、好奇心に満ちた八つの瞳に晒《さら》される。それは無垢《むく》な子供の目に少し似ていた。何の罪の意識もなく虫を採って戯れ、飽きたら踏み潰す――というような。ぞくりと背筋に悪寒が走る。思わず視線を逸らしそうになったが、ぐっと堪えて前を見る。

『三人とも見たことがある顔ぶれね。デボラの取り巻きだわ。確か全員伯爵以上よ』

スカーレットが、デボラの両隣に座っている三名の貴婦人の顔をじっくりと眺めて告げた。伯爵以上。となれば、ますます子爵令嬢であるコニーに発言権などない。その事実に胸がざわついたが、それでもゆっくりと頷いた。

「……かまいません」

「そう、なら血判を」

デボラは少しつまらなそうに告げると、宝飾品があしらわれた豪華な短刀と誓約文をこちらに寄越す。スカーレットが嫌そうに顔を顰めた。

『血判ですって? お前はいったいいつの時代の人間よ』

コニーは羽ペンで署名をすると、無言のまま刃先に親指を押しつけた。ぷつっと赤い玉が膨れ上がる。

「――これで」

血紋が押されたそれを手渡せば、満足そうに微笑まれた。

「ところで、なぜこの場に呼ばれたか、わかっていらっしゃる？」

沈黙を否定と捉えたのか、デボラが歌うように言葉を紡ぐ。

「お手紙がね、届いたのよ。あなたのお友達の――パメラ・フランシスから」

「パメラ……？」

「心当たりがおあり？　かわいそうに、あの子、ご自慢のプラチナ・ブロンドの髪が真っ白になってしまったそうよ。あなたが薄情にも彼女を見捨てたばっかりに。ねえ、コンスタンス・グレイル。罰するのであれば、あの糾弾だけで良かったのではなくて？　だってあれだけでも充分社交界には居られないもの。なのにわざわざ追い縋《すが》る彼女の手を振り払って――そうそう、診断書もあるのよ？」

『どこの藪《やぶ》医者よ――ってダルキアンのお抱え医師じゃない。とんだ茶番ね』

コニーは静かに動揺していた。パメラ・フランシス。まさか今になってもう一度その名前を聞くとは思わなかった。

「でもね、どれだけパメラが苦しんでいても、あなたのなさったことは犯罪にはならないのですって。ひどい話だと思わない？　誠実のグレイルのお嬢様なら、理解してくださるわよね？　だから――」

デボラの灰色の瞳が嗜虐《しぎゃく》的に歪んでいく。

「法があなたを裁けないというのなら、あたくしたちが裁いて差し上げる」

おそらくそれが、デボラ・ダルキアンの本性なのだろう。

「とっくに滅んでしまった伝説上の王朝にね、報復律というものがあったらしいわ。目を刳《く》りぬかれた人間は、相手の目を刳りぬいてもいいの。つまり誰かを傷つけてしまったらね、相応の罰を受けないといけないのよ。すてきな法ね」

『――言っておくけれど、その法律は過剰な報復を禁止するためのものよ。きちんと勉強してから発言しないとその短い首を自分の手で絞めることになるわよ、お間抜けさん』

スカーレットが皮肉気に嗤《わら》う。もちろんその声はデボラには届いていないが、実際に届いたとしても状況は変わらなかっただろう。デボラ・ダルキアンにとって重要なのはそこではないのだ。

「あたくし、かわいそうなパメラに約束したのよ。必ずやコンスタンス・グレイルの髪を贈ってあげましょうって」

「……暴力は、犯罪です」

「暴力？　いやだ、あたくしたちがあなたを押さえつけて無理矢理その泥水のような髪に手を掛けるとでも？　爵位が低いと考えも野蛮なのねえ」

そう言うと、デボラは嗤いながら先程の誓約文をコニーの眼前に突きつけた。

「ほら、御覧なさい。あなたがその血に誓った書面――すべて査問会の取り決めに従う、と書いてあるでしょう？　つまり、あなたはこの会が下した懲罰に従わないといけないのよ」

「懲罰……？」

「ええ。これからあなたの犯した行為について、あたくしたちが議論するの。そして決めるのよ。罪の重さと、それに見合った罰をね。もしも守らないのであれば——そうね、扉の外で控えている私兵を呼んで、手伝ってもらうことになるかもしれないわね。もちろん犯罪などではないわ。だって、あたくしたちはルールに従っているだけだもの」

あまりに自分勝手な言い分に吐き気がしてくる。やり口が違う、というランドルフの言葉が蘇《よみがえ》った。確かに違う。デボラとスカーレットは、ぜんぜん、似ていなかった。

コニーは早鐘を打つ心臓を何とか押さえつけると口を開いた。

「……裁かれるのは、私だけでしょうか？」

棘《とげ》のある視線が一斉にこちらを向いた。怯《ひる》みそうになるのをぐっと我慢する。

「あの夜会で、パメラを見捨てたのは私だけでしたか？　見てみぬ振りをしたのは？　実際に心ない言葉で彼女を傷つけた人だっていたはずです。それに、パメラだって罪を犯している。ご存知のはずでしょう？　あなた方が正義を掲げるのであれば、あの場にいたすべての人間をここに呼ぶべきです。もちろん、パメラ・フランシスも含めて」

まさか、たかが子爵令嬢に反論されるとは思っていなかったのだろう。取り巻きたちが戸惑ったように目配せをし合う。そんな中、デボラだけは変わらず微笑を浮かべていた。

「——そういえば、あなたのお家の借金だけれど。アルスター卿《きょう》が肩代わりしてくれたようね」

脈絡もなく告げられた言葉の真意がわからず、コニーはわずかに眉を寄せた。

「でもね、ちょっとした伝手《つて》があれば他人の借金なんていくらでも増やせるのよ。それこそ、あなたの知らないうちに、ね」

「っ、それは、どういう……」

「さあ？　でも、そうなったらどうするの？　また、アルスターの坊やに頼む？　そんなことが続けば、頭の悪い連中は彼の方に嫌がらせをしてしまうかもしれないわね。婚約者をそんな目に遭わせたい？　ああ、それとも――」

デボラ・ダルキアンがひどく愉《たの》しそうに嗤う。

「偽りの婚約者だから平気？」

ぎくり、とコニーの肩が跳ね上がった。

「何をそんなに驚いているの？　少し考えればわかることよ。……けれどね、わからないのは理由なの。なぜ、ランドルフ・アルスターはあなたのような子をかまうのかしら」

濁った川底のような灰色の瞳が細まり、コニーを捉える。

「だから、理由を教えてくれる？」

血を啜《すす》ったような唇がゆっくりと弧を描いた。人を甚振《いたぶ》ることに何の抵抗もない表情に身が竦む。

「――あなただって、スカーレット・カスティエルのようにはなりたくないでしょう？」

ひっそりと囁《ささや》かれた言葉に、コニーは小さく息を呑んだ。

「といっても、あなたはまだ子供だったでしょうからあまりご存知ないかもしれないわね。……それはひどいものだったのよ。彼女のご自慢のお顔が玩具みたいに泥だらけの地べたに転がっていって。誰も彼もから――そう、下賤《げせん》の者たちにまで手を叩いて笑われ、蔑《さげす》まれ――」

デボラ・ダルキアンはひどく愉しそうに嗤っていた。

「――あんな無様《ぶざま》な最期《さいご》。あたくしだったらみっともなくて耐えられない」

その瞬間、隣に立つスカーレットの美しい顔《かんばせ》から一切の表情が抜け落ちた。怒りのためか、握りしめた拳《こぶし》がかすかに震えている。

気がついたら、コニーはその手を取っていた。感覚はない。けれど、それでもぎゅっと力を込めれば、スカーレットがゆっくりとした動作でこちらを振り向いた。わずかに驚いたような表情に、コニーは小さく頷いてみせる。スカーレットが少しだけ拗《す》ねたように唇を尖《とが》らせた。そして、そのまま体を重ねるようにして入ってくる。

コニーはそっと瞼《まぶた》を閉じた。逃げるのではない。今まではそうだったかもしれないけれど、今日は違う。コニーがスカーレットの手を取ったのは助けを求めるためではなく――戦う、ためだ。

そうしてコンスタンス・グレイルはゆっくりと目を開いた。

「……ええ、そうね。くだらない茶番だけれど、乗って差し上げるわ」

先程とは打って変わった口調に、デボラは面食らったように瞳を瞬かせた。それから、出来の悪い子を嗜《たしな》めるように口を開く。

「ごめんなさいね。今、何かおっしゃったかしら？」

「あら、ずいぶんと耳が遠くなったのね、デボラ・ダルキアン。お年のせいかしら」

「――なんですって？」

微笑みこそ崩れなかったが、その声はわずかに強張っていた。取り巻きたちが化け物にでも遭遇したような表情でコニーを見てくる。うん、気持ちはわかる。痛いほどわかる。なぜなら意識の隅っこで成り行きを見守っているコニーも全く同じ表情を浮かべているのだから。

けれど、希代《きだい》の悪女さまは鼻で笑っただけだった。

「聞こえなかったの？　いいこと、わたくしが――」

そこで唐突に言葉がとまり、視線がふっと手元に落ちた。何やら不服そうに目を細めると、片眉を吊《つ》り上げたまま、正面に向き直る。

「わ、た、く、し、た、ち、が、お前を裁いてあげると言ったのよ」

「……裁く？」

質の悪い冗談でも聞いたかのようにデボラの口角が持ち上がった。できるものならやってみろ、とその目が言っている。

コニーはわずかに怯んだが、スカーレットは気にした素振りもなく言葉を続けていった。

「ええ。――そう言えば、ジョン・ドゥ伯爵の夜会は災難だったわね。あなたも痛手だったのではなくて？」

「あの怪しげな楽団のことを言っているの？　お言葉だけど、彼らは夜会が始まる前にあたくしが憲兵に通報したのよ。商人の振りをした犯罪者だという匿名《とくめい》の情報があったから。でも、まさか人身売買をしようとしていただなんて……。考えただけでも怖気《おぞけ》が走るわ」

「ああ、やっぱり、あの奴隷商は自分が売られることを知らなかったのね。だからあんなことを言っていたんだわ」

意味深な言葉にデボラの瞳が訝《いぶか》し気に細くなる。

「あなた、さっきからいったい何を……」

「——黒蝶《こくちょう》の君に栄えあれ」

ぴくり、とデボラの頬がわずかに痙攣《けいれん》した。

「あの男は、集まった客たちにそう言っていたのよ。お前はあの場にいなかったから知らなかったでしょう？」

それまでどこかこちらを小馬鹿にするような態度を取っていたデボラ・ダルキアンから初めて余裕がなくなった。

「競売のやり取りに古代ファリス語を使うなんて考えたわね。上級貴族の中でも修得している者は稀《まれ》だもの」

「……まさか、あなたにわかるとでも言うの？」

「もちろん《イェ・ルーア》」

歌うように口から出てきたのはコニーの知らない言語だった。けれど、デボラの表情を見る限り、おそらくそれは正しく古代ファリス語とやらだったのだろう。

「黒蝶があなたのことを指すことくらい、社交界の誰もが知っているわ。それに、あの趣味の悪い場にいたのはダルキアンに所縁《ゆかり》のある人間ばかり。人の見た目って案外変わらないものなのね。顔を隠していてもすぐわかったわ。ああ、それと奴隷商と楽しそうに話していたのはマクレーン侯爵——エステル、あなたの御夫君よ」

取り巻きのひとりに告げれば、エステルと呼ばれた女性は愕然《がくぜん》と目を見開いた。

「まさか、ご存知なかったの？　かわいそうに」

スカーレットは痛ましそうに眉を下げる。

「でも、侯爵にとっては幸いだったわね。だって、幼子に手を出して捕まらずにすんだのだから。

――もちろん、これが初犯であったのならば、の話だけれど」

その言葉に、女性の顔から血の気が引いていく。

「あら、心当たりでもあったのかしら？　でも、大丈夫よ。首謀者の名前でも告発すれば罪が軽くなるかもしれないわ。わたくしの婚約者の仕事はご存知でしょう？　侯爵の証言次第ではうまく取り計らってあげてもよくってよ」

思わず縋るような表情を浮かべた侯爵夫人に向かって、スカーレットは花が綻ぶように微笑んだ。

それから『あとはお前に譲ってあげるわ』と言うと、すっと体から出て行き、コニーの隣に並び立つ。

コニーはぎゅっと拳を握りしめた。この反応からすると、間違いなくマクレーン侯爵はデボラ・ダルキアンが人身売買に関わっていたことを知っている。現にデボラだって動揺していた。あとはどうにかして侯爵の証言を手に入れれば――

「それが、どうしたというの？」

だから、ふいに聞こえてきたその言葉にコニーは思わず耳を疑った。

「え？」

いつの間にかデボラ・ダルキアンは仮面のような微笑を取り戻していた。

「あなたたち、今、何か聞こえたかしら？」

デボラはひどく穏やかな口調で、ゆっくりと円卓を見渡していく。その眼差《まなざ》しは恐ろしいほどに冷え切っていた。

「ねえ、エステル？　あなた、あたくしに、何か言いたいことがあるんじゃなくて？」

名指しにされた婦人の顔は、一瞬にして蠟《ろう》のように白くなっていた。

「そう言えば、マクレーン侯爵はこれから、、、すぐに国外に行かれるのではなかったかしら？」

エステルはぽかんと呆けていたが、デボラの凍てつく視線を受けて、慌てた様子で何度も頷いた。

「しばらくは帰ってこないのよね？」

はい、と震える声で肯定が返ってくる。そこでようやっと、デボラは満足そうに微笑んだ。それからコニーに顔を向けると、愉しそうに咽喉《のど》を鳴らす。

「これでわかったかしら？」

コニーは何も言うことができなかった。たった今、目の前で起きたことが信じられなかった。

「あなたは頑張ったわ。そうね、ここにいたのが――あのスカーレットだったなら、あたくしは膝を屈していたかもしれないわね。だって、彼女はカスティエルだもの。けれど、あなたは違う。――たかが子爵家の小娘ごときが、本気でダルキアンを潰せるとでも？」

デボラはそう言って目を細めると、艶《あで》やかに微笑んだ。

「さあ、そろそろ票決を取りましょうか。裁かれるべきは、あなたか、あたくしか。残念なことに今日はスザンナが病欠だけど問題ないわ。ああ安心して、多数決よ。だから、結果次第ではあなたは無罪放免となるかもしれないわね。ほら、とっても公平でしょう?」

その決議に己の取り巻きを使うのだから、公平も何もないだろう。けれど、デボラは平然としていた。

ああ、そうか。ようやっとコニーは気がついた。勘違いをしていたのだ。コニーは、これが今までの夜会と同じものだと思っていた。場所と相手が変わるだけで、腹に一物を抱えた人間同士の探り合いなのだと。だから、恐ろしくとも招待を受けることに決めたのだ。

人間には耳がある。心がある。真剣に話せばコニーの声も届くかもしれない。そう思っていた。

けれど、違ったのだ。結論など端《はな》から決まっていた。だってこれは。

——これは、ただの私刑《リンチ》だ。

『やってみたらいいわ』

隣から底冷えするような空気が流れてくる。

『お前たちがそのつもりなら、わたくしだって容赦しない』

冷徹な声とともに、小さな静電気が爆《は》ぜるようにいくつか散った。

デボラは一瞬怪訝《けげん》そうに眉を顰めたが、気にしないことにしたようだ。

「……ああでも、あたくし、まだあなたという子をよく知らないの。もし、あなたがあたくしに跪《ひざまず》くような素直な良い子であれば、全てパメラの勘違い、ということもあるわね」

つまり、デボラに忠誠を誓うなら見逃してやるということだろう。

「なにか、申し開きはあるかしら?」

もちろんコニーがそうすると確信しているような表情だった。

悔しかった。デボラの非道はもちろんのこと、それ以上に己の無力さに腹が立った。最後まで戦えないことが——スカーレットの足を引っ張ることしかできない自分が悔しくて、腹立たしかった。

それはコニーにしては珍しく強い感情だった。

まるで、スカーレットがまだのりうつっているかのように。

心は、すでに決まっていた。だから、気を抜くと震え出そうとする体を叱咤《しった》して声を絞り出す。

「……わ、わたし、は」

「なあに？　よく聞こえないわ」

ええいままよ、とコニーは大きく息を吸い込んだ。

「私は、あなたのやり方が正しいとはこれっぽっちも思えません……！」

デボラの笑みがはっきりと強張った。それはすぐに忌々《いまいま》し気な表情へと変わり、何かを命じようと口を開く。コニーは唇を噛《か》みしめて覚悟を決めた。

髪の毛くらい、くれてやる。

その時だった。軽い調子の声とともに扉が開いた。

「——はいはい、失礼するわねー。もう、手続きがどうのとか言われてすっかり遅くなっちゃったわ！」

場違いに明るい声を上げながら入ってきたのは、鮮やかな金髪の女性だった。

デボラは、その闖入者《ちんにゅうしゃ》の姿を見るなり、ひどく苦い煎じ薬を口にしたように顔を顰めた。しかしすぐに微笑を浮かべ直し、強い口調で吐き棄てる。

「招待状もないのに入ってくるなんて無作法ね。社交界のルールをご存知ないの？　生憎この場にあなたの椅子はないの。帰ってちょうだい」

その言葉に、女性はわざとらしく青い目を見開いた。それから円卓に視線をやると、きょとんと首を傾げる。

「椅子がない？　それはおかしな話ねえ。だってそこに空席があるじゃない」

「これは――」

「スザンナ・ネヴィルの席でしょう。なら問題ないわ。私は、彼女の代理としてやってきたのだから」

「……なんですって？」

デボラの眉が跳ね上がる。女性は懐から一枚の紙を取り出した。

「これがその委任状よ。この場をあくまで査問だと言い張るのであれば、当然、私がその席につく権利はあるわよね？」

そこにはこの査問会の代理権を譲渡する旨が記載されており、末尾にはスザンナ・ネヴィル直筆の署名とネヴィル家の印章が押されていた。

その内容に顔色《がんしょく》をなくしたのはデボラではなく、なぜか取り巻きの三人だった。

突然のことに場が凍りつく。彼女はその空気を全く気にせずに円卓に置かれていた短刀を手に取ると、手早く誓約文に血判を押した。そして、そのまましれっとスザンナ・ネヴィルの席につく。

デボラがぞっとするような笑みを浮かべた。

「……誰も通すなと言っておいたというのに、使えないこと」

「ああ、扉を守っていた健気なワンちゃんたちのこと？　彼らを責めちゃだめよ？　だってまさか四大貴族がひょっこりやってくるなんて思わないもの」

四大貴族。それは建国当時から現代に至るまで王家を支え、共に歩んできた四つの権威ある公爵家のことだ。

カスティエル、リュシュリュワ、ダルキアン。そして――

「見知った顔がほとんどだけど、初めましての方のために名乗っておくわね。私はアビゲイル。アビゲイル・オブライエンよ」

そして――オブライエン。

デボラより多少若いが、おそらく三十は超えているだろう。どことなく蛙《かえる》を思わせる癖のある顔立ちだ。決して美人ではないが、朗らかに笑った顔には親しみやすい愛嬌《あいきょう》がある。

「ぎ、議事録を――」

ひどく動揺した様子で、取り巻きのひとりが上擦った声を上げた。それからご丁寧にも今までの経緯を説明しようとする。

「議事録？　ああ、ごめんなさいね。私、査問とやらの内容には微塵《みじん》も興味がないの。私の言葉はひとつだけよ。――エステル、ジャニーン、カロリーヌ。潰されたくなければ、私に従いなさい」

アビゲイルの言葉は簡潔だった。簡潔で、婉曲《えんきょく》な言い回しを好む貴族にしてはあまりにも直球だった。名指しにされた三人の貴婦人たちが揃《そろ》って息を呑む。

「難しいことではないはずよ。想像してみればいいの。オブライエンとダルキアン、どちらに恩を売った方が得かしら？　今ここで私につけば、これから先も守ってあげる。あなたたちだって私の性格は知っているでしょう？　でもね、歯向かうと言うのであれば容赦はしない。もちろん、それも、知っているでしょう？　あらまだ難しい？　ならもっと簡単にお話しするわね」

晴れた夏空にも似た青い瞳が、順々に、血の気の引いた婦人たちを捉えていく。

「――どちらを選んでも、ダルキアンはあなたたちを守ってはくれないわよ」

しん、と静寂が支配した。

「……いやだわ、アビゲイル。それは脅迫というのよ。それ以上あたくしの大切な友人を脅すような発言をしたら法に訴える必要があるわ」

デボラの顔からはすっかりと笑みが消えていた。明らかな憎悪を隠すことなく、アビゲイルを睨みつけている。

「それはいけないわね、デ、ビ、ー」

けれど返ってきたのは、子供の癇癪《かんしゃく》を宥《なだ》めるようなひどく優しい声だった。

「この会で起きたことは、他言無用なのでしょう？　あなたの作ったルールじゃないの。ならば、最後まできちんとお守りなさいな」

アビゲイルはそう言って傷のついた人差し指を口元に押し当てると、茶目っ気たっぷりに微笑んだ。

――けっきょく査問会はお開きとなった。票決を取る前に、デボラ・ダルキアンが気分が優れないと言って帰ってしまったのだ。その去り際に、背筋が震えるほど凍った一瞥《いちべつ》を寄越して。

残された三人も気まずそうに帰っていった。今、星の間にいるのはコニーとアビゲイル・オブライエンだけだ。


「あまり考えなしに危ないことをしてはだめよ? やるからには、きちんと準備をしてこないと。行き当たりばったりでうまくいくほどこちら側は甘くないんだから」

アビゲイルはいかにも年長者らしくコニーに忠告をした。

「……はい」

本当にその通りだった。コンスタンス・グレイルは粗忽者《そこつもの》だし短慮だし無分別だし――色々甘い。がっくりと肩を落としていると、慰めるように声を掛けられた。

「まあ、私も最初は失敗ばかりだったんだけどね?」

顔を上げると、おどけるような青い瞳と目が合った。

「……あの、ありがとうございました」

意図はわからないが、おそらく助けに来てくれたことは間違いない。そう思って礼を言うと、アビゲイルは含みのある表情をコニーに向けた。

「お礼ならランドルフ・アルスターに言ってあげてね」

「……閣下、ですか?」

突然の言葉に面食らい、聞き返す。アビゲイルが、くふふ、と笑みを噛み殺した。

「ええ、閣下よ。昨日だったかしらね。婚約者が厄介《やっかい》なことに首を突っ込みそうだから手を貸してほしいと急に屋敷にやって来たの。参加者を調べ上げて、一番隊のあったスザンナ・ネヴィルを説き伏せて委任状を持ってきたのもあの子」

「閣下が……」

心配してくれたのは知っていた。知っていた、けれど。

なんだろう、すごく――すごく、くすぐったい。

「私の生家《せいか》はリュシュリュワの分家にあたるの。ランドルフってば昔は天使みたいに愛らしい子でね。いっつもアビーおねえさま、アビーおねえさまってくっついてくるものだから弟のように可愛がっていたのよ。なのに図体《ずうたい》ばっかり大きくなっちゃって、今では可愛げの欠片《かけら》もないんだもの。ああでも、今回はちょっと可愛かったわね」

そう言うとまた、くふふ、と笑った。

「可愛い子は大好きよ。だからね、コンスタンス・グレイル。あなたもこれから私のことを、お姉様と呼んでくれたってかまわないんだからね？」

スカーレットが呆れたように呟いた。

『おば様の間違いでしょう、図々《ずうずう》しい女ね』

アビゲイルはこれから小宮殿《グラン・メリル＝アン》の美術展示室《ロング・ギャラリー》で開催されている展示会に用があるということで、コニーとは星の間で別れることになった。彼女はその去り際に思い出したように振り向くと、「何か困ったことがあったらいつでも言うのよ！」そう高らかに宣言して、とびきりの笑顔をコニーに向けた。

「――コンスタンス・グレイル？」

正門へと続く中庭を歩いていると、ぐいっと腕を摑まれた。驚いて振り向けば、癖の強い赤毛に灰みがかった暗緑色の瞳を持った女性と目が合う。少しつり目がちで、きつい印象だ。年の頃は二十をいくらか超えたところだろうか。青白い肌にはそばかすが散っていた。

「やっぱり！　ねえ、ちょっと話を聞かせてもらってもいいかしら？　この前の小宮殿《グラン・メリル＝アン》でのことなんだけど――」

何の脈絡もなしに突然捲し立てられて、コニーは面食らった。

「あ、あの、どちら様でしょうか……？」

驚きながら訊ねると、赤毛の女性は目を瞬かせた。それから、ああ、と口元を皮肉気に歪める。

「――アメリア・ホッブス。メイフラワー社の記者をやっているの。もちろん見ての通り庶民だけど、そのせいで失礼に感じてしまったのかしら？　何なら名刺もお渡し致しましょうか、レディ」

「いえ、その」

「あら、別に私が記者だからって態度を改めなくってもいいのよ。あなたが媚《こび》を売っても偉そうにしても、私の書く記事には全く関係ないもの。好きなようにしたら？」

明らかにこちらを小馬鹿にするような態度だ。デボラやセシリアならともかく、見知らぬ他人からの悪意に思わず体が強張った。

「それで、あなた、いつからスカーレット・カスティエルに憧れているの？」

「……ん？」

「それってやっぱり、誠実のグレイル、とかいう勲章に対する抑圧？　良い子ちゃんは疲れちゃった？　でも、そもそもあなたのご先祖様も十年戦争で相当えげつないことをやっていたみたいだけどその点についてはどう思っているの？」

「……ん？」

「というより、あなたたちの言う誠実って、けっきょく自分の欲求を譲らないってことなのかしら？それは誠実ではなくわがままとか頑固とかいうものだと思うんだけど。それをご大層に誠実だとか言われてもねえ。ああ、そう言えば、テレサ・ジェニングスが死んだけど、それについてはどう思った？　嬉しかった？　それとも彼女ばっかり記事に取り上げられて悔しかった？」

コニーはぽかんと口を開けてアメリアを見た。

「やっぱりあなたみたいに自己顕示欲の強い子は悔しいと思うのかしら。私にはちょっと理解できないけど、きっとそうよね。うーん、興味深いわ。あとはランドルフ・アルスターとの婚約のことだけど――彼とはもう寝た？」

「は⁉」

とんでもない爆弾発言を投下され、頭のてっぺんから素《す》っ頓狂《とんきょう》な声が出た。

「あなたみたいなタイプって、意外と貞操観念低そうだもの。違う？　ああ、前の婚約者にも逃げられてるんだっけ。どうせならあのお堅そうな死神閣下の床事情も押さえておきたいと思ったんだけど、まあ、それはおいおいね。そうそうリュシュリュワのアルスターといえば建国時から非人道的な黒い噂もあるようだけど――」

――このひとは、いったい、なにを言っているのだろう。

頭が真っ白になって何も考えられない。言葉の洪水に呑み込まれてしまいそうだ。

「そのくらいにしておいたら、アメリア」

コニーがその場に呆然《ぼうぜん》と立ち尽くしていると、ふいに、音がやんだ。

彼女を制したのは、眼鏡をかけた背の高い男性だった。いつの間に近くに来ていたのだろう。

「今日の目的は展示会のインタビューだろ。主催者が待っている。もう行こう」

「なによ、別にそんなのいつだって――」

アメリアが鬱陶《うっとう》しそうに首を振る。男が困ったように眉を下げた。

「いいかい、アメリア。僕は編集長《マーセラ》から、君がこれ以上問題を起こすようならすぐに報告するように言われてるんだよ。そうなったら、君は墓場のような部署に異動だ。仲間を売らせるようなことはさせないでくれ」

赤毛の女性は一瞬口をつぐんだ。それから悔しそうに男を睨みつける。

「わかったわよ。……また後で話を聞かせてちょうだいね、コンスタンス・グレイル。もちろん、誠実に対応してくれると信じているわ」

そう言うと、彼女はヒールを鳴らしながら去って行った。

残された眼鏡の男性が、申し訳なさそうにコニーに向き直る。

「同僚が失礼を。アメリアはどうも仕事のこととなると周りが見えなくなってしまうみたいで」

「いえ……」

男はいかにも気の弱そうな、優しそうな顔立ちをしていた。三十手前くらいだろうが、手入れのされていないぼさぼさの髪も、わずかに丸まった猫背も、ついでに言うなら草臥《くたび》れた背広も、どことなくしょぼくれた印象に拍車をかけた。おそらく日頃からアメリアに振り回されているのだろうと容易に想像がつく。

「僕はオルダス。メイフラワー社のオルダス・クレイトンだ。また何かアメリアが迷惑をかけるようだったらここに連絡を」

オルダスはそう言うと懐から名刺を取り出し、アメリアの後を追うように足早に去っていった。

「なに今の……」

あまりのことにしばらく思考が停止する。茫然《ぼうぜん》自失としていると、スカーレットがどうでも良さそうに肩を竦めた。

『さあ？　猫にでも引っかかれたと思うのね』

ここまでの主な登場人物

エンリケ

第一王子。赤紫色の瞳の幸薄そうな美人。

何の脈絡もなく「おれ……ほんとは王さまになんてなりたくないんだ……」などと思春期の中学生のようなことを言い出した。

セシリア

王太子妃。薔薇色の瞳の根性のねじ曲がった美人。十年前は視界に入る人間すべてに殺気を向けるという田舎の不良グループのようなことをしていた。あと基本的に目が笑ってない。

カイル・ヒューズ

王立憲兵局に所属するランドルフの腹心。外見は軽いが仕事ぶりはまるで鬼か悪魔のよう。

メルヴィナという国の武器商人をマークしていたようだが、うっかり逃げられて散々な目にあった。あとガイナは殺す。尻派なのかおっぱい派なのかはっきりして欲しいところ。

ランドルフ・アルスター

ジョン・ドゥ伯爵の夜会の一件でデボラ・ダルキアンの関与を疑っている。最近は婚約者(仮)の突拍子もない行動に振り回されている気がしないでもない二十六歳。

【暁の鶏】という犯罪組織を長年追っているらしい。

偽装結婚

エルンスト

現国王。赤紫色の瞳の最高権力者だが、なぜか散歩感覚で出歩いていた。

やたらとすみれすみれ言ってきたけど、たぶんコニーの心には全然刺さっていない。

かつて親交のあったスカーレットのことを今もまだ気にしている様子。

スカーレット・カスティエル

とりあえずデボラはあとで泣かす。

協力関係

コンスタンス・グレイル

誹刺激的な毎日に胃に穴が空きそうな十六歳。そろそろ切実に胃薬が欲しい。

敵視

アメリア・ホッブス

メイフラワー社の記者その1。癖の強い赤毛に緑灰色の髪。

なんかすぐマウントとってこようとしてくる。

オルダス・クレイトン

メイフラワー社の記者その2。冴えない眼鏡にぼさぼさな髪。

同僚のアメリアに振り回されている気弱な猫背男。

アビゲイル・オブライエン

公爵夫人。金髪に青い瞳のランドルフの遠縁。

美人ではないが愛嬌のある顔立ち。どこかの誰かさんみたいに気づいたら体が動いている脊髄反射タイプ。若い頃は誰かさんみたいにうっかり者だったらしい。

デボラ・ダルキアン

『黒蝶の君』と呼ばれる絵に描いたような悪女。

せっかく新しい玩具で遊べると思ったのにとんだ邪魔が入ってご立腹。

アビゲイルなんて大嫌い。

第六章　そして夜明けを告げる鳥が鳴く

The Holy Grail of Eris

珍しい訪問客がグレイル家にやってきたのは、それから二日後のことだった。

「コニー！」

そう言って応接間の長椅子から腰を上げたのは、ゴシップ好きの子爵令嬢ことミレーヌ・リースだった。顔を合わせるのは小宮殿《グラン・メリル＝アン》の夜会以来だ。ミレーヌはちょっぴり無神経だが意地悪ではないので、一応友人という区分である。

彼女は挨拶《あいさつ》もそこそこに文字通りコニーに飛びついてきた。

「コニー、あなた、アメリア・ホッブスといつ会ったの⁉」

「会ったというかむしろ今一番会いたくない人物だけどそれがどうした」

思わず真顔になる。嫌な記憶を思い出してしまったではないか。するとミレーヌはポシェットから何やら丸まった小冊子を取り出した。

「だって、記事になっているもの！　ほら、この子爵令嬢Cってあなたのことでしょう！　何で言ってくれないのよ⁉　私、彼女《アメリア》の大ファンなのよ――！」

ぽんぽんと投げつけられた言葉を反芻《はんすう》すると、コニーはゆっくりと首を傾《かし》げた。

「……記事？」

――その記事によれば。

曰《いわ》く、子爵令嬢Cは幼い頃から両親の理想を押しつけられ、また自身も周囲の期待に応えようとしてきたが、その反動で悪に傾倒するようになってしまった。

曰く、特にかの大罪人スカーレット・カスティエルに並々ならぬ執着を持ち、彼女の生き方に自身を投影した結果、ある夜会をきっかけにスカーレットの振る舞いを真似《まね》るようになる。そこでまんまと注目を浴びることに成功し、承認欲求が満たされたCは、次々と悪行を重ね、ついにはとある伯爵との婚約までこぎつけた。

曰く、しかし、その裏では夜会を操り、悪戯《いたずら》に参加者を争わせては自死するまで追いつめたり、人身売買に関わったり、さらには禁止されている幻覚剤を使って日々乱交を繰り広げているという――


――誰だ、これ。


コニーは額に手を当て低く呻いた。

「ちょ、これ、でたらめ……！　恐ろしいほどに、でたらめ……！」

「まあ、そうよねー」

ミレーヌはあっさりと肯定した。

「メイフラワー社の刊行物じゃないし、執筆者もアメリア・ホップスじゃなくてアンソニー・ハーディーになってたし。それってあまり大っぴらにできない記事を寄稿した時のアメリアの別名義なのよね。陰謀論とか。それに、そもそもコニーだしね。予想はしてたけど、うーん残念。ファンだったんだけどなあ、アメリア・ホップス。まさに働く女性の星って感じで。手本にしようと思ってたのに」

「手本？」

コニーが首を傾げると、ミレーヌは不思議そうな表情を浮かべた。

「あれ、言ってなかった？　私、将来は結婚せずに記者になろうと思っているのよ。第一希望はもちろんメイフラワー社」

「そう、なの……？」

「うん。数年前から父の事業が赤字続きでね。しかも困ったことに我が家には私も含めて未婚の娘がまだ四人もいるのよ。全員がお嫁に出たら持参金で破産しちゃうわ。だから、姉妹のうちの誰かが上級貴族のお屋敷で侍女として働くか、修道院に行くかって話だったんだけど」

何でもないことのようにあっさりと告げる。

「それなら私は好きなことをして自立したいと思ったのよね。リリィ様のお陰で貴族令嬢が外で働くことへの風当たりも弱くなったしーーってどうしたの？」

コニーは、ぽかん、と口を開けてミレーヌを見つめていた。

「……ミレーヌが、意外とちゃんとしてて、びっくりした……」

呆然《ぼうぜん》と呟《つぶや》くと、ミレーヌは豪快に噴き出した。

「だってあなたが言ったのよ、コンスタンス・グレイル。昔、私が噂話《うわさばなし》ばっかり追いかけてたら、そんなに好きなら記者にでもなったらどうなのって」

「いやだってそれは」

言った。確かに言った。覚えている。ドレスよりも砂糖菓子よりも噂話が好きな友人を揶揄《からか》って。でも、そんなの、他愛《たわい》のない冗談に決まっていたのに。

言葉をなくしたコニーを見て、ミレーヌは可笑《おか》しそうに噴き出した。

「わかってるわよ。でもね、あの時みんな私のことを白い目で見るばかりで、冗談でもそんなこと言う人はいなかったから――自分が認められたみたいで嬉《うれ》しかったの。

――――」

そう言うと、ミレーヌ・リースはひどく大人びた表情で微笑《ほほえ》んだ。


そんな、子爵令嬢Cの衝撃から数日がたったある日のことである。

その日、コンスタンス・グレイルはセシリア妃からの招待を受けてエルバイト宮に赴く手筈となっていた。

爽やかなライムグリーンのドレスに召し替え、自室へと続く階段を上り切ったところだった。

コニーは、そこで、何とも挙動不審な侍女長の姿を発見した。

マルタはコニーの部屋の扉の前に陣取ると、今まさにノックをしようかという姿勢で固まっている。その視線は手元にある白い封筒に落ちていた。しばらくすると意を決したように拳を握りしめ

――しかし、やはり迷いがあるのかそのままゆっくりと振り下ろす。そうしてまた封筒をじっと見つめてしまうのだった。

「……マルタ、なにやってるの？」

放っておくと延々と同じ動作を繰り返しそうだったので、恐る恐る声を掛けてみる。するとマルタはぎくりと肩を強張《こわば》らせ、焦った表情でコニーの方を振り返ってきた。

「い、いえ、これは……！」

「何の手紙――って、抗議表明？」

ひょい、とマルタが手にしていた封筒を取り上げてみれば、まるで警告文のように赤いインクでそう記載されている。その送り主は――

「市民団体すみれの、会……？」

読み上げながら次第に眉が寄っていく。まるで聞き覚えがない。訝しがるコニーに、マルタが諦めたようにため息をついた。それから言葉を濁しながら教えてくれる。すみれの会とは、平民が中心となって活動を行っている非営利団体のことだという。

「私が幼い頃からありましたし、一応、本人たちは人道主義を主張しているようなんですが……」

やっていることもよくわからないし、何となく得体が知れないので、渡していいものか躊躇《ちゅうちょ》していたのだという。

コニーは首を捻った。

「でも、なんでうちに抗議文が？　またお父様が何かやらかしたの？」

「いえ、ご当主様ではなく、今回は、その、コンスタンスお嬢様に……」

「私⁉」

予想外の答えに、思わず情けない悲鳴が飛び出した。いや、正直、全く心当たりがないのだが。まさか例の子爵令嬢Cがコンスタンス・グレイルのことだと噂になっているわけでもあるまいし——

「実は十年前に、公開処刑などというものは野蛮で非人道的な行為だ——と非難して廃止させたのがすみれの会なのです。もちろん発端となったのはあのスカーレット・カスティエルの斬首でした。それでほら、お嬢様、先日ゴシップ記事に載りましたでしょう？　あれでちらっとスカーレット・カスティエルについても触れられていたので、もしかしたらその辺りで——」

「バレてる——！」

コニーは叫んだ。赤毛の記者に捏造《ねつぞう》されたイカサマ記事の内容がぶわりと脳裏《のうり》に蘇《よみがえ》った。

主に乱交とか乱交とか、あとは乱交とかである。

「ち、違うのマルタ……！　あれはぜんぶ嘘《うそ》っぱちでね……！」

必死の体《てい》で詰め寄れば、今度はマルタが驚いたように目を見開いた。そして見る見るうちにその形相を幼い頃から見慣れた鬼のようなものに変えていく。

「当たり前じゃないですか……！　ここ数日お元気がないと思ったら、そんなことを心配されていたんですか……！」

コニーは思わずぱちくりと目を瞬かせた。マルタは恰幅《かっぷく》の良い体を怒りで膨らませながら、「例の三流出版社にはこのマルタがしっかりと怒りの投書を送っておきましたからね！」そう憤然と告げると、安心させるように思い切り胸を叩いた。

「う、うん」

「それより、すみれの会は噂ではかなり過激な手段も取ると言われている団体です。万一、外で声を掛けられても知らない振りをなさってくださいませ」

真剣な顔で告げられて、コニーも神妙に頷いた。

「わかった。気をつけるわ」


からりとした初夏の日差しが往来に降り注ぎ、街路樹の葉の隙間を縫うようにして地面に影を落としていく。チリチリと項《うなじ》が灼《や》けつくような感覚に、日傘を持ってくればよかったとコンスタンスは後悔していた。

「あたくし、キンバリー・スミスと申しますわ」

コニーの目の前にいるのは、やや小太りの中年女性だった。社交界デビューしたばかりのご令嬢が好んで着るような飾り襞《ひだ》がふんだんにあしらわれた桃色のドレスに、同じようにフリルたっぷりのピンクの日傘。その顔は分厚い白粉《おしろい》で塗り固められている。

彼女はキンキンと響く甲高い声でこう告げた。

「僭越《せんえつ》ながら、市民団体すみれの会の婦人部代表を務めておりますのよ」

コニーは静かに頭を抱えた。

——どうしてこうなった。

それは、あと半刻ほどでセシリアの用意した迎えが王城から来るかという頃合いだった。

仕度を終えたコンスタンスは、しかし、クローゼットの奥から引っ張り出してきた踵《ヒール》の高い靴に苦戦していた。今の季節にぴったりなライムグリーンのドレスには、この甲の部分が空いた涼やかな靴でないと駄目なのだとスカーレットが主張したせいだ。この靴の踵がまた、どんなじゃじゃ馬よりもお転婆だった。せめて迎えが来るまで履き慣らしておこうとコニーが考えたのも仕方のないことである。

もちろん邸内から出て散歩をするつもりは毛頭なかった。せいぜい屋敷を出て、庭から正門までの往復──その程度だ。

けれど、コニーが生まれたての小鹿のような足取りで正門付近までたどり着いた時、運悪く屋敷の様子を窺っていたひとりの女性と目が合ってしまったのである。

「こちらからのお手紙は読んで頂けたかしら？　スカーレット・カスティエルに憧れているお嬢さんって、あなたのことよね？」

門の向こうからキンキンと喚《わめ》かれては致し方なく、コニーはげんなりとしながら往来に出てキンバリー・スミスと対峙《たいじ》した。

「人違いです」

もちろん聞き入れられることはなかった。

「いいかしら、スカーレットはね、数多くの非人道的な行いを先導してきたのよ。彼女が粛清されてやっと物事が正しい方面に進もうとしていたのに、あなたの幼稚な行為のせいで多くの人の苦労が水の泡なの。言っている意味がわかるかしら？」

——うん、何だか。

コニーは心を遠くに飛ばした。

何だか、つい最近も同じような目にあった気がする。

アメリア・ホッブスといい、キンバリー・スミスといい、どうやらこの頃コニーに絡んでくる人間は、揃いも揃って難聴傾向にあるらしい。季節の変わり目だからだろうか。

「それに、幻覚剤を使うなんて——」

キンバリーが汚らわしいものでも見るように目を細めた。

「まさか、ジャッカルの楽園ではないでしょうね？」

——ジャッカルの、楽園？

「とぼけるつもり？」

さすがにコニーは眉を寄せてきっぱりと答えた。

「幻覚剤なんて見たことも使ったこともありません。信じて頂けないのは残念ですが」

「残念？　あなたね、そもそも、どうして貴族の言い訳が平民に信じてもらえると思うの？　あなた方なんて、我々平民を人とも思わない差別主義者の集まりのくせに——」

どうやら話は長くなりそうだった。頭を抱えていると、ふいに、聞き覚えのある声が会話に割り込んでくる。

「――なら、私の両親も差別主義者ですか？」

はっとして振り返れば、ふわふわのマロンブラウンの髪に、同じ色の瞳を持つ少女が立っていた。ケイトだ。いつだって楽しそうに笑う料理上手な女の子は、今は感情の抜けた表情でキンバリー・スミスに向き合っていた。

「私は男爵家の人間ですが、母はキッチン・メイドをしていました。それでも？」

まっすぐな視線に、キンバリーが困惑したように眉を寄せる。

「……確かあなた、ケイト・ロレーヌさんよね。もちろん、噂には聞いているわ。あなたのご両親は、そうね、違うわ。その――そう、立派な方よ」

「立派？　なぜ？　母が平民だから？　父が平民を選んだから？　その発想こそ差別だわ」

そう告げた声はひどく静かだった。

「だって私はずっと、貴族の集まりでは平民の血を引く卑しい娘と蔑まれて、町に行けばお貴族さまのくせにと疎《うと》まれてきたんだもの。貴族であろうと平民であろうと、自分とは違うと言う理由で爪弾《つまはじ》きにされるのは変わりなかったわ」

ケイトは責めるでも嘆くでもなく、ただそこにあった事実を読み上げるように言葉を続けていく。

「でも、そこにいるコンスタンス・グレイルは、一度だって、私をそんな風に扱ったことなんてなかった。当たり前のように、ただのケイトとしてつき合ってくれた。それがどれだけ得がたいことか、あなたにわかる？　どれだけ救われてきたか、あなたに想像がつく？　きっと、わからないでしょうね。だってあなたは――」

ケイトの瞳がキンバリーを捉えた。

「あなたは、平民から差別されたことがないんだもの。貴族だからという理由だけでコニーを責めるあなたこそ、頭でっかちで、自分の見たいものしか見ない、ひどい差別主義者よ」

とうとうキンバリーがたじろいだ。ケイトの声は大きくはないが、決して小さくもない。まだ陽《ひ》は高く、往来には人通りがあった。己に向けられる好奇の視線に気づいたのか、彼女は取り繕《つくろ》った笑みを浮かべた。

「お互いに、色々と誤解があるようですわね」

それからわずかに悔しそうな色を滲ませて、コニーを睨む。

「今日のところは、これで失礼致しますわ」

そう言ってそそくさと去っていく桃色の背中を眺めながら、ケイトがぽつりと呟いた。

「あんな三文記事を信じるなんてどうかしてる」

それからゆっくりとコニーに視線を寄越した。その顔には、まだ、いつもの笑顔はない。

「アルスター伯爵と婚約したって、本当？」

思わず息を呑み込んだ。その反応を見て、ケイトが傷ついたような表情になる。

「……本当なんだ。何も言ってくれないのね。確かにコニーが話すのを待つと言ったし、その気持ちは今でも変わらないけど――それでも、傷つかないわけじゃないのよ」

その言葉に、コニーは何も返すことができなかった。言い訳すらもできなかった。だって、何が言えるというのだ。

何を言っても、巻き込んでしまうかもしれないのに。

呆然と立ち尽くしていると、ケイトが自嘲気味に微笑んだ。

「やっぱり」

「ケイト――」

「もう、いい」

感情のこもらない声がコニーの言葉を遮った。

ケイト・ロレーヌは無言のままくるりと背を向け、今来た道を戻っていった。


程なくして、エルバイト宮から迎えの馬車がやってきた。

コニーは豪奢な車内の隅で膝を抱えて項垂《うなだ》れていた。ケイトのことを考えると自己嫌悪でどうにかなってしまいそうだ。組んだ両手を目元に押し当て俯《うつむ》いていると、コニーコニーと何だかやたらとスカーレットが話しかけてくる。適当に返事をしていたら、また呼ばれた。

『ねえ、コニー』

「今度はなに……」

『そう言えば、今ってジャッカルの楽園は禁止されているの？』

「そもそもジャッカルの楽園自体知らないし……」

『十年前に流行《はや》っていた幻覚剤のことよ。副作用も少なくて、すぐに楽園に行けるっていう触れ込みで、とっても人気があったのに』

コニーはぱちくりと瞬きすると、がばっと顔を上げた。

「——現在では幻覚剤の使用は全面的に禁止されています。使っちゃダメ、ゼッタイ」

見た目だけは極上品の不良娘にそうきっぱりと念押ししておく。するとスカーレットは、その瑞々《みずみず》しい唇をつんと尖《とが》らせた。

『あら、つまらない』

「スカーレット……！」

『だって、わたくしの時代では合法だったんだもの。みんな使っていたのではないかしら？　でも残念なことに、わたくしは体質的に合わなかったのよね。あの花の蜜を煮詰めたような甘ったるい匂いが苦手で。ああそうだわ、ジャッカルの楽園といえば——』

スカーレットの言葉を遮るように、がたん、と馬車が動きを止めた。馬が嘶《いなな》く。ややあって、よく通る御者の声が宮殿への到着を告げた。

「——グレイル嬢」

王城の正門で手続きを終えてそのままエルバイト宮に向かおうとすると、黒い軍服姿の青年から声を掛けられた。もちろん、ランドルフ・アルスターである。セシリアからの「良ければ婚約者《ランディ》もご一緒に」という風が吹けば飛んでいくように軽い招待を受け、彼もまた、仕事の合間を縫って茶会に付き添ってくれることになっていたのだ。

久しぶりの再会に何だか体に妙な力が入ってしまう。

「あ、あの……！　先日はありがとうございました……！」

つっかえながら告げると、ランドルフはきょとんと首を傾げた。

「何の礼だ？」

――もう何度目かとなるこのやり取りにコニーは一瞬目を丸くすると、そのままへにゃりと口元を緩めた。するすると緊張の糸が解けていく。

「デボラ・ダルキアンの査問の件です。オブライエン公爵夫人から聞きました。その、閣下が頼んで下さったって」

「ああ、アビゲイルか。デボラ・ダルキアンは笑いながら白を黒だと断じるタイプだからな。正論などは通じないんだ。対処するには同じくらいの力技でいかないと。ああ見えてアビゲイルはデボラに引けを取らない派閥を持っている。面倒見もいいしな」

それに、とこちらに視線を寄越す。

「アビーは、君と少し似ているだろう？」

ランドルフの顔はいつも通りの無表情だが、その紺碧の双眸には、どこか揶揄うような色が浮かんでいる――気がする。

「似て、ますかね……？」

コニーは逆立ちしたってデボラ・ダルキアンとあんな風にやり合えないが。いったいどこが似ていると言うのだろう。うーんと首を捻っていると、スカーレットがどうでも良さそうに口を開いた。

げせぬ。

『パッとしない顔じゃない？』


エルバイト宮に向かうため、噴水を中心とした左右対称の迷路のような庭園をランドルフと歩いていると、どこからか怒鳴るような声が聞こえてきた。

驚いて視線を向ければ、一区画ほど先で神経質そうな顔立ちの壮年の男性が息子ほどの年齢の若者たちを強い口調で詰問していた。内容までは聞き取れないが、叱責を受けている相手側は、皆、かわいそうなくらい青ざめてしまっている。

「……レヴァイン上級外交官か」

ランドルフが呟いたので、コニーは顔を上げた。

「ケンダル・レヴァイン。ファリスからの特使だ。周りにいるのは彼の部下だろう。見たことがある」

なるほど、とコニーは頷いた。つい先日エルバイド宮殿でエンリケが「到着が遅い」と立腹していた相手のことか。どうやら無事に宮殿内に滞在しているようだ。

取り込み中のようだが挨拶でもした方がいいのだろうかと考えていると、ケンダル・レヴァインがこちらに気がついた。薄い鳶色《とびいろ》の瞳に、これまた薄い灰色の髪――そして、その生え際は残念なことにだいぶ後退してしまっている。

彼はこちらの視線に気づくとさっと声を潜めた。それから部下に顎《あご》で合図をすると、そのまま人目を避けるようにして緑の芝で作られた垣根の向こう側へと移動してしまう。

――なんだ？

『あら、ずいぶんね』

スカーレットが剣呑《けんのん》な声を上げた。

『わざとらしく、こそこそ隠れたりなんかして。いったい何を話しているやら――わたくし、ちょっと行ってくるわ』

「えっ⁉　ちょ、スカーレットやめなさいって……！」

もちろんコンスタンスの制止なんて聞くはずもなく、スカーレットはふわりと舞い上がるとそのまま垣根の向こうへと消えていってしまう。コニーは頭を抱えた。

「どうした？」

その様子を見ていたランドルフが怪訝そうに首を傾げる。

「いえ、その、スカーレットが――」

コニーは額に手を当てながら話しかけたが、ふいに言葉をとめた。死神閣下にはスカーレットのことは話してある。でも。

――でも、信じてくれているんだっけ？

あの紺碧の双眸に嘲笑や猜疑《さいぎ》の色が浮かんでいたらどうしよう、と恐る恐る顔を見上げれば、そこにはいつもと全く変わらぬ雲ひとつない青空のような瞳があった。

「スカーレット・カスティエルが、どうした？」

コニーは思わずぱちくりと目を瞬いた。

「ええと……レヴァイン外交官たちの話を盗み聞きしてくる、と……」

ああ、とランドルフは頷いた。

「やりそうだな」

何でもないことのようにそう言って特使たちの方に視線を移す様を、コニーはぼんやりと眺めていた。

「……グレイル嬢？」

「あ、いえ……」

おそらく己はひどく間の抜けた表情でも浮かべていたのだろう。ランドルフが不思議そうにコニーを覗き込んでくる。何だかひどく落ち着かない気持ちになった。


『どうも、あいつらの連れのひとりがいなくなったみたいね』

戻ってきたスカーレットは、彼らの会話が思ったような内容ではなかったのか首を捻っていた。

『ユリシーズ、と呼んでいたようだったけど。だいぶ焦っているみたいよ。誰だか知らないけれど、傍迷惑なやつねえ』

それきり興味を失ったように肩を竦める。

「何かわかったか？」

おそらくコニーの態度からスカーレットが戻ってきたことを察したのだろう。ランドルフが訊ねてくる。コニーは今聞いた話を説明した。

「レヴァイン外交官たちと一緒にやってきたユリシーズという方が見当たらないみたいです」

ぴくり、とランドルフの眉が跳ね上がる。

「ユリシーズ?」

「ご存知ですか?」

「いや、アデルバイドに来ているとは知らなかったが――」

紺碧の双眸が何かを思案するように揺らぎを見せた。

「姿が見えないというだけであの老獪《ろうかい》な男があれほどの怒りを表したのであれば、相手はひとりしかいないだろうな」

言いながら、彼らが先程までいた方角に向かって厳しい視線を向ける。

「ユリシーズ・ファリス。――ファリスの第七殿下だ」


史実によれば、滅亡した大ファリス帝国の皇族は彼《か》のコーネリア・ファリスを除いてすべて処刑が確認されている。

しかし、もともとがひどく血統に執着してきた国でもある。そのため反乱《クーデター》の御旗となったのも、降嫁してきた皇女を母に持つ公爵家の青年だった。

亡き皇族の血を引く青年は、帝国が解体されると同時に新王として擁立された。こうして新生ファリス王家は新たな産声を上げたのだった。

そして、その貴き血脈は今に至るまで連綿と受け継がれている。

「ユリシーズ、殿下……？」

「ああ。確か御年九つになられるはずだ」

ランドルフは難しい表情を浮かべていた。コニーも思わず眉を寄せる。

スカーレットだけが、この状況にあまり関心を覚えていない様子で、コニーの肩ほどはある背丈の垣根に腰掛けていた。

『九つならまだ子供でしょう？　どうせ迷子にでもなってるんじゃなくて？』

アデルバイドの王城は広大だ。ふたつの離宮を建てても尚《なお》余りある敷地面積を有している。九つであれば、おそらくまだ自由に遊びたい盛りだろう。確かにその可能性は充分にあった。

「でも、いつから姿が見えないんだろう……」

『昨日からですって』

「……ん？」

『あの薄らハゲが言うには、少なくとも昨日の夕刻にはすでに姿を消していたそうよ』

「……んん？」

『なによ？』

「いやもうそれ確実に迷子じゃないよね……！　ぜったい何かあったよね……！」

慌ててランドルフに伝えれば、眉間の皺がさらに深くなった。

「昨日？　だとしたら、ファリス側はなぜ何も言ってこないんだ？　そもそもこちらは第七殿下《ユリシーズ》が今回の訪問に参加しているとは聞いていない。それに、もともと来る予定になっていたのは第五殿下のジェロームだったはずだ。出国直前で体調を崩し療養を余儀なくされ、その対応のためにこちらへの到着が遅れたと聞いていたが……」

紺碧の双眸をわずかに目を細めると、険しい顔のまま振り向いた。

「すまない、グレイル嬢。俺はこれから一度――」

「憲兵局に戻られるんですよね？」

コニーが言葉を引き取ると、ランドルフは、ぱちくりと目を瞬かせた。その意外な反応にコニーも面食らう。

「……違いました？」

「いや、そうだが……」

「ならすぐに行かないと！」

こんなところでかまけている暇はない。相手は九つの子供である。どうしても幼い弟《レイリ》の姿と重なってしまう。何があったか知らないが、さぞかし心細い思いをしているに違いない。できるなら、早く見つけてあげてほしい。

「……ああ。グレイル嬢も、セシリアには」

「気をつけます」

コニーはしっかりと頷いた。

「節穴にならないように目を凝らして、がんばって足元を掬《すく》われないようにします。でも無理かもしれないから、いざとなったらアビゲイルさんの虎の威も借りるし、それでも駄目なら閣下の名前を盾にします。それでも、ぜんぜん、敵《かな》わないかもしれないですけど……」

言いながら、最初の勢いが萎《しお》れていく。最終的に云々《うんうん》と唸《うな》っていると、ふっと噴き出すような気配があった。

（え……？）

弾かれたように顔を上げると、そこにはいつも通りの無表情があるだけだった。

けれど、常よりかは幾分その目元を和らげて、ランドルフ・アルスターは口を開いた。

「――上出来だ」

『あいつらの話を総合すると――』

ランドルフがいなくなると、コニーもエルバイト宮へと向かうことにした。道すがら、人目を盗みながらスカーレットと会話を交わす。話題はもちろん先程の一件である。

『その子供が昨日まで宮殿内にいたのは確かよ。昨日、ということは九日ね。ちなみにその日、正門の記帳台の帳簿には公式な訪問客の記載はなかったわ』

「へ？　なんでわかるの？」

『なんでって、さっき正門で手続きをしたじゃないの。コニーこそ覚えていないの？　実際に記帳したのはお前でしょう？　同じ頁《ページ》に昨日の分も載っていたわよ。わたくしは後ろからのぞき込んでいただけ』

「なるほど……」

　相変わらず化け物じみた記憶力である。

「ということは誰かが王宮に忍び込んで……？」

『この厳重な警備の目を盗めると思う？　先日も思ったけれど、城内の警備体制は十年前よりかなり物々しくなっている気がするわ。というより、いつもこんなに衛兵がいるの？　それともファリスから特使が来ているから？　でも、それにしたって――』

　コニーはわからないと首を振った。王宮になど滅多に来ない。警備の数は多いが、そういうものだと思っていた。

『……十年で、だいぶ変わるのね』

　スカーレットは思い出に沈み込むようにぽつりと呟いた。視線を向けると、取り繕うように完璧な笑みを返される。

『でも、わざわざ侵入という危険を冒さなくても他にいくらでも方法はあるわよ。別に正門から入らなくってもいいんだから』

「え？　どうやって？」

　コニーが驚いていると、スカーレットが、バカね、と呆れたように唇を曲げた。

『王宮内に掃いて棄てるほどある食べ物やドレスが空から降ってくるわけないでしょう？　それに誰かを個人的な要件でこっそり呼び出したい場合にわざわざ正門をくぐらせるのは煩わしいでしょう？　――出入り業者用の通路があるに決まっているじゃない』

「贈答品、ですか？」

王宮の裏手に位置する小さな門。正門と比べると質素な佇《たたず》まいの帳場に顔を出したコニーは、眉を下げて困ったように受付の男に声を掛けた。

「ええ。セシリア王太子妃から茶会の招待を受けたので、選りすぐりを用意していたんです。ただ、かなり嵩張《かさば》るものでしたので、業者に頼んであらかじめ王宮に送っておいたのですが……」

「申し訳ないのですが、そういった類《たぐい》のものはおそらく正門の方でしょう」

対応に当たったのは、真面目そうな眼鏡の男性だった。もちろんその返答は予想済みである。

——もちろんコニーではなく、スカーレットが。なので、取り乱すことなく言葉を続けた。

「実は、すでにあちらの方には届いていないと言われてしまいまして。受付の方————ええと、ジャネットさん、だったかしら——その方が、もしかすると手違いでこちらに来てしまっているのではないかって」

そう言われたのは本当である。そのために、わざわざ一度、正門にまで戻ったのだ。今と同様の質問をして、荷物が届いていないと言われた瞬間、床に両手をついてこの世の終わりだと言わんばかりに嘆いてみせた。そんなコニーを見かねて——と言うより追い出したくて——善良な事務員殿はそう提案してくれたのだった。

「ジャネットが？」同僚の名が出るとは思わなかったのか、眼鏡の男性が顔を上げた。

「……そういうことでしたら、一応調べてみましょう。特に申し送りもなかったので可能性は低いと思いますが。いつですか？」

「九日です」

男が机の引き出しから台帳を取り出した。スカーレットがふわりと飛んで、その背後でにんまりと頬杖をつく。

「九日、九日……ああ、これか。やはりグレイル家の贈答品は受け付けていないようですね。大変申し訳ないのですが、こちらとしてはこれ以上どうすることもできません。依頼をされた業者の方にもう一度確認なさってみてください」


エルバイト宮には定刻ちょうどに到着した。王太子妃付きの侍女に先導されながらセシリアの自室に向かっていく。

「……それで、何かわかった？」

長い廊下で声を潜めながら訊ねれば、スカーレットがそっとコニーの耳元に口を寄せた。

『食肉卸業者、仕立屋、宝石商。色々いたけれど、一番怪しいのは――ソルディタ共和国の商人バド』

悩まし気な吐息とともに、言葉が落とされる。

『とりあえずこの男から調べましょう？　だって、ちょうどいいもの』

コニーを見下ろしながら、スカーレットは嫋《たお》やかに首を傾げてみせた。

着きました、と妙齢の侍女が静かに告げる。外から伺いを立てれば、室内から底抜けに明るい声が聞こえてきて入室を許された。

扉がゆっくりと開かれていく。その瞬間、スカーレット・カスティエルは花が咲き誇るように艶《あで》やかに微笑んだ。

『男の訪問先はエルバイト宮。セシリアに会いに来ていたわ』

「いらっしゃい！」

満面の笑みで客人を出迎えたセシリア王太子妃は、しかし、コニーの傍らに誰もいないことに気がつくと愛らしく首を傾げた。

「ランディも一緒に来るって聞いていたけれど、違ったの？」

閣下は急な仕事が入ってしまったようだとコニーが謝罪すれば、セシリアは寸の間その表情を消した。しかしすぐに「大変ねえ」と穏やかな笑みを浮かべると、優雅な仕草でコニーを室内へと誘った。

「さ、かけてかけてー！　この部屋にお客さまなんて久しぶりだもの！」

勧められるがままに来客用の椅子に腰を落とす。

品の良い調度品が設えられた室内はひどく奇妙だった。天井からは異国情緒溢《あふ》れる色彩豊かな幾何学模様のランタンがいくつも釣り下げられており、壁には千花模様の綴織《タペストリー》や怪しげな木彫りの面が飾られている。その他にもコニーが見たこともない品物がそこかしこに置かれており——思わず目を丸くしていると、どこか得意そうに声を掛けられた。

「珍しいでしょう？　大陸全土から集めたのよ。と言っても、頑張ったのは私じゃなくて商人だけどね」

セシリアはにっこりと微笑んだ。商人、という言葉にコニーはわずかに身構える。

「……優秀な、方なんですね」

「ほら、ソルディタの人って陽気でしょう？　とーってもつい話がうまくてついつい余計なものまで買っちゃうの」

「よくいらっしゃるんですか？」

その問いには沈黙が落ちた。セシリアはゆっくりと首を傾げ、おっとりと口の端《は》を吊り上げた。

「――そうね。昨日も来たわ。大きな葛籠《つづら》を背負いこんで、ラフィーナ地方の絨毯《じゅうたん》を見せに来たのよ。でも、それが、どうかしたの？」

その無垢な表情には動揺など微塵もない。それが返って恐ろしくて、コニーは思わず押し黙る。

ややあってから、セシリアが、あらやだ、と殊更に明るい声を上げた。

「ごめんね、お茶が冷えちゃう」

四隅に見事な飾りが彫られたガラス天版のテーブルの上には、もくもくと湯気を上げるティーポットがふたつある。セシリアはその片方を自分の方へと寄せた。

「これはね、私専用」

そう言ってにっこりと微笑んでみせる。

「知っていると思うけど、私、幼い頃は本当に体が弱かったの。こうして人並みの体を手に入れられたのはこの特別な薬草のお陰。だからごめんなさい、私、飲み物はいつもこれって決めているの。薬みたいなものだから、コニーのは普通の紅茶ね」

「……薬草茶？」

「そう。遠い東方のもので、バドに無理を言って定期的に取り寄せてもらっているの。あ、バドっていうのは私が懇意にしている商人のことよ」

言いながら、手慣れた仕草で自らお茶を注いでいく。コニーは静かに口を開いた。

「――申し訳ありません、妃殿下。私、勘違いをしていました」

「勘違い？」

セシリアが薔薇色《ばらいろ》の瞳をきょとんと瞬かせる。

「はい。妃殿下がかつて毒を仕込まれたのは有名なお話ですから。それで、日頃から警戒されているのかと」

陶器に注がれた明るい赤色から、ふわりと癖のある匂いが香る。甘さのない、芽吹いたばかりの若葉のような青い匂いだ。

「――それは、スカーレット・カスティエルのこと？」

セシリアの声はひどく平坦《へいたん》だった。

「当時のあなたはまだ子供だったと思うけど、ずいぶんと知ったような口を聞くのね？」

一切の乱れを面に出さず、彼女は口元に笑みを浮かべた。ただし、淡い色合いの双眸は冷ややかにコニーを見据えている。

「いいえ、ほんの噂程度です。かの大罪人スカーレット・カスティエルが、妃殿下を毒殺しようとしたと」

「じゃあ、教えてあげる。スカーレットはね、あの日、うちに乗り込んできたのよ。先触れもなくね。エンリケが、彼女と一緒に行くはずだった観劇を断って私のもとに来ていたから。熱を出して寝込んでいた、私のお見舞いにね。虚仮《こけ》にされた彼女はひどく怒っていたわ」

思わずスカーレットを見れば、彼女は無表情のままセシリアを見下ろしていた。

「屋敷の水甕《みずがめ》のひとつに毒が仕込まれていたことに気づいたのは、その日の夜のことだった。間抜けなことに、死んだのは私じゃなくて飼っていた観賞魚だったけど。たまたま侍女が水槽の水を入れ替えてくれたから私は助かった。水甕の傍《そば》には彼女の耳飾りが落ちていて、彼女の自室からは使いかけの毒瓶が発見されたわ。その後のことは知っての通りよ。彼女は、その罪によって処刑された」

そこまで淡々と告げると、一転して痛ましげに目を伏せた。

「でも、婚約者がいるとわかっていてエンリケを愛してしまったのは私の罪ね。だからきっと、今、その罰を受けているんだわ。御子が生まれないのは私のせい。エンリケも災難よね。私に気を使って側室の打診も断ってくれる。弟君のジョアン殿下がいるだろうって。ほら、あそこは王子はもちろん、姫君も誕生されているから。子爵家の娘が産んだ子が世継ぎになるよりずっといいでしょう?」

「そんなことは……」

「いいえ、そういうものなのよ。エンリケはね、いずれ何かしらの理由をつけて継承権を放棄するつもりでいるの。昔からそのつもりだったのよ。小さな領地をひとつ賜って、そこで静かに暮らそうって」

そこでコニーの表情に気づくと、言葉をとめて苦笑した。

「以前から公言している話よ。もちろん、快く思わない方々もいるけれど」

『――相変わらず話のすり替えがお上手だこと』

ふいに、心底つまらなそうな声が落ちてきた。

『いつだってのらりくらりと話を躱《かわ》して、ほんと、面の皮が厚いったら。まあ、相当嫌われているようだけど』

スカーレットはそう言うと、愉しそうに嗤った。意味がわからず、コニーは目線で続きを促す。

『だってさっきから薬草茶《それ》から嫌な匂いがするんだもの。たぶん子流しの毒が入っているわ』

――毒？

『間違いないわよ。手癖の悪い御婦人方が火遊びをなさる前に飲んでいたものの匂いとおんなじ。頓服程度ならともかく、常用となれば内臓はぼろぼろになるし下半身に血の塊ができやすくなるはずよ。体は氷のように冷たくなるし浮腫《むく》みはでるし、それでけっきょく血の流れが滞って心臓がとまった方もいたわねえ――』

恐ろしい言葉にコニーがぎょっとしていると、セシリアが白磁に青い花弁が描かれたカップの縁に口を近づける。思わず「ああっ！」と悲鳴が飛び出た。セシリアの手がぴくりととまる。

「……なあに？」

コニーは、はっと迂闊《うかつ》な口元を押さえたが、もちろんそれで誤魔化されるほど目の前の人物は甘くはない。

「薬草茶《これ》が、どうかしたの？」

「……ええと」

目が泳ぐ。スカーレットがため息をついた。

「いえ、その、薬草茶、ということは、いっぱい、薬草が入っている、のかなあと……」

「そうなんじゃない？」

「も、もしかすると、入っている成分によっては、体調を崩されることもあるんじゃないのかなあ、なんて……。その、妃殿下は、先日お会いした際もずいぶんとお手が冷えていらしたので――」

「やだ、コニー」

セシリアは親し気な口調でコニーの言葉を制した。

「正直に話して？　可能性の話じゃなくて、実際に入っているものの正体に確信があるんでしょ？あなたってすっごくわかりやすいもの。そうね、見た目で気づいたわけじゃなさそうね。それなら最初の時から態度に出ているはず。かといって飲んでもいないのに味がわかるわけもない。となると――まさか、匂い？」

撃沈だった。

「ああああああの、教えてもらったことがあるんです！　に、匂いも一緒に！　その、詳しい知人がいて……！」

「ずいぶん博識なお友達を持っているのね。それは信用に足る人物なの？」

躊躇《ためら》ったのは一瞬だった。コニーはセシリアに向き直ると、きっぱりと告げた。

「……はい」

「よくないものなのね？」

こくりと神妙に頷く。

「そう。虚偽であれば相応の対価を支払わせるわよ。まあ、でも、言われてみれば同じものだからと特に調べたことはなかったわ」

セシリアは興味深そうに呟くと、おもむろに後ろを振り返った。それから控えていた数名の侍女に静かに命じた。

「お前たちも聞いていたわね？　――すぐに薬草に詳しいものを呼んでちょうだい」


やってきた専門家から成分の同定を行うには数日かかると言われ、コニーは離宮を後にした。

『バカねえ』

人目がなくなると、スカーレットが呆れたように口を開いた。

『放っておけば良かったのに。これでお前まで目をつけられたわよ』

「……でも、知らずに毒を飲んでいる人を放っておくわけにはいかないし」

『あら、わたくしがでたらめを言ったかもしれないわよ？』

「スカーレットは確かに嘘つきだけど――」

コニーは困ったように眉を下げた。

「それでも、嘘をついているかどうかくらいはわかるもの」

『……お前、やっぱり最近生意気だわ』

スカーレットは一瞬だけ面食らったように瞳を見開くと、すぐに頬を膨らませた。

『だいたいあの腹黒はわたくしの復讐《ふくしゅう》相手かもしれないじゃないの！　わざわざ敵に塩を送ったりなんかして！』

「でも、違うかもしれないでしょう？　証拠はないわけだし。妃殿下が死んじゃったらそれもわからないじゃない」

むう、とスカーレットが珍しく言葉を呑み込んだ。それから諦めたようにため息をつくと、話題を変える。

『――例の商人は廿楽を背負っていたと言っていたわね。小さな子供なら隠せるわ。あらかじめ気を失わせてしまえば暴れる心配もないでしょうし』

そう言うと、ふん、と鼻を鳴らす。

『まあ、確かにこれだけじゃ、あの腹黒が関係しているかわからないわね。だいたい気づかず子流しの毒を飲まされている間抜けだもの。体よく利用されただけかもしれないし。もう少し調べてみましょう』

そうしたいのは山々だが、いかんせん方法が浮かばない。困ったように眉を寄せるコニーを見て、スカーレットは何でもないように言葉を続けた。

『よく言うでしょう？　針子のことなら仕立屋に、歌姫のことなら劇場の支配人に訊いてみろって。だったら、商人のことなら同業者に訊くのが一番じゃなくて？』

何の話だ？　と疑問を込めてスカーレットを見上げれば、彼女はあっけらかんと言い切った。

『まだわからない？　ニール・ブロンソンがいるじゃない』

コンスタンス・グレイルはアナスタシア通りにあるブロンソン商会の本店に来ていた。店の軒先には城下の振興組合の一員であることを示す月桂樹《げっけいじゅ》の印章が入った紋章旗が吊《つ》り下がっている。

ニールの謹慎はまだ完全には解けていないが、仕事はさせてもらえるようになったと聞いている。急な訪問だったが受付の女性に面会を希望すると、しばらくしてから奥の事務室へと通された。店内には活気があり、従業員の顔にも影がない。例の不買騒動は落ち着いたようだ。

「久しぶりだね、コンスタンス」

洒落《しゃれ》者だったニール・ブロンソンは、いつの間にか実直そうな若者に宗旨替えしていた。何の刺繍《ししゅう》もない生成りのシャツに、至ってシンプルな灰汁色のズボン。以前は緩く流していた髪も短く刈り上げている。驚きが顔に出てしまったのだろう、ニールが苦笑した。

「似合わないかな？」

「ご、ごめんなさい。そうじゃなくて、その、意外で。ええと、それが最近女性に人気のスタイルなの？」

「いや、もう、当分女性はいいんだ……」

そう言うと、ニールは心をどこか遠くに飛ばしてしまった。スカーレットが真顔のままぼそりと呟く。

『食われたわね』

コニーはそっとニールから視線を逸《そ》らした。キュスティーヌ夫人こわい超こわい。

お互い軽い近況報告を済ませ、コンスタンスが、詳しいことは言えないがソルディタ共和国の商人について知りたいことがあるのだ――と伝えると、ニールはすまなそうにこちらを見てきた。

「……ごめん。ブロンソン商会はソルディタ共和国へのパイプがないんだ」

間髪入れずにスカーレットが『この三下商会……！』と暴言を吐いた。コニーも肩透かしを食らったような気持ちで目を瞬かせる。その反応は予想済みだったのか、ニールは表情を変えずに「だから――」と続けた。

「彼と面会できるように紹介状を書くよ」

「……彼？」

コニーはこてんと首を傾げた。

「ああ。成り上がり者だけど、実力は折り紙つきだ。王都中の商会が束になっても彼の手腕には敵わないだろう」

話しながら、インクを浸した羽ペンをさらさらと動かしていく。書き終わると炙《あぶ》った赤い蠟《ろう》を封筒の蓋に垂らし、その上からブロンソン商会の印璽《いんじ》を押した。

「――海運王ウォルター・ロビンソン。君も、名前くらいは聞いたことがあるだろう？」

※

「いやあ、びっくりしましたよ」

　年の頃は三十代後半。よく日に焼けた肌に大きな身体。絵本に出てくる海賊のように凶悪な人相。子供が見たら一瞬で泣き出してしまいそうな風貌の男は、コニーと型通りの挨拶を交わすと、その恐ろしい顔をくしゃっと歪めた。そうすると目尻が下がり、人懐っこさが滲み出てくる。まるで少年のような笑い方をする人だ、とコニーは思った。

　――ウォルター・ロビンソン。貧民窟から裸一貫でのし上がり、一代で財を築き上げた男。彼の戦場は主に海上で、それまでアデルバイドと交流のなかったいくつかの国との貿易航路を開いた功績から士爵位を賜っている。

「まさか伝統あるブロンソン商会が、うちみたいな新参者に頭を下げる日が来るとは思ってもみなかったなあ。まあ、あそこの坊ちゃんの独断でしょうが」

　そう言うと、また豪快に笑った。

　自身の名を冠した【ウォルター・ロビンソン商会】は、国外にも支店を構え、社交界に疎いコニーですらその名を知っている上級貴族御用達の商事会社である。貴族とはいえ、子爵程度のグレイル家なんて相手にもされないかと思っていたので、コニーはこっそり安堵のため息を吐いた。

「あの、今日はわざわざ時間を取って下さって本当にありがとうございます」

「何をおっしゃいますか。礼を言うのはこちらの方だ。ブロンソン商会は規模こそ小さいけれど准貴族の看板を三代続ける老舗《しにせ》ですよ。この歴史って奴《やつ》だけはこっちが逆立ちしたって敵いませんからね。貸しを作れるなら万々歳ってわけです。――あとは純粋に、あなたには、一度、お目に掛かってみたかったので」

茶褐色の双眸が楽しそうにくるりと回った。

「実は、私の一番のお得意先はオブライエン公爵家でしてね。つい先日、アビゲイル様からあなたのお話を聞いたばかりだったんですよ。妹みたいな子だから何かあったらよろしくね、と」

コニーは瞳を瞬かせた。

「あの人は面倒見がいいですから。たまに、こちらが心配になるほどに。――さて、この手紙によれば、私に聞きたいことがおありのようだ。どうぞ何でも聞いてください。あなたの力になったといえば、オブライエン夫人は喜んで涙真珠の首飾りでも月蚕のドレスでも買って下さるでしょうからね」

そう言うと、茶目っ気たっぷりに片目を瞑《つむ》ってみせる。どうやらウォルター・ロビンソンという男は、その海賊を思わせる豪放な見た目を裏切り、ひどく人好きのする性格のようだった。

「……ソルディタ共和国の商人バド、ですか。そんな男は聞いたことがないですね」

しかめっ面で腕を組んだまま、ウォルターは首を捻った。

「ただ、あの国の少数民族と言うのであれば、南方にあるカニエリ自治区の人間でしょう。彼らは秘密主義だからこちらが存在を知らなくてもおかしくはない――が、ラフィーナ地方の絨毯か。我々も取り扱っているのですが、あそこの人間は皆職人気質でしてね。組合が認めた人間にしか品物を卸さないから、扱える同業者は限られてくるんですよ。もちろん商売敵になるわけですから、他の連中がどこの国のどんな商会かも大抵把握しているんですが――」

確か自治区の人間はいなかったはずだ、と唸りながら顎に指を当てる。

「それに、いくらなんでも宮殿に出入りできるような人物を一度も耳にしたことがないというのは不思議な話だ。こちらでも少し調べてみましょう。何かわかれば使いを送りますよ」

そう言って、傍で控えていた秘書らしき人に何事《こと》かを言づける。

さてそろそろお暇《いとま》しようかと立ち上がった瞬間、あ、とコニーは声を上げた。それから、おずおずと口を開く。

「あの、あと、子流しの薬についても聞きたいんですが……」

「子流し？」

ウォルターが不思議そうな顔をしてコニーを見る。その視線が、つ、と腹の方へと移動した。

「わ、私じゃなくて……！」

青ざめながら叫ぶと、ウォルター・ロビンソンは、ぶはっ、と思い切り噴き出した。

「冗談ですよ。失礼しました。いやあ、アビゲイル様が気に入るのもわかるなあ。それで、ええと、堕胎《だたい》薬でしたっけ？　まあ、それ自体は需要があるので比較的どこにでもあると思いますがね。どういったものを？」

「ええと、お茶として飲めるような状態になっていて、森のような香りがするもの、です」

「一般に繁用されているものは群生しているアミュラの根茎を煎じたもので、熟れた果実のような匂いとひどいえぐみがするから違うでしょうね。木々の香りであれば、おそらくオレイアという植物のものでしょう。貴族の方はこちらを使われることが多いですよ。アミュラと比べると味も匂いも少ないのが特徴で、効果も段違いです。ただ希少価値が高く、特別なルートでしか手に入らない」

「特別なルート？」

ええ、とウォルターは頷いた。

「あれは、ファリスの専売特許です」


外に出ると、陽はすでに傾きかけていた。そつのないウォルターが表に四輪の箱馬車を呼んでくれていたので、コニーは礼を言ってそのまま黒塗りの車内に乗り込んだ。室内には木製の鎧戸《よろいど》が備え付けられ、持ち上げることで自由に外の様子を窺うことができる。

『きっと、わたくしだったら無理だったでしょうね』

後部に幌《ほろ》のついた対面式の席に向かい合わせで腰掛けると、ぽつりとスカーレットが呟いた。

「うん？」

『お前があの時助けたから、ニール・ブロンソンはわざわざ紹介状を書いたのだもの。わたくしにはできなかったわ。少しは、誇ってもいいんじゃなくて？』

「スカーレット……」

ちょっぴり感動して彼女を見上げれば、絶世の美貌《びぼう》を誇る少女は『良かったわね、コニー』と柔らかく微笑んでいた。

『これで一生こき使える下僕ができたじゃないの』

「いやそれなんか違う……！」

途中までなんか良いこと言ってたじゃない……！　と声の限りに叫んでいると、突然馬車が停止した。「ん？」コニーは首を傾げた。

「すみません」

仕切りの向こう側から御者の男が申し訳なさそうに声を掛けてくる。

「どうも後輪の調子が悪いみたいで。ちょっと確認してきます」

「あ、はい」


――鎧板《よろい》の隙間から西日が差し込んでくる。馬車がとまったのは表街道を一本外れた郊外のようだった。人通りはないので停車していても迷惑になることはなさそうだ。陽が落ちていく様子をぼんやりと眺めていると、スカーレットが苛立ったように口を開いた。

『……遅いわね。何をやっているのかしら』

「泥濘《ぬかるみ》にでも嵌《は》まっちゃったんじゃない？」

『にしたって、うんともすんと言わないじゃないの。やっぱりわたくし一度見てきて――』

「……お待たせしました。やはり後輪が外れかけていたようです。すぐに出発しましょう」

タイミングよく御者が外から声を掛けてくる。

「あ、ほら大丈夫だった」

そう言ってスカーレットの方を向けば、彼女の顔から表情が抜け落ちていた。

「……スカーレット？」

『——違う』

「へ？」

『声が、違う』

「……え？」

『さっきの男と、声が、違う。わからない？』

その言葉の意味を理解した途端、ぞくりと悪寒が走った。気のせいだと一蹴できないのは、スカーレットの記憶力を知っているからだ。口が渇く。心臓が不自然なほど大きく跳ね上がる。

『でも、最初のときに御者の顔を見ていないから、勘違いかもしれないわ。どうしよう』

どうしよう、と言われても、コニーだってわからない。

このまま男が御者台に座り馬車を動かすのを待つべきか、それとも——

『——キリキ・キリクク』

はっとしたようにスカーレットが顔を上げた。

「え？」

『リリィの奴が言っていた呪文よ。あれはきっと、こういう時に使うんだわ』

ふいにモーリス孤児院での会話が蘇る。

確かにリリィ・オーラミュンデから聞いたと、赤毛の少年《トニー》は言っていた。

——悪い奴らを見破ることができるんだって。

相手はまだ外にいる。意を決してゆっくりと窓に嵌められた鎧戸を持ち上げた。その瞬間、コニーはひっと息を呑んだ。いつの間にか中年の男が窓にぴったりとくっついてこちらを覗き込んでいたのだ。

「どうか、なさいましたか?」

にこにこと男が首を傾げる。スカーレットが真剣な面持ちで頷いた。コニーは逸《はや》る鼓動を必死に宥めながら口を開く。

「キリキ・キリクク」

男の目が見開かれた。さっと表情が消え、そのまま馬車の扉に手を掛けてくる。スカーレットが舌打ちをした。ばちばちっと鉄の閂《かんぬき》に閃光《せんこう》が走る。男が弾かれたように手を離し、顔を歪めながら警戒するように後退《あとずさ》った。ほっとしたのも束《つか》の間、懐からおもむろに何かを取り出す。鈍色に光るそれは——銃だ。

『奥に行って!』

コニーは震える体を叱咤して、這うように移動した。やっとの思いで隅までたどり着いたが、それが限界だった。力尽きたように蹲《うずくま》って、両手でぎゅっと頭を覆う。刹那、銃声が響いた。一回、二回。コニーは固く目を閉じる。そして、もう一回。心臓がばくばくと音を立てていた。

やがて、静寂が訪れた。

もう誰かが入って来ようとする気配はない。けれど、恐怖で身動きが取れない。

『——もう、大丈夫よ』

スカーレットが静かに告げた。ゆっくりと瞼《まぶた》を開ければ、窓には真っ赤な血飛沫《ちしぶき》が飛び散っていた。それはまるで雨のようにいくつもの筋になって流れていく。コニーは思わず口元を押さえた。

「いったい、なにが……」

その時がらりと扉が開き、コニーは声にならない悲鳴を漏らした。

現れたのは長身の男だった。すっと通った鼻梁《びりょう》に冷たい双眸。その手には硝煙の立ち昇る短銃がある。その足元に横たわる何かについては考えないことにした。

男は無言のまま車内にいたコニーをじろりと一瞥すると、なぜか、そのまま踵《きびす》を返して立ち去ろうとした。コニーはあまりのショックに呆然としているだけだ。

その時スカーレットが、あらやだ、と驚いたような声を上げた。

『誰かと思ったら――この男、オルダス・クレイトンじゃない』

――オルダス・クレイトン?

いったい誰のことだ、とコニーは首を捻った。スカーレットが、ほら、と促す。『メイフラワー社の記者よ』

――いかにも気の弱そうな、優しそうな顔立ち。手入れのされていないぼさぼさの髪に、丸まった猫背。赤毛の同僚に振り回されていた、しょぼくれた印象の男。

それが、コニーが出会ったメイフラワー社の記者――オルダス・クレイトンだった。

「ええっ、あのオルダスさん⁉」

コニーが驚いて声を上げれば、スカーレットは、ええ、と頷いた。

『間違いなくてよ。わたくし、一度見た顔は忘れないもの。でも、案外男前だったのねえ』

そう言われて改めて彼の人に視線をやれば、今にも立ち去ろうとしていたはずの男は、ぴたりとその動きを止めていた。それから、ゆっくりと振り返り――ひた、とコニーを見据える。触れれば切れてしまいそうな鋭い顔貌《がんぼう》は、先日会った気弱そうな男とは似ても似つかなかった。

緊張感を孕《はら》んだ沈黙が落ちる。

先に口を開いたのはオルダスだった。

「――ああ、畜生。気づかなきゃ放っておいたっつーのに」

面倒なことになった、とわずかに歪むその顔に書いてある。はっ、とコニーは口元を押さえた。この迂闊な口にはおそらく蓋がついていないに違いない。もういっそのことこのまま縫いつけてしまいたい。

冷たい双眸に、こちらを探るような色が浮かんだ。目の前の人物は平然と人を殺せる輩《やから》である。コニーは床に尻をつけながら、一歩、また一歩と後退していった。そして、そのまま壁に頭を打ちつける。ごん、とよく響く音がした。不意打ちに目から星が飛び出そうだ。もはや色んな意味で涙目である。

ちらりと相手を窺えば、オルダス・クレイトンは、水中で溺れる海亀でも見つけたような奇妙な表情を浮かべていた。

「……どう見たって間抜けそうな面してんのになぁ」

片手で頭を掻きながら、空いたもう片方の手でぽっかりと口の空いた銃口を向けてくる。コニーは思わず天を仰いだ。
ええもちろん——おっしゃる通りの大マヌケです。

拳銃を突きつけられてしまえば拒否権など存在しない。

馬車に乗せられ連れて来られたのは、王都随一の歓楽街と名高い薔薇十字通りだった。陽はとうに暮れているが、いくつかの店はぼんやりと柔らかな光をこぼし、往来には人が行き交っている。闇の中に色とりどりの天燈《ランタン》が浮かび上がる様はまるで祭りの夜のようで、ひどく幻想的だった。

命じられるがまま、恐る恐る馬車から降りる。

目の前には金の飾り彫りが施された乳白色の門扉。その奥に聳え立つのは左右対称《シンメトリー》の白亜の宮殿。

間違いない。あれは噂に名高い高級娼館《しょうかん》——【豊穣の館《フォールクヴァング》】だ。

その事実に気づいた瞬間、コニーは愕然と膝から崩れ落ちた。

「う、売られる——!?」


光沢のある深紅の絨毯が敷かれたきらびやかな一室で、ひとりの女性が苦しそうに笑い転げていた。

「それで、正体がバレてびっくりして連れてきちゃったの？　だってあなた、たいして変装もしてないのに？　それはまたよっぽどの自信が——駄目だ、お、お腹《なか》が痛い。あなたってたまに可愛《かわい》いことやらかすわよね、ルディ……！」

女性は呼吸を整えながら、目尻に溜《た》まった涙を拭う。笑われたオルダスは仏頂面《ぶっちょうづら》だった。ちなみにコニーは間抜けにもあんぐりと口を開けていた。

緩く編み込まれ、ひとつにまとめ上げられた太陽のような金髪。

晴れた夏空のように澄んだ青い目。

美人ではないが、魅力的な笑顔。

「鳩《はと》が豆鉄砲を食らったような顔をしてどうしたの、コニー」

そう言って首を傾げ、どこかお道化《どけ》るようにこちらを見てきたのは――アビゲイル・オブライエンその人だった。


「あまり公にはしてないのだけれど」

金細工のテーブルに瑞々しい果物や一口で摘《つ》まめる焼き菓子が手際よく並べられていく。給仕をしてくれているふたりの女性は館の娼婦《しょうふ》だろうか。おっとりとした雰囲気の垂れ目がちな美婦と、どことなく勝ち気な印象のすらりとした麗人だった。ふたりともその整った外見はもちろん、仕草ひとつにも艶やかな色気が滲み出ている。

垂れ目の方の美女が、陶器の冠水瓶を抱えながら、コニーのグラスにとろりとした琥珀色《こはくいろ》の液体を注いでくれる。大きく開いた襟ぐりからは、たわわに実った胸がその存在感を存分に主張していた。白くて柔らかそうで、今にもこぼれ落ちてしまいそうである。

「この薔薇十字通り一帯はね、もともとオブライエンのものだったのよ。時代とともに権利が移り変わって、今はこの一画だけだけれど」

アビゲイルが説明すると、飲み物を注ぎ終えた美女が口を挟んできた。

「アビーはこの館の女主人なの。ね、レベッカ？」

ふんわりと微笑みながら、近くで果物を取り分けていた切れ長の瞳の美人――レベッカと言うらしい――に同意を求めると、彼女は小馬鹿にしたように鼻を鳴らした。

「オーナーっていうのよ、ミリアムはバカね」

「ええー？」

垂れ目の美女――ミリアムは、こてんと首を傾げる。それからコニーをじっと見つめると、「アビーはね、私たちの恩人なのよ」と言って誇らしげに微笑んだ。

「私とレベッカはね、数年前まで最下層の娼館で奴隷みたいな扱いを受けてたの。王都じゃないわよ。もっと北の田舎の方。牢獄みたいな場所だったわ。食事もまともに食べさせてもらえなくって、いつもひもじい思いをしてた。勝手に娼館の外に出ると折檻《せっかん》されたし」

明るく告げられた内容は、ひどく重たいものだった。

「でもね、いつ交わしたのかもわからない契約書のせいで、逃げることも訴えることもできなかったの。文字通り、飼い殺しってやつね。まあ、もっとも、あそこにいた娼婦でまともに文字が読める人間なんていなかったけど」

レベッカが素っ気ない口調で「私は読めたわよ」と訂正した。

「そうしたら急に店の経営が悪化し始めて。ろくでなしの館主が夜逃げの算段を立てていると、突然、王都に娼館を持っているという女性が現れたの。彼女は、店を畳むならその場で私たち全員を買い取ると言ったわ。それがアビー。もちろん館主は大喜びで私たちを二束三文で売り払った。……後から聞いたんだけど、あの店がうまくいかなくなったのはアビーが裏で手を回してくれていたかららなんですって」

ミリアムはくすりと笑みをこぼした。

「ここで働く人間はね、皆そうやってアビーに助けられてきたの。もちろんたまに逆恨みする奴らが襲って来ることもあるけど、そういう時は、いつもオルダスさんが助けてくれて――」

言いながら、ミリアムはオルダス・クレイトンにちらりと視線を流し、ぱっと頬を赤らめた。レベッカが「けっ」と吐き捨てる。

「それにね、オルダスさんが勤めているメイフラワー社だってアビーのものなのよ?」

メイフラワー社といえば、歴史は浅いが、新聞から大衆小説まで幅広く手がける国内有数の出版社である。驚いてアビゲイルを見ると、彼女はにっこり笑って否定した。

「正確には出資者のひとりね。といっても女性が表に出ることを嫌がる人もいるから、夫の名前を借りているのだけれど」

レベッカがほらごらんと言わんばかりにミリアムをせせら笑った。「やっぱりミリアムはバカね」

ミリアムは「ええー?」と言いながら、少々不満そうに首を傾げる。

そんなふたりを横目に、アビゲイルがふと思い出したように、ぽん、と手を打った。それからすぐにコニーへと向き直る。

「ああ、そうだわ。うちの駄犬がごめんなさいね。勝手に連れて来られて怖かったでしょう?」

心底申し訳なさそうな声音に、オルダス・クレイトンの顔がぴくりと引き攣《つ》る。しかしアビゲイルはまるきり気にした様子もなく、そのまま言葉を続けた。

「実は最近、薔薇十字通りで性質《たち》の悪い薬をばら撒《ま》く子たちがいるみたいでね。それも、何だかコソコソと。新参者のくせに、こちらに何の挨拶もないなんてちょっと失礼でしょう？　だからルディに正体を探ってもらっていたの。もう少しで尻尾を摑めるって聞いていたけど——殺しちゃったの？」

途端、オルダスは苦虫を嚙《か》み潰したような顔になった。

「……足撃っても平気な面してんだぞ？　あれはもう売人じゃなくて訓練された兵隊だ。言っとくけどな、俺があいつを撃ってなきゃそこのコンスタンス・グレイルは今頃蜂の巣だったんだからな……！」

「もちろん感謝してるわ、ルディ。さすが私の犬ね。だから、あんまり拗《す》ねないのよ？」

ぐっとオルダスが言葉を呑み込んだ。

「でも、なるほどねえ」

アビゲイルは頰に手を添え、上品に首を傾ける。

「——背後に何かありそうね」

話に全くついていけないコニーはこれまでの流れをゆっくりと振り返ってみた。

つまり、オルダス・クレイトンが謎の売人の素性を確かめようと尾行していたら、そいつがたまたまコンスタンス・グレイルを襲おうとしていた――ということらしい。

最初に浮かんだのは純粋な疑問だった。

「……え、なんで?」

どうして薔薇十字通りの売人がコニーを襲うのだ。しかも、そいつは例の『リリィ・オーラミュンデの呪文』を知っていた。ちょっと意味がわからない。

小首を捻っていると、ふいに廊下が慌ただしくなった。どうやら誰かがこの部屋に入るかどうかで言い合いをしているらしい。

だめです、と追い縋る声を無視して扉が開く。そのまま無遠慮に入ってきた人物を見て、コニーは目を丸くした。あら、とアビゲイルの声が弾む。

――黒い軍服に黒い髪。均整の取れた体軀《たいく》。唯一、瞳だけが海のように青かった。相変わらずの無表情だけれど、その顔にはどことなく疲労の色が見て取れる。彼は、ひどく険しい視線で周囲を見渡していたが、至って元気そうな榛《はしばみ》色の髪の少女に気づくとその剣呑な双眸をわずかに緩めた。

コニーは思わず目を瞬かせる。

半日ぶりに会うランドルフ・アルスターは室内の好奇の視線に晒されると、あっさりと肩を竦め、悪びれもせずにこう告げた。

「――失礼。うちのコンスタンス・グレイルがこちらにお邪魔していると伺ったので」

※

数刻前。ランドルフは、ファリスの特使であるケンダル・レヴァインの一行に遭遇してすぐ王立憲兵局に戻ってきていた。

「第七殿下？」

死んだ魚のような目で先日の武器商人の件の報告書を作成していたカイル・ヒューズは、そう言うと、怪訝そうに顔を上げる。ランドルフは小さく頷いた。

「ああ、どうやらファリスの使節団に紛れていたようだ。ちなみに昨日から姿が見えないらしいが何か聞いているか？」

「いや全く。――てか、なんだそりゃ」

カイルはひどく不快そうに眉を顰めて振り返ると、中央にある大理石の作業台で地図を広げていた部下のひとりに向かって声を張り上げた。

「おい、トールボット！　確かお前、近衛連隊の方に回ってきたファリスの要人リストの写し、持ってたよな？　それちょっと貸してくれ！」

渡された名簿を確認するや否や、カイルは柄悪く舌打ちをした。

「ああ、くそ、使者のひとりに自分の子供《ガキ》を申請している奴がいる。たぶんこれがユリシーズだ。王宮側《うち》の承認日は半月前――となると、あちらさん計画的だぞ。いったいどういう魂胆だ？　まさか観光でもさせてやろうってわけでもあるまいし」

「断定はできないが、予想はつく」

どういうことだ、とカイルが問うような視線を寄越した。

「ファリスは、今、後継争いで揉《も》めているだろう？」

途端、あれか、と苦々しい呟きが聞こえてくる。

――半年前、隣国ファリスの現王ヘンドリックが病に伏した。心の臓がとまりかけたのだ。一旦は峠を越えたものの、高齢ということもあり状況は予断を許さず、当然の如く持ち上がったのは退位の話である。

「順当なら第一殿下のファビアンが王位を継ぐはずだったが、ヘンドリック王が倒れる直前に不慮の事故で命を落としている」

狐《きつね》狩りの最中に突然馬が暴走し振り落とされ、首の骨を折ったのだ。愛息を失った王の嘆きは大変なもので、その心労がたたったせいで倒れたのではないかとも言われている。

「厄介《やっかい》なことに、第二殿下のロドリックは母親の身分が低く、王宮内での地盤が弱い。さっさと周りを取り込めばよかったものを、手間取っているうちに王の病状が悪化したようだ。もはや後継者を指名できる状態ではないらしい。つまり、玉座を狙えるとわかった第三位以下の殿下たちが便乗し、水面下での小競り合いが続いている」

ヘンドリック王には継承権を持つ子供が七人おり、第七殿下のユリシーズがその末子となる。

「今回の特使の打診は第五殿下のジェローム王子の方からあったと聞いている。名目は同盟の強化だ。国を代表して彼が来るのであれば、有力な後継者候補なのかと思っていたが――」

「体調不良、だもんなあ。死んだっつー話は聞いてないけど、椅子取りゲームからは強制退場ってとこか」

「同じような状況に陥った第六殿下はすでに継承権を放棄し、国外に出奔したと言うから、おそらくジェロームもそうせざるを得ないだろう。まあ、生きていればの話だが」

「となると、継承権を持っていて生き残っているのは第七殿下を含めて四人か」

いや、とランドルフは頭を振った。

「噂では、第三殿下のアレクサンドラ王女は、すでに第四殿下であるテオフィルスの手の者によって幽閉されているらしい」

「王女……？　ああ、あそこの王族の継承権って男女関係ないんだっけ」

血統に拘泥《こうでい》するファリスは、皮肉なことに帝国の解体によって多くの貴き血を失った。生まれた王家の子に男女を問わず等しく継承権を与えるのは、やんごとなき血統を守るための苦肉の策なのだろう。

「実際に女性が玉座に就いたことはないがな。おそらく、彼女の場合は民衆の人気が高かったのが仇《あだ》になったのだろう」

アレクサンドラ王女は思慮深く公正な人格者だと言われている。

カイルが頭を掻きながら口を開いた。

「現状を見ると第四殿下《テオフィルス》が有力っぽいな。兄貴の第二殿下《ロドリック》は、この騒動にすっかり参って離宮に引き篭《こ》もってるって言うし。第四殿下の方は母親が大貴族だというから権謀術数は得意だろう。――

で？　あのハゲ《ケンダル》はどこの味方なんだ？　次期王の呼び声高い第四殿下様に邪魔な弟を処分しろとでも言われたのか？　それとも実は大穴狙いの第七殿下派？」

「レヴァイン上級外交官の腹の内は読めないが、もともと彼はユリシーズ殿下の教師を務めていた男だ。あの取り乱し方からすると、案外純粋な保護目的だったのかもしれないな。殿下の母君はソルディタ共和国の貴族出身だというから、ファリスでの手駒は多くはないはずだ。アデルバイドなら自国よりも安全だと踏んだという可能性もある」

どうやらその目論見も失敗に終わったようだが。しかし、だからと言って意図的にユリシーズの誘拐を隠す理由がわからない。王子を捜索するにはこちらの協力が不可欠だ。そもそもアデルバイドの宮殿内で起きた不始末である。言い方は悪いが、それを手札にこちらを糾弾し、交渉を有利に進めていくこともできただろう。いくら動揺していたとはいえ、駆け引きを得意とする役職の男がそのことに思い当たらないはずがない。

——他に、何か理由があるのか。

いずれにせよ、情報が足りなさすぎる。一度ファリス側に事情を訊く必要があるだろう。つまり、今やるべきは、ケンダル・レヴァインと面会の機会を設けることだ。

諸々《もろもろ》の手筈を整えるためにランドルフが捜査室を出ようとすると、焦ったような声を掛けられた。

「あ、アルスター少佐！」

相手は来客の受付を担当している事務方の人間だった。用件を訊ねれば、先程グレイル家から早馬がやってきたのだと言う。

「……グレイル家？　内容は？」

「は、はい、実は――」

告げられた内容に、ランドルフは思わず眉を顰めた。


それは、コンスタンス・グレイルがエルバイト宮に行ったきり帰ってこない、というものだった。

※

くふふ、と笑うアビゲイルに見送られ、コニーはランドルフとともに馬車に乗り込んだ。

気まずい沈黙が落ちる。ランドルフが淡々と口を開いた。

「憲兵局にグレイル家から使いが来て、君が帰ってこないのだと報告を受けた。調べてみれば、どうやらウォルター・ロビンソン商会へ向かったらしいとわかったが――しかし、ロビンソン氏はすでに帰したと言う。それも馬車でだ。時間帯を考えれば、とっくに帰宅していてもおかしくはない。足取りをたどれば郊外で馬車が乗り捨てられていて、傍らには銃弾を受けた死体がひとつ。――あれはさすがに肝が冷えたな」

コニーは両手で顔を覆った。確かにそれはとんでもない状況である。

「もっとも、すぐにアビーの【豊穣の館《フォールクヴァング》】に連れて行かれたようだとわかったが」

「……ええと、その……すみません……」

「謝る必要はない。仕方のない状況だったとは思う。ただ、今度からは――」

ランドルフはコニーに向き直ると真剣に告げた。

「――何か行動を起こす時は、事前に連絡をくれると助かる」

「はい……」

なんだろう、気まずい。ものすごく、気まずい。

「幸い、もともとの御者は気絶していただけだった。手当てが済めば事情を訊ける。まあ、おそらく何も知らないだろうが」

どうやら本当に危ない状況だったようだ。スカーレットの機転に感謝する。あそこで彼女が御者が偽物だと気づかなければ、今頃はいったいどうなっていたことか。

そこでコニーは、はっと気がついた。

「……スカーレット？」

先程から、彼女の気配がないのだ。そういえば【豊穣の館《フォールクヴァング》】でも静かだった気がする。

彼女の姿を探せば、反対側の窓にもたれかかるように小さくなっているのが見えた。ひどく気怠《けだる》そうな表情を浮かべて、うつらうつらしている。

「どうしたの？　大丈夫？」

心配になって近寄ると、スカーレットは緩慢な動作でコニーの方に首を向けた。

『……だいじょう、ぶ、よ。ねむい、だけ。前にも、なったことあるもの。デボラの、夜会で、あの、無礼な、憲兵を追い払ったあとに。たぶん、あの力を使うと、こうなるみたい。でも、どうしてかしら、今日の方が、ねむい――』

言いながら、ふっとその姿が消えていった。コニーは思わず息を呑む。けれど、すぐに己に言い聞かせた。大丈夫。これは彼女が一時的に休息を取るときと同じ状態だ。だから大丈夫。きっと――大丈夫な、はずだ。

頭ではわかっているのに、どうしてか心臓が早鐘を打った。


程なくして馬車は屋敷に到着した。辺りはとうに闇に沈み込んでいる。外灯はあるが頼りなく、先に降りたランドルフがコニーの手を取ってくれた。

「――ランドルフ」

ふいに背後から声を掛けられ、ぎくりとコニーの肩が跳ね上がった。振り返れば、闇に溶け込むようにして佇む男性の姿がある。顔立ちははっきりしないが、その声はまだ若い。

「カイルか。……すまない、同僚だ」

ランドルフがコニーに詫《わ》びる。カイルと呼ばれた青年はがしがしと頭を掻いた。

「待ち伏せするようなことして悪かったな。急ぎで知らせたいことがあったんだよ。調べろと言われた射殺遺体だが、項に太陽の入れ墨があった。間違いない、【暁の鶏《ダェグ・ガルス》】だ」

――太陽の、入れ墨？

「わかった。すぐに戻る。――グレイル嬢？」

コニーは額に手を当てながら首を捻っていた。

「どうした?」

「いえ、その、太陽の入れ墨、という言葉が、なにか、引っ掛かって……」

「見たことがあるのか?」

ランドルフの視線が険しくなる。

――ある、気がする。けれど、どこで見たのかが思い出せない。もどかしい。スカーレットがいたらすぐにわかるのに。

きっと、ばかコニー、と唇を尖らせながら教えてくれる。

その瞬間、ふいにひとつの情景が蘇ってきた。

「……あの人だ」

薔薇色のドレスを血で染め上げていた、若い女性。

「摘発された仮面舞踏会で倒れていた女性です。あの人の胸元にも、太陽の入れ墨がありました。その、今言っていたのと同じものかはわからないけど……」

「――ちょい待って。それってこんなやつ?」

カイルが懐から皺くちゃの紙を取り出した。空いた手で器用にマッチを擦ると、ぼんやりとした明かりとともに図柄が浮かび上がる。それを見て、コニーは頷いた。

「……これです」

「そうか。――あの、クソ無能《ガイナ》」

今度会ったら撃ち殺す、という物騒な言葉を吐き捨てると、カイルは「捜査資料を確認したいから憲兵局に戻る」と言って、さっさと踵を返していった。嵐のような人である。

残されたコニーは、あ、と声を上げた。言い忘れたことがあったのだ。

「たぶん、その人、スカーレットの知り合いだと思うんです」

ランドルフはしばし逡巡《しゅんじゅん》すると、ゆっくりと首を振った。

「それはないだろう。共通点がない」

「でも、スカーレットは彼女のことを知っていました。呼んだんです、ジェーンって。それに、とても懐かしがっていて――」

――あら、ジェーンだわ。懐かしい。

スカーレットはあの女性を見て、確かにそう言ったのだ。

その瞬間、ランドルフが顔色を変えた。

「本当か？」

鋭い目つきで詰め寄られて思わず後退る。

「は、はい……」

「そこにスカーレットはいるか？」

コニーはふるふると首を横に振った。

「どうかしたんですか？」

「倒れた女性から、甘い匂いがしなかったか？」

「え？」

その問いには即答できず、コニーはゆっくりと記憶をたどっていった。ジョン・ドゥ伯爵の夜会。確かあの時は、広間の壁際で軽食を摘まんでいた。ジェーンという女性は最初から視界に入っていたわけではない。なら、どうして印象に残ったのか。そこでようやく思い出した。

──匂いだ。

匂いが、したからだ。甘ったるい、花のような。

コニーが肯定すると、ランドルフは目を細めた。

「──ジャッカルの楽園だ」

凍えるように冷たい声が、夜の静寂を裂いていく。

「聞いたことはないか？　すでに禁止された幻覚剤だ。通称J。一部の人間の間では、ジェーン、と呼ばれていた」

※

『ジェーン？　ああ、それなら、エルバイト宮に向かう馬車の中で言おうとしたのよ。ほら、その直前に全身ピンクのキンバリー・スミスがジャッカルの楽園の話題を出したでしょう？　わたくし、ジェーンが禁止になっているなんて知らなかったんだもの。教えてあげようと思ったんだけど、王宮に到着してしまったからそのままになっていたわね』

翌日、スカーレットは見事なまでに復活していた。コニーの方は、急に消えてしまったスカーレットのことが心配でろくに眠れなかったと言うのに、気楽なものである。

『ちなみに、あの薔薇色のドレスの女は見たこともないわよ』

「さよか……」

がっくりと肩を落としていると、マルタがやってきて意外な来客の名を告げた。コニーは思わず目を見開く。聞こえなかったと思ったのか、マルタがもう一度繰り返した。

ケイト・ロレーヌ様がいらっしゃっています、と。

コニーに愛想を尽かしたはずのケイトは、どことなく強張った表情を浮かべていた。その態度に仲直りの話ではないことだけはわかる。

「……昨日の夜、グレイル家から使いが来たの。コニーがまだ帰ってこないけど、何か知らないかって」

屋敷の人間は、ランドルフだけでなく親交のあるロレーヌ家にも声を掛けたのだろう。

もちろん真実など伝えられるはずもない。コニーがいつかのように黙り込んでしまうと、ケイトは覚悟を決めたように口を開いた。

「ねえコニー、あなた、いったい何をしているの？　危険なことなの？　だったら、そんなこともうやめて……！」

今にも泣き出してしまいそうな友人の声に、コニーの心がぐらりと揺らいだ。

「どうして、なにも、話してくれないの……！」

けれど、やはり事情を伝えることはできなかった。言えば、ケイトは協力しようとしてくれる。ぜったいに。

「……ごめんね、ケイト」

「どうしてっ」

ケイトが叫んだ。悲痛な声に胸が張り裂けそうだ。

「――ごめん」

それでも、コニーはケイトを突き放した。ケイトが信じられないものを見るような表情になる。

コニーはぎゅっと唇を噛みしめた。

「話がそれだけなら、もう、帰って」


その日の夕刻のことだった。

「お嬢様」

マルタの声は若干の緊張を孕んでいた。

「先程ロレーヌ家から使いの者が来まして、その、ケイト様が、屋敷にお戻りになっていないようです」

「え……？」

陽はすでに暮れかけている。ケイトが帰ったのは昼前だ。それは、見送りをしたマルタが一番わかっているのだろう。彼女は不安そうな表情を浮かべていた。

いったい、どうしたというのだろう。居ても立っても居られず、屋敷の外に飛び出した。中庭を通り抜け、正門へと小走りに進んでいく。そのまま表通りに出ようとして、ふと足を止めた。

門の手前に、麻紐で縛られた小包が落ちている。まるで、誰かが門の向こう側からぽんと放り投げたようなぞんざいさだった。両手ほどの大きさのそれには消印も宛名もない。

『なにかしら』

スカーレットが呟いた。何だかひどく嫌な予感がした。

誰にも何も言わず自室に戻ると、震える指で紐をほどく。

そして、包みを開いたその瞬間。

「――っ」

どくり、と心臓が跳ね上がった。

中に入っていたのは、マロンブラウンの、髪の束だった。

コニーの大好きな、ふわふわの――

さあっと血の気が引いていく。どくどくと心臓が脈打った。

切り取られた髪の上には、繊細な装飾が施された招待状が載せられていた。コニーはそれを何度も何度も読み直す。けれど、真っ白になった頭には何も入って来ない。

『……明日の正午、ベルナディアの湖畔《こはん》にひとりで来い』

スカーレットの声に、ようやっと文字の羅列が意味を成した。震える手から招待状が滑り落ちる。

ひらひらと床に落ちていくのを呆然と眺めていると、裏面にもメッセージがあることに気がついた。

殴り書きのような字体で、このことは誰にも言うな、と書かれている。

そして、もしこの約束を違えれば――

次は指を送りつけるぞ、と。

ここまでの主な登場人物

アビゲイル・オブライエン

気のいいお姉さんかと思いきやまさかの裏社会系女帝だった。

嬉々として危ないことに首を突っ込んでいくので飼い犬にぎゃんぎゃん吠えられている。

オルダス・クレイトン

気弱でしょぼくれた青年かと思いきやまさかの凄腕系忠犬だった。たぶんイケメン。

飼い主がすぐ厄介ごとに首を突っ込みたがるので気苦労が絶えない。

救出

カイル・ヒューズ

武器商人事件の報告書が終わらず死んだ魚のような目になっていたが、新たな事件の匂いに赤い雄牛を摂取したかのごとく覚醒した仕事中毒者。

とりあえず例の夜会の件で、被害者女性の太陽の入れ墨に気づかなかった無能オブ無能なゲオルグ・ガイナを殺したい。

ランドルフ・アルスター

何だかよくわからないうちに某ジャ〇アンの存在を受け入れていた二十六歳。たぶん思った以上に単純な婚約者（仮）が、虚空に向かって喋ったり驚いたり青ざめたりしているせい。最近ようやく、うちの婚約者（仮）ってもしかしたらとてつもなくうっかり者なのでは……？　と気づき始めた。

偽装結婚

ミリアム

【豊穣の館】の娼婦その1。おっとりとした垂れ目美女。おっぱい。

レベッカ

【豊穣の館】の娼婦その2。勝気そうなスレンダー美女。ひんぬー。

スカーレット・カスティエル

三〇〇頁もかけたのにちっとも状況が進まなくってこの怒りをどこにぶつけていいのやらな永遠の十六歳。とりあえず襲ってきた不審者にぶつけてみたら反動で休眠状態になってしまった。正直そんなの聞いてない。

協力関係

コンスタンス・グレイル

鮮烈なゴシップ紙デビューを果たした十六歳。赤毛マジ許すまじ。

色んなことがありすぎて正直頭がぱーんってなりそう。

この度めでたく婚約者（仮）からうちの子認定された←new!

すれ違い

抗議

セシリア

十年前の暗殺未遂の詳細を語ったが果たしてどこまで真実かわからない。

子供ができないと言っていたが、実は子流しの毒を飲まされていた。

ニール・ブロンソン

洒落たシティボーイからどういう心境の変化か初心なチェリーボーイのような見た目になった。穢れなきものに憧れる精神の表れかもしれないが、おそらく深く追及してはいけない。この度めでたくスカーレットから生涯コニーの下僕認定を受けた。←new!

ウォルター・ロビンソン

三十代後半くらい。海賊のような悪人顔の大男。

【ウォルター・ロビンソン商会】の創始者で、外国との交易を得意とする海運王。

貧民窟出身の成り上がりでなかなかお茶目な性格。

得意先はオブライエン公爵家で、アビゲイルとも懇意にしている様子。

キンバリー・スミス

四十代半ば。市民団体すみれの会の婦人部代表。

当たり屋のようにコニーにいちゃもんをつけてきたが、助っ人ケイトの三遊間ヒットによりあえなく退場した。

全身ピンクで堂々歩けるのはたぶん某林家夫妻かこいつくらい。

ケイト・ロレーヌ

これでもかとフラグを量産した結果、二時間ドラマの中盤で殺される被害者Aみたいなことになってしまった←new!

番外編　その手を掴《つか》む者

The Holy Grail of Eris

その日、アビゲイル・オブライエンは、十年来の友人であるエリザベス・エマニュエルの茶会に招待されていた。

けれど、茶会というのはただの口実だったらしい。その証拠に、招待客はどうやら自分だけのようだ。

「私ね、面白いことが大好きなの」

そう言って笑う女をアビゲイルは胡乱《うろん》げに見つめた。エリザベスとはまだお互い無垢《むく》な少女だった頃に社交界で出会った日から——彼女がエマニュエル夫人になってからも——それなりにつき合いがある。なので、目の前の人物が無類《むるい》の面白いもの好きであることくらい知っている。ついでに、なかなか食えない性格をしていることも。

「だからね、今、とっても困っているのよ」

薄ら笑いを浮かべながらそんな台詞《せりふ》を言われても、ちっとも説得力などない。

アビゲイルは半眼のまま続きを促した。

「ほら、例のお姫様がジョン・ドゥ伯爵の夜会に呼ばれているでしょう?」

「ええ——スカーレット・カスティエルね」

先日社交界デビューを果たしたばかりの公爵令嬢は、その圧倒的な美貌《びぼう》と、烈火の如き激しい気性で瞬く間に社交界の話題を攫《さら》っていった。

「そう、そのスカーレット。それでね、今回の夜会の主催者ってデボラじゃない？」

デボラ――デボラ・ダルキアン。その名を耳にするや否や、アビゲイルは頭痛を堪えるように額に手を当てた。あれはまさに歩く災禍の種である。

昔は決してそんな性格ではなかったのに。アビゲイルは少しだけやるせない気持ちになる。彼女のことを友と呼んでいた時代もあったのだ。まあ、十やそこらの時の話だが。

そんな複雑な心情を知ってか知らずか、エリザベス・エマニュエルは芝居がかった仕草で悩ましい気にため息をついていた。

「あなたも知っている通り、デボラのやり方って無駄にくどいのよね。最初の一口くらいならまあまあ食べられるんだけど、何度も続くと胸やけしちゃうのよ。だから、私は今回は欠席しようかと思って」

まるで、ディナーの品書きが気に入らないから店に行くのをやめておく――とでもいうような気安い口調である。事態の深刻さが全く感じられない態度にさらに頭痛がひどくなる。アビゲイルは眉間を押さえたまま低く呻《うめ》いた。

「……それで、いったい何が目的なの？」

「やだ、まだわからないの？　私が面白いことは大好きだって知っているのに？」

デボラが災いの元凶となる火種なら、スカーレットは燃え盛る炎のようなものだろう。そんなふたりが揃《そろ》って何も起きないわけがない。何せ、どちらも引くことを知らない女王様なのだ。誰かがとめなければ目も当てられない惨事になるに決まっている。

「アビーのことだから、どうせ手を差し伸べてあげるつもりでいるんでしょう？」

アビゲイルは答えなかった。けれど、それで充分だったらしい。エリザベスは楽しそうに口の端《は》を吊《つ》り上げた。

「だから、何があったか後でちゃんと教えてね。ああいうのって、部外者の立場で聞くのが一番楽しいもの」

「……は？　ええと、待ってちょうだい。まさか、それだけの理由で私を呼んだの？」

「当たり前じゃない」

エリザベスはどこか得意気に頷《うなず》いた。

「…………ベス。あなた、性格が歪《ゆが》んでるって言われない？」

「あら、今頃気づいたの？」

もちろん知っていたとも――とアビゲイル・オブライエンは声に出す代わりに目の前の女を思い切り睨《にら》みつけてやった。

そして迎えたジョン・ドゥ伯爵の夜会当日――

「無理を言ってごめんなさいね」

「いや、ちょうど非番だったから問題ない」

表情を変えずにそう告げたのはランドルフ・アルスターだ。昔から弟のように可愛《かわい》がっている青年で、最近王立憲兵局に入局したばかりである。初々しい軍服姿にアビゲイルは相好を崩す。

「ありがとう。それでお礼なんだけど」

すると、ランドルフが不思議そうに首を傾《かし》げた。

「何の礼だ？」

「ん？」

「今回の件であれば、別に必要ないが」

「んん……？」

「アビーには昔から世話になっているからな」

その言葉にアビゲイルはぽかんと口を開けた。見た目は少々厳つくなってしまったが、ランドルフの中身は幼少期と変わらず天使だった。

「ラニー……！」

思わず口から出てきたのは幼い頃の愛称だ。そして、そのまま昔のように抱擁《ハグ》でもしようと両手を広げて駆け寄っていく。

「その呼び方はちょっと」

しかしやんわりと注意されると、ついでにさり気なく身を躱《かわ》された。なにこれ切ない。

けれど全力で気にしてない振りをして、ランドルフには旧モントローズ邸の正面玄関の見張りを頼んだ。もちろん邸内にある隠し通路の存在は知っているが、軍服姿の青年は何かの牽制《けんせい》にはなるだろう。

去り際にランドルフがふと振り返ってこう言った。

「アビー」

「なあに？」

「本当に、デボラ・ダルキアンが何かすると？」

その問いには答えなかった。わからなかったからではない。答えなど、わかりきっていたからだ。

だから、アビゲイルはわずかに首を傾けると——返事の代わりに微笑《ほほえ》んだ。


夜会の盛り上がりは上々だった。

どうやら今回の夜会のテーマは『歴史』のようだ。広間にはダルキアンが所有する美術品が展示されている。

デボラは聖女アナスタシアに模した衣装を纏《まと》っていた。穢《けが》れのない白を基調とした装いに、退廃的な黒蝶《こくちょう》の仮面。ひどくアンバランスな格好だったが、その危うさを気にするような真っ当な人間はこの場にはいない。

——その時、賑《にぎ》わっていた広間にひと際大きなざわめきが走った。

現れたのは、顔半分が隠れる黒玉《ジェット》の仮面をつけた美貌の主だった。扇情的な深紅のドレスに、瑞々《みずみず》しい肢体。彼女が歩く度に人々が道を譲っていく。

デボラはしばらくその様子をつまらなそうに見ていたが、少女らが近づくとおもむろに口を開いた。新顔を紹介するのは主催者の義務でもある。

たとえ、その正体に誰もが気づいていたとしても。

「あら、初めて見るお顔ね。お名前をお伺いしても？」

「名前？」

スカーレット・カスティエルはそう言うと、ゆっくりと唇を持ち上げた。

「──エリス。今宵《こよい》は特別に、そう呼ぶことを許して差し上げるわ」

圧倒的な存在感だった。堂々とした態度にアビゲイルは思わず舌を巻く。

スカーレットの周りにはあっという間に人垣ができた。まるで蜜を求める蟻《あり》たちのように客人たちの列は途絶えることがない。

そして、そんな事態をデボラが歓迎するはずがなかった。

──ふいに、甲高い悲鳴が上がる。

始まった、とアビゲイルは目を細めて周囲の様子を窺《うかが》った。

「誰か！」

切羽詰まった叫び声に、何事かと人々が群がっていく。アビゲイルも声の方へと急いだ。

人だかりを押しのけて進めば、広間の中央で仮面姿の男女が抱き合っている。──いや、違う。

女が、男の腹に刃物を突き刺していた。

男の口からこぷりと血が溢《あふ》れる。

しん、と喧噪《けんそう》がやんだ。突然の惨劇に、誰も彼もが言葉を失い、その場に立ち尽くす。

ぽたぽたと血の滴り落ちる刃物を握りしめた女がゆっくりと顔を上げた。まるで、次の獲物でも求めるように。

ひっ、と誰かが息を呑《の》む。恐怖は瞬く間に伝染していった。客たちが固唾を呑んで女の動向に注視する。誰かが一歩でも動けばこの場は恐慌状態に陥るだろう。最悪の事態を想像してアビゲイルは息をつめた。どう立ち回れば周囲を刺激せずにすむのか——考えたところで、気の利いた策など出てこない。

けれど、彼女は違ったようだ。

黒玉《ジェット》の仮面をつけた少女は迷いのない颯爽《さっそう》とした足取りで、騒動の中心へと向かって行った。

それから、よく通る声でこう言ったのだ。

「お前たち、いったいどういうつもり？」

強い眼差《まなざ》しを向けられ、男女がびくりと体を震わせた。

「何を黙っているの。このわたくしが、お前たちに、どういうつもりかと聞いているのよ。まさか無視するつもり？　いい度胸ね。家門を言いなさい」

少女の纏う空気に気圧《けお》されたように、女が青ざめながら口を開く。

「い、言っている意味が……」

「そのままよ。だいたい刃物が刺さったままでこんなに血が噴き出るわけないでしょう。近くまで来ても血の匂いもしないし」

そう言いながら男の腹に思い切り自身の扇子の先を押しつけたので、アビゲイルはぎょっと目を見開いた。

少女は血のついた扇子をじっと眺めると、「ほら、やっぱり血糊《ちのり》ね」と呟《つぶや》く。

その言葉に先程まで苦悶《くもん》の表情を浮かべていたはずの男は困ったように立ち尽くし、女の方もおどおどとした様子で周囲の様子を窺っている。

「これがジョン・ドゥ伯爵の夜会の楽しみ方ってわけ？　こんなお粗末な寸劇が？　くだらなすぎて欠伸《あくび》が出るわね。ああ、それとも笑わせようとしてくれているのかしら？　どちらにせよ、この筋書きを思いついた方はよほど頭の出来が悪いのね」

嘲笑《あざわら》うように告げた視線の先には黒蝶の仮面の主がいた。あからさまな挑発に、デボラの血のように赤い唇が物騒な形に歪む。よくない兆候だ。はっと我に返ったアビゲイルは人垣を背にして一歩前へと進んだ。

――アビゲイル・オブライエンは世間一般でいうところの美しさは持っていないが、人々の関心を摑む術であれば、多少、心得ている。

広間は水を打ったように静まり返っていた。そんな中をヒールを鳴らしながら進んでいけば、自然と注目はアビゲイルへと移っていく。

そうしてスカーレットの目の前で足をとめれば、案の定、何の用だと鋭い眼差《まなざ》しを向けられる。しかし、その咎《とが》めるような視線をまるきり無視して、アビゲイルはゆっくりと拍手を送った。

「楽しい趣向をどうもありがとう」

スカーレットの眉が訝《いぶか》しげに吊り上がる。

「――改めて歓迎するわ。ようこそ、名もなき宴へ」

言いながらにっこりと微笑みかければ、スカーレットは不満そうに口元を尖《とが》らせた。けれど、それ以上追及する気もないようだ。

くだらないと言わんばかりに冷たい視線で周囲を一瞥《いちべつ》すると、そのまま一歩も引くこともなくアビゲイルへと向かってくる。

そうしてアビゲイルとすれ違う直前――

「どこの誰だか知らないけれど、わたくしは、あなたにお礼を言うべきなのかしら？」

そう、囁《ささや》かれた。アビゲイルは弾《はじ》かれたように少女を見る。宝石のような紫水晶《アメジスト》の瞳。仮面をつけていてもはっきりとわかる美貌。肩に落ちる一束の髪ですら彫刻のように整っている。アビゲイルは【豊穣の館《フォールクヴァンググ》】の主人として普段から美しいものは見慣れているはずだった。けれど、目の前にいるのはアビゲイルがこれまで目にしたことがない類《たぐい》の美しい生き物だったのだ。

「――余計なことをして下さってどうもありがとう、って」

そしてその瞬間、アビゲイルは気づいてしまった。

スカーレット・カスティエルは誰の手にも縋《すが》ることはない。まさしく炎そのものだ。他人がたやすく触れることを許さず、救いの手すら拒んでしまう。たとえその身が傷ついたとしても、きっと最後まで助けなど求めることはないのだろう。

なんて傲慢《ごうまん》で面倒で――そして、苛烈《かれつ》なのだろう。

誰かいればいいのに。アビゲイルは思わず願っていた。この場にひとりで立つ少女が途方もなく孤独に見えたからだ。

ひとりでもいい。このどうしようもなく厄介《やっかい》で、けれど、どうしても目の離せない少女のために、炎を恐れず飛び込んで、その手を掴んでくれるような誰かがいればいいのに。

そんな無鉄砲なお人好《よ》しが、この世のどこかにいてくれればいいのに、と。

（そして願わくは――いつの日か、この子の手を取ってくれますよう）

けれど、アビゲイルのささやかな祈りが女神のもとに届くことはなかった。

スカーレット・カスティエルが処刑されたのは、それからわずか一年後のことだった。

※

「なにそれおっかない……！」

コンスタンス・グレイルは部屋の隅でがたがたと震えていた。

それは、小宮殿《グラン・メリル＝アン》の星の間でデボラとの全面対決を終えた翌日のこと。

窮地を救ってくれたアビゲイル・オブライエンを英雄のごとく褒め称《たた》えるコニーを見たスカーレットは、あの女も同じ穴の狢《むじな》なのだと十年以上も前のジョン・ドゥ伯爵の夜会での出来事を教えてやったのだ。

「ていうか、あのデボラ・ダルキアンに喧嘩《けんか》を売るとか……！　だから査問の時にあんなに恨まれてたんじゃないの……!?」

『違うわよ。もともとあの女がその前の夜会でわたくしにジャッカルの楽園を飲ませてきたのよ』

「なにそれこわい」

ただの犯罪ではないか。コニーが思わず真顔になっていると、スカーレットが腕組みをしながら、ふん、と鼻を鳴らした。

『だいたいあの程度の挑発、挨拶《あいさつ》にもなりやしないわよ。……まあ、その後じっくり時間をかけてしばらく社交界に顔を出せないように徹底的にあいつの面子を潰してやったけどね。ちなみにお膳立てをしてきたのは、お前の憧れのアビゲイル・オブライエンよ』

「ま、待って、情報量が多い……！　あとやっぱりデボラの恨みを買ってるじゃない……！」

コニーは声を荒らげた。

「駄目だからね、スカーレット！　そんなことばっかりしてたら——いつか本当に刺されるかもしれないんだから！」

スカーレットはぽかんと口を開けた。この少女はスカーレットの身体がとっくの昔に土の中だということを忘れているのだろうか。

けれど、自分で訂正するのも癪《しゃく》なので、そのまま会話を続けることにする。

『……だとしても、お前には関係ないでしょう』

「あるに決まってるじゃない！」

『は？』

「だってスカーレットに何かあったら嫌だもん……！」

いつものように化粧台《ドレッサー》に腰掛けていたスカーレットはぱちくりと瞬きをした。それから、何やら勢い込んで立ち上がっているこの部屋の主をゆっくりと見下ろす。相変わらずパッとしない顔の少女は、スカーレットがすでに死んでいるという事実をまるっと忘れているらしい。

まっすぐな若草色の瞳を見ていると、どうしてか無性に腹が立ってくる。

だから思い切り睨みつけてやったというのに、妙なところで図太い少女は全く堪えた素振りがなく——

けっきょく、先に根負けしたのはスカーレットの方だった。

『……あっそう』

それから、つん、と顔を背けると、悔し紛れにこう言った。

『コニーのくせに、生意気よ』

書き下ろし短編

心余りて詞《ことば》が足らず

The Holy Grail of Eris

これは、コニーが六つの頃の話である。

今もそう多いとは言えないが、その頃のコニーは輪をかけて友達が少なかった。

当時、自信を持って仲良しだと言えたのは『ケイト』と『レン』のふたりだけ。

特にレンとは毎日のように顔を合わせていたけれど、ケイトのように一緒に公園に出掛けたり、お茶会についてきてくれることはなかった。

それが悲しくて悲しくて、ある日、コニーは癇癪《かんしゃく》を起こした。泣きながら、どうして外では一緒に遊んでくれないのかと訊《たず》ねると、レンは少しだけ困ったような表情を浮かべて、仕事があるからだよ、と教えてくれた。

レンは庭師のジョンの孫だった。そして、コニーより三つほど年上だっただけなのに、すでに庭師見習いとして働いていたのだ。

「レンー！」

ある晴れた日の昼下がりのこと。コニーは大きく手を振りながら、脚立に腰掛けて木の剪定《せんてい》をしているレンに駆け寄っていった。

「おう、お嬢」

コニーに気づいたレンが笑う。つり目がちの瞳に茶色い髪、白いシャツに黒いつなぎを着ているレンは幼いながらも立派な庭師のように見えた。

「もう外に出て大丈夫なのかよ」

「うん！」

ここ数日、コニーはとある事情で体調を崩して寝込んでいたのだ。

「ずっと熱が下がらなかったって聞いたけど、本当に平気なのか？　窓でも開けっぱなしで寝てたんじゃねえだろうな」

「……ううん。あのね、実は、しょけいを見に行っちゃったの」

「はあ⁉」

レンが驚いたように叫ぶ。コニーはびくりと肩を震わせた。自分でも悪いことをしたとわかっているから、余計に責められている気がしてしまう。

「まじでか、お前……」

レンはぐっと眉を寄せると、怖い顔になった。

「あのな。旦那様が行くなって言ってただろ」

「うん……」

「勝手に抜け出したのか？」

「うん……」

「それで、楽しかったのかよ」

「……ううん…………」

あの悪意に満ちた光景を思い出そうとするだけで今でも体が震えそうになる。それに、あの美しい少女に二度と会えないのだと思うと、何だか胸にぽっかりと穴が開いたような気持ちになってしまうのだ。

俯《うつむ》きながら小さく首を振れば、レンはため息をついて脚立から下りた。それからコニーの前に膝をつき、ゆっくりと目を合わせてくれる。

「怖かったろ」

「うん……」

泣きそうになりながら頷《うなず》くと、ぽん、と頭の上に手を置かれた。

「もうそんなことするなよ。皆が心配するからな」

優しい声に、コニーはほっと胸を撫《な》で下ろした。

どうやらもう怒っていないようだと安心したコニーは、笑顔のまま口を開く。

「ねえ、レン」

「あ?」

「さっきの、まじでか、ってどういう意味?」

その瞬間、レンの体がぴしりと固まった。

「……あー」

なぜか、やってしまった、という顔をしている。

「ねえねえ、レンってば」

「言ったっけ、そんなこと」

「言ってたよ！」

「えー記憶にねえなあ」

あからさまな嘘《うそ》にコニーはむうっと唇を尖《とが》らせた。

「ふーん。なら、他の人に聞くからいいもん」

「は？　この、ばっ」

「ば？」

こてん、と首を傾《かし》げると、レンが何かを取り繕《つくろ》うように咳払《せきばら》いをする。

「……教えてやるけど、人前では使うなよ？　ぜっっったいに使うなよ？　特にうちのクソ爺《じじい》とかマルタの鬼婆《おにばば》の前ではぜったいやめろよ！　いいな⁉」

「うん！　ぜったいに使わないよ！」

「いつも返事だけは良いんだけどなあ……お嬢はちょっと阿呆だからなあ……」

「お、教えてくれないの……？」

今日のレンはちょっと意地悪だ。ただでさえ色々あって少し気分が落ちていたコニーの瞳に涙が浮かぶ。

その途端、レンがぎょっとしたように目を見開いた。

「な、泣くな泣くな！　あーほらあれだ、まじでかっていうのは平民がびっくりした時によく使う言葉なんだよ。ただそれだけだ。別に面白くもなんともないだろ？」

「びっくりした時？」

「そ。でも、お嬢は使っちゃ駄目だからな」

「どうして？」

「どうしてって、貴族様はそういう話し方はしないんだよ」

——友達なのに。

コニーはぐっと唇を噛《か》みしめた。

レンとコニーは友達のはずなのに、ふとした瞬間にこうやってコニーの前に線を引いてくる。貴族と平民は違うのだと、まるで愚かな子供に言い聞かせるような態度を取ってくるのだ。

コニーはそれが悲しくて悔しかった。やるせない気持ちを紛らわせるように頬を膨らませていると、レンが半眼になりながら念押しをしてきた。

「駄目だからな？　ぜったいに駄目だからな？　いやもうまじで」

コニーは「ん？」と首を傾げた。

「ええと、まじで、も、びっくりっていう意味？」

「……迂闊《うかつ》な自分をいっそ殺してほしい」

レンは両手で顔を覆うと、諦めたような口調で「まじ、っていうのが、本当とか本気とかって意味だよ」と教えてくれた。

それからしばらく他愛のない話をしていると、屋敷から父であるパーシヴァル＝エセル・グレイルがやってきた。珍しくマルタも一緒のようだ。

「ここにいたのか、コニー」

「お父様？」

「まだ病み上がりなんだから寝ていないと駄目じゃないか。マルタからお前が寝室にいないと聞いて、危うく椅子からひっくり返るところだったぞ」

コニーは目を丸くした。熊のように大きい父がひっくり返ったら大変な騒ぎになってしまうのでは――？　そう思った瞬間、コニーは思わずこう言っていた。

「まじでか」

次の瞬間、しん、とその場が静まり返る。

レンは顔を引き攣《つ》らせ、マルタはあんぐりと口を開けていた。

エセルだけが不思議そうに首を捻っている。

「まじ……？」

どうやら先程のコニーのように、言葉そのものを知らないようだ。

「ふむ。今のは、どういう意味なんだ？」

「な、ないしょー……？」

「そうか、内緒か。内緒……可愛《かわい》いコニーはもう父に秘密を持つ年になったのか……」

エセルは「まじでか」とコニーが言った時よりもよほどショックを受けたようにそう呟《つぶや》くと、「じゃあ、すぐに部屋に戻るんだぞ」と言ってとぼとぼと屋敷へと戻っていく。

けれど、なぜかマルタは父には付き添わなかった。鬼のような形相で「レン！　お嬢様！」と身体の芯から震えるような怒鳴り声を上げ——

そうして小一時間ほど貴族らしい言葉遣いについて説教を受けたのだった。

※

「——という事情がありまして」

ハームズワース子爵の前で婚約の宣誓を行った帰り道。

グレイル邸に向かう馬車の中で、コニーはランドルフに自分の口癖について話していた。

別にランドルフから訊かれたわけではないのだが、公の場でうっかり口に出してしまって恥をかかせてしまうこともあるかもしれないと思ったからだ。

「もちろんレンはそんなつもりはなかったと思うんですけど、何だかお前とは本当の意味では友達にはなれないと言われている気がして。それで意地になって使っていたら、今度はいつの間にか無意識に出るようになってしまって……」

「なるほど」

「なので、先に謝っておこうかと。そのせいでご不快にさせることがあったら申し訳ありません」

「いや、言葉なんて伝われば充分だ。好きにすればいい」

コニーはほっと胸を撫で下ろした。他人にどう思われても仕方がないと諦めがつくが、この実直な人に否定されていたら悲しくなっていたかもしれない。

「それで、その子は今もグレイル家で働いているのか？」

「レンですか？　数年ほど前に外国の技術を学びたいと行って屋敷を出ていきました」

「そうか……。それは寂しい想いをしたんじゃないか？」

「はい。でも、友人の夢は応援しないと」

そう言うと、コニーはにっこりと微笑《ほほえ》んだ。

「それに、一人前になったら戻ってきてくれるって約束しているんです。この前の手紙では、あと二年くらいで帰って来られそうみたいで。そうしたらふたりで庭に植える苗木を見に行こうって話していて――」

久しぶりに友人の話ができることが嬉《うれ》しくてついつい口が軽くなっていると、言葉の途中でランドルフに遮られた。

「……グレイル嬢」

なぜか非常に複雑そうな表情を浮かべている。

「はい？」

「その、幼い頃であれば問題なかったかもしれないが。だが、君はもう成人していて、偽装とはいえ婚約中の身だ。異性とふたりきりで外出するのは、あまり、好ましくないのではないかと思うのだが」

コニーはぱちぱちと瞬きをした。

ランドルフはさらに「いや、もちろんただの友人だということはわかっているが」と言い訳のように告げる。

「だが、向こうが君のことをどう思っているかまではわからないだろう？　幼い頃ならともかく、今はもう互いに大人だ。分別もつく。グレイル嬢は気づいていないかもしれないが、そのレンという男は少し図々《ずうずう》しいというか、君の純粋さを利用しているようにも思える」

コニーは思わず「閣下」と呼んでいた。

「いや、その、別に君を疑っているわけではなく――」

「レンは、女の子ですよ？」

「……何？」

ランドルフが固まった。

「あれ？　私、男の子だって言いましたっけ？　確かにレンは下町育ちで言葉遣いが少し変わっていますけど……」

コニーは心底不思議そうに首を傾げている。

ランドルフは頭痛を堪えるように目を閉じると、そのまま静かに息を吐いた。

「――グレイル嬢」

「はい、なんでしょう」

「伝われば充分だという先ほどの発言は撤回しよう」

「へ……」

「いいか。問題は言葉遣いじゃない。断じてない。君は――」

真剣な表情に気圧《けお》されながら「は、はい」と頷き、ごくりと唾を呑《の》み込む。

「――圧倒的に、言葉が足りない」

そうして予想外の言葉を告げられたコニーは思わず「まじでか」と呟いたのだった。

あとがきという名の駄文

今から思い起こすこと五年前。

人生で初めて本を出すという稀有な経験をさせて頂いた私は、やはり人生で初めてとなるあとがきに、実はまだこれが私の本だという実感がないのだと書きました。

あれから何年もの時が流れましたが、正直、今でも実感がありません。

それどころか、一冊の本が完成するまでにどれだけの人たちの力を借りたかを考えると、一体どこに足を向けて寝ればいいのかすらわからなくなります。

なので、まずはとりあえず全方位に心からの感謝を。

今回も最高オブ最高のイラストで登場人物に息を吹き込んで下さった夕薙先生。コニーやスカーレットたちが生きる世界があんなにも鮮やかに広がっているのは先生のおかげです。

相変わらず方向音痴な作者の手を取り並走して下さった担当編集様。万全のフォロー体制に加えてさりげない誘導力はさながら影の軍師そのものでした。

すべてのきっかけを作って下さった大森藤ノ先生。素晴らしい物語を書かれる方というのはお人柄も素晴らしいのかと感銘を受けたことを昨日のように覚えております。

そして、いつだって温かくエリスの聖杯を応援し続けて下さったかけがえのない皆様方。

この中の誰かひとりでもいなかったら、きっと、この奇跡のような機会は存在しませんでした。

だから、やっぱりこれは『私』ではなく、『私たち』の本なのです。

もちろん今こうして手に取って下さっているあなたにとっても、『誰か』の本ではなく、『私たち』の本になるのであれば、これほど幸せなことはありません。

今回新装版ということで新たな出発のつもりで書いたあとがきですが、読み返してみると何だか五年前とほとんど同じようなことを書いているような気がします。あの日から小指の先程度でも成長できていればいいのですが、今のところ腰に抱えている爆弾の爆発頻度が上がったことくらいしか違いが思い浮かびません。

とはいえこの世は諸行無常と言いますし、変わらないものはきっとありませんし、とりわけ移ろいやすいのが人の心というものでしょう。たとえばどんなに「昨日は暴飲暴食しちゃったから今日のお昼はコンビニでサラダチキン」と朝から決めていても、気がついたら駅前のラーメン屋に行って「つけ麵ひとつ、トッピング全部乗せで」と言っていたりするのです。

当然私もそんな弱い人間のひとりではありますが、どういうわけか、私は五年後もまた、「これが私の本だという実感がない」と言っているような気がします。

たぶん、そのまた五年後も、十年後も。

きっと、その先も、ずっと。

それではまたお目にかかれる日を祈って――

常磐くじら

DRE NOVELS

エリスの聖杯1
運命の邂逅

2024年11月10日　初版第一刷発行

著者　常磐くじら
発行者　宮崎誠司
発行所　株式会社ドリコム
〒141-6019　東京都品川区大崎2-1-1
TEL　050-3101-9968
発売元　株式会社星雲社（共同出版社・流通責任出版社）
〒112-0005　東京都文京区水道1-3-30
TEL　03-3868-3275
担当編集　小原豪
装丁　AFTERGLOW
印刷所　TOPPANクロレ株式会社

ISBN978-4-434-34447-3

ファンレター、作品のご感想をお待ちしております。
右の二次元コードから専用フォームにアクセスし、作品と宛先を入力の上、
コメントをお寄せ下さい。
※アクセスの際に発生する通信費等はご負担ください。